Eine gute Gesellschaft ist keine Gemeinschaft
Thomas Schmid „Die Welt" im Oktober 2016

Herstellung und Verlag:
BOD – Books on Demand, Norderstedt
ISBN: 9783744815567

Der Korb des Fernsehturms hing in Fetzen. Scharfkantige, gezackte Reste seiner Außenverkleidung schaukelten träge im Wind hin und her. Von den Fenstern des einst viergeschossigen Turmkorbes war nichts mehr zu sehen. Sein in Rot und Weiß gestrichener Funkmast lag zertrümmert zu seinen Füßen. Nur ein kläglicher, rußgeschwärzter Stumpf war von ihm noch übrig, an dem deutlich der Rost nagte. Die Reste der Aluminiumverkleidung des Turmkorbes wiesen dunkle Brandspuren auf. Krähen umkreisten die Ruine und komplettierten den düsteren Gesamteindruck. Einzig der Turmschaft, eine simple Röhre aus grauem Stahlbeton, sah aus wie immer.

Ich setzte das Fernglas ab. Bleierne Schwermut lastete auf mir. Würde ich mich jemals an den Anblick der Ruine gewöhnen? Bei jedem Termin mit Struve nutzte ich die Aussicht vom Kappelberg für einen Blick auf das für mich unerreichbare Wahrzeichen meiner Heimatstadt.

Dieses Ritual diente mir als Mahnung. Ich durfte nie wieder so nachlässig werden wie vor der Katastrophe.

„Hey, Widmeyer!“, bellte es hinter mir.

Betont langsam drehte ich mich um. Drago, ein vierschrötiger Typ in Flecktarn, mit Bürstenschnitt und spiegelnder Sonnenbrille, steuerte direkt auf mich zu.

„Struve hat heute keine Zeit für dich!“

„Ich bin in Balmers Auftrag hier!“

„Egal, Struve hat keine Zeit! Basta!“

Drago hakte die Daumen beider Hände in den breiten Gürtel ein. Sein Bauch wölbte sich vor, als sollten meine Forderungen an seinem Fett abprallen.

„Der Landrat wird nicht erfreut sein, dies zu hören!“

Der massige Kroate zuckte demonstrativ mit den Schultern. Ich seufzte innerlich. Mit einem Anflug von

Resignation wandte ich mich meinem Mountainbike zu. Noch ehe ich danach greifen konnte, setzte er nach: „Entspann dich, brauchst deswegen ja nicht gleich beleidigt abzurauschen!"

Ich hielt inne, drehte mich um.

„Ja wie nun? Hat Struve Zeit für mich oder nicht?"

„Der Boss nicht…"

„Aber?"

„Ich hätte da noch eine Frage."

Mein Widerwillen gegen das, was jetzt käme, war groß. Aber es wäre dumm, Drago unnötig zu verärgern. Also ermunterte ich ihn:

„Schieß los!"

„Kannst du mir Nylonstrumpfhosen besorgen?"

Ohne mit der Wimper zu zucken musterte ich ihn. Schließlich ließ ich demonstrativ meinen Blick seine Beine hinuntergleiten.

„Ich weiß nicht, ob es die in deiner Größe überhaupt…"

„Nicht für mich!"

Mit geballten Fäusten, sichtlich um Kontrolle ringend, starrte er mich wütend an. Noch ein falsches Wort und ich bekäme seine geübte Brutalität zu spüren.

„Das war doch nur ein Späßchen", lenkte ich mit einem Lächeln ein. „Ich dachte, das verstehst du."

„Deine Späßchen mag ich nicht!"

Außer seinen engsten Spießgesellen mochte auch niemand seine Späßchen. Der Kroate liebte es, andere zu schikanieren und zu demütigen. Seine Schwelle, hierbei auch rohe Gewalt einzusetzen, lag extrem niedrig. Drago war ein harter Typ, einer von jener Sorte, dem die unzähligen Menschenleben, denen er ein Ende bereitet hatte, kein schlechtes Gewissen bescherten.

Es war ihm anzusehen. Er würde sich jetzt liebend gerne mich vornehmen. Ich trat einen Schritt auf ihn zu und lächelte auf ihn herab.

„So? Was hält Struve von deinem Humor? Gefallen ihm deine Späßchen besser als meine?"

Drago starrte wütend zu mir auf. Dann senkte er den Blick zu Boden. Seine verspiegelten Gläser halfen ihm nicht, seine Unterwerfungsgeste ließ sich nicht verbergen. Wenn er mich umbrachte, wäre auch sein Leben vorbei. Zumindest hoffte ich, dass dem so wäre.

„Besorgst du mir nun die Strumpfhosen oder nicht?"

Drago war ein brutaler Grobian, aber kein Dummkopf. Er wusste, bis zu einem gewissen Grade war auch ich auf ihn angewiesen.

„Klar!", lenkte ich ein. „Größe?"

„Hast du bei deinem letzten Termin mit Struve Maria gesehen?"

„Die rassige Schwarzhaarige?"

„Genau die! Ist sie nicht super?"

Ich nickte.

„Ihr sollen sie passen."

Also hatte Struve bereits wieder sein Interesse an Maria verloren. Jetzt waren Drago und seine Kumpane an der Reihe. Eine weitere, die fälschlicherweise geglaubt hatte, mit Struve das große Los gezogen zu haben.

„Dürfte möglich sein, dauert aber ein bisschen", schloss ich das Gespräch ab.

Ich nickte ihm zu. Er nickte knapp zurück, dann wandte er sich ab. Möglichst lässig schlenderte ich zu meinem Rad. Langsam rollte ich am Waldschlössle vorbei die Piste Richtung Fellbach hinunter. Balmer erwartete in Schorndorf ungeduldig meinen Bericht. Aus Sicherheitsgründen hatte der Landrat seinen Sitz von Waiblingen hinter die dicken Mauern des Schorndorfer Schlosses verlegt. Dort erwartete mich ein Berg Arbeit.

Dem würde ein weiterer einsamer Abend in meiner winzigen Kammer eines Schorndorfer Fachwerkhauses folgen. Der Blick auf Stuttgart hatte das Verlangen geweckt, in meine Heimatstadt zurückzukehren. Aber daran war vorläufig nicht zu denken.

*

Eine unsanfte Bewegung des Wagens riss mich aus meinem Traum von den letzten einigermaßen friedlichen Tagen meines früheren Lebens. Unbequem auf der mittleren Sitzbank eines Kleinbusses liegend, raste ich durch die nächtliche Wüste. Mühsam rappelte ich mich auf, um nach draußen zu sehen. Im spärlichen Licht einer mageren Mondsichel fiel mein Blick auf eine leicht gewellte, helle Sandfläche, vereinzelt von dunklen Flecken durchbrochen. Konnte dieses karge Land meine neue Heimat werden?

Der Himmel im Osten hellte sich bereits auf, als drei riesige Betonhäuser in Sicht kamen. Waren wir endlich am Ziel unserer einjährigen Flucht? Der Fahrer hielt vor dem ersten Betonblock. Umgehend wurde die Schiebetür aufgerissen. Ein hochgewachsener, kahlköpfiger Uniformierter mit stechenden, hellgrauen Augen musterte mich.

„Sind Sie Dr. Baitinger?"

Sein Deutsch besaß einen leichten schwäbischen Einschlag. Also war er vermutlich ein Landsmann. Ich nickte stumm.

„Wir erwarten Sie schon dringend! Folgen Sie mir!"

Der Hochgewachsene war das Kommandieren gewohnt. Er trat einen halben Schritt zur Seite, um mich nicht zu behindern. Seine hellen Augen forderten Eile.

„Was heißt, Sie erwarten mich schon dringend?"

„In unserem Arztposten ringt eine junge Frau seit Stunden mit dem Tod. Sie müssen ihr das Leben retten!"

Sein letzter Satz hatte flehentlich, fast verzweifelt geklungen. Sechs Worte verrieten etwas Persönliches über ihn. Handelte es sich um seine Tochter? Seine Geliebte? Oder um seine Frau?

„Warum bringen Sie die Frau nicht ins Krankenhaus?"

Sein Gesichtsausdruck verfinsterte sich.

„Weil das nicht möglich ist."

Etwas Derartiges hatte ich befürchtet. Ich rutschte über die Bank auf die Tür zu, stieg endlich aus. Augenblicklich stach er los. Ich folgte ihm.

„Gibt es hier noch einen anderen Arzt?", fragte ich seinen Hinterkopf.

„Nein."

„Was ist mit meinem Vorgänger?"

Er blieb so abrupt stehen, dass ich auf ihn auflief. Mühsam beherrscht drehte er sich um. Drohend starrte er auf mich herab.

„Diese eine Frage beantworte ich Ihnen noch! Dann erledigen Sie endlich den Job, für den ich Sie angefordert habe!"

Ich ahnte, dass ich aufgrund meines Berufes eine Sonderbehandlung erhielt. Normalerweise war er vermutlich nicht annähernd so geduldig und auskunftsbereit. Durch ein knappes Nicken signalisierte ich ihm meine Zustimmung.

„Ihr Vorgänger war den Herausforderungen hier nicht gewachsen. Er ist vor vier Wochen abgehauen!"

Der Uniformierte wandte sich wieder seinem Ziel zu. Im Stechschritt steuerte er eine durch einen roten Halbmond gekennzeichnete Glastür an. Ich folgte ihm.

Also hatte ich es der weiteren Flucht meines Vorgängers zu verdanken, der Hölle des Lagers entflohen zu sein. Wobei ich schon nach den ersten Minuten bezweifelte, dass dies hier wirklich besser war. Interessant war immerhin, dass man von hier aus noch weiter, in bessere Länder flüchten konnte, zumindest als Arzt. Wo mein Vorgänger wohl hin war? Vielleicht nach Australien? Oder gar Amerika? Mein Herz begann voller Hoffnung schneller zu schlagen.

Im Nebenraum der winzigen Krankenstation lag eine Frau mit schmerzverzerrtem Gesicht auf einer Pritsche. Ihr Atem ging flach und stoßweise, Schweißperlen rannen über ihre Stirn.

„Hat sie Schmerzmittel bekommen?"

Er schüttelte stumm den Kopf. Gut, dass sie ihr nichts gegeben hatten. So würde mir die Diagnose leichter fallen. Ich berührte sanft ihre Schulter und fragte:

„Wie heißen Sie?"

Die vom Tod Gezeichnete öffnete die Augen. Verängstigt sah sie mich an.

„Hannah."

„Okay Hannah, was fehlt Ihnen?"

„Sind Sie Arzt?"

Ich nickte.

„Mein Bauch schmerzt höllisch", presste sie hervor. „Außerdem fühle ich mich entsetzlich schwach. Ich habe panische Angst zu sterben."

„Wo genau tut es Ihnen weh?"

„Der ganze Bauch!"

„Gibt es eine Stelle, von welcher der Schmerz ausgeht?"

Sie nickte.

„Zeigen Sie bitte darauf!"

Hannah wies auf einen Bereich schräg links unterhalb ihres Bauchnabels. Das hatte ich befürchtet. Sie lag auf dem Rücken. Ich drücke an der von ihr bezeichneten Stelle die Bauchdecke mit beiden Händen ein, ließ sie dann wieder emporschnellen. Hannah schrie vor Schmerzen auf.

Eine Frau im weißen Kittel hatte an ihrer Pritsche Wache gehalten. Bei unserem Eintreten war sie aufgesprungen, hatte sich an die Wand des kleinen Raums verdrückt. Mich an sie wendend fragte ich:

„Sind Sie Krankenschwester?"

Stumm schüttelte sie den Kopf.

„Haben Sie ihr trotzdem die Temperatur gemessen?"

„Sie hat über neununddreißig Grad Fieber", flüsterte sie heiser.

„Gibt es hier einen Operationssaal?"

„Dies hier ist unser OP", mischte sich der Uniformierte mit offenem Zynismus in der Stimme ein.

Ich starrte ihn an. Er starrte verkniffen zurück.

„Kommen Sie mit!", forderte ich ihn, fluchtartig die Krankenstation verlassend, auf.

Vor der Tür wartete Sascha auf uns. Er hatte auf der Rückbank des Kleinbusses geschlafen, war aber offensichtlich geweckt worden. Jetzt nickte er schüchtern in meine Richtung, blieb aber, wo er war.

Auf dem staubigen Platz vor dem Gebäude stiegen soeben hunderte Männer europäischer Abstammung in orangene Busse. Der Anblick hatte etwas derartig Surreales, dass ich ihn mit offenem Mund anstarrte. Alle trugen exakt den gleichen hellgrauen Anzug und die gleiche rote Krawatte. Äußerst diszipliniert und geduldig schnurgerade Linien bildend, warteten sie darauf, in die Busse steigen zu dürfen.

„Was ist das?", entfuhr es mir schließlich.

„Die Leute werden zur Arbeit gefahren. Ihr Sohn", der Uniformierte zeigte auf Sascha, „wird morgen auch dabei sein."

Die ersten Busse hatten ihre Fracht aufgenommen. Über die kurze Zufahrt fuhren sie in Richtung der Überlandstraße, auf der wir gekommen waren. Mit den Augen folgte ich dem weiteren Verlauf der Straße in die andere Richtung. Dort sah man in der Ferne die Gebäude einer Stadt, mit Palmen zwischen niedrigen Wohngebäuden und modernen Hochhäusern aus Glas im Hintergrund. Hier, rings um die drei schäbigen Betonblöcke, gab es hingegen nichts als staubigen Sand und vereinzeltes Gestrüpp.

„Was fehlt Hannah?", fragte der Uniformierte.

Sorge und Verzweiflung standen in seinem Gesicht. Seufzend wandte ich mich ihm zu.

„Sie hat vermutlich eine akute Blinddarmentzündung. Deshalb muss sie ganz dringend dort hinten", ich wies mit dem Finger in Richtung der Stadt, „operiert werden."

„Das geht nicht."

„Gibt es dort kein Krankenhaus?"

„Doch, sogar ein sehr modernes und gut ausgestattetes. Nur werden wir Europäer dort nicht behandelt."

„Dann wird sie sterben."

Sein Gesicht versteinerte. Sachlich fragte er:

„Können Sie Hannah operieren?"

„Nein."

„Warum nicht?"

„Erstens haben wir hier keinen OP."

„In den Schränken befindet sich die komplette Ausrüstung eines kleinen Feldlazaretts, inklusive Skalpellen,

Klammern, Nadeln, *Morphiumspritzen* und was Sie sonst noch für eine Operation benötigen!"

Seine Betonung des Wortes Morphiumspritzen weckte meine Neugierde. Einen winzigen Augenblick zögerte ich. Dann fuhr ich ihn jedoch an:

„Woher wollen Sie wissen, was ich für eine Operation benötige!"

Herausfordernd sah ich zu ihm auf. Ohne mit den Wimpern zu zucken, mit fest aufeinander gepressten Lippen, hielt er meinem Blick stand. Meiner Intuition folgend fuhr ich fort:

„Hat mein Vorgänger hier operiert?"

„Nein."

„Na also!", trumpfte ich auf. „Ich bräuchte für eine Operation einen Anästhesisten, zwei OP-Schwestern und die übliche technische Mindestausstattung eines Operationssaals."

„Es wäre wunderbar", entgegnete er mühsam beherrscht, „wenn wir über all diesen Schnickschnack verfügten. Aber rein grundsätzlich sind zumindest kleinere Operationen auch ohne möglich!"

„Wir reden hier nicht davon, unter Kampfbedingungen eine Kugel aus einem Arm zu puhlen oder die klaffende Wunde eines Granatsplitters provisorisch zusammenzunähen. Ich soll einer Frau den Bauchraum öffnen, um ihr ein eitriges Organ zu entfernen!"

Er starrte auf eine Art und Weise auf mich herab, die nichts Gutes verhieß.

„Wenn Sie sich weigern zu operieren, kann ich Sie hier nicht gebrauchen."

„Wunderbar! Ich will hier ohnehin nicht bleiben!"

Er zog seine Pistole, entsicherte sie, drückte den Lauf auf meine Stirn. Seine stahlgrauen Augen blickten kalt auf mich herab. Meine Blase entleerte sich.

„Was soll das!", schrie ich panisch. „Warum lassen Sie mich nicht einfach abhauen, wie meinen Vorgänger?"

„Tu ich doch! Aber von hier aus geht's nur ins Paradies. Vorausgesetzt natürlich, Sie glauben daran. Ansonsten halt ins Jenseits. Ihr Vorgänger beamte sich mit einer Morphiumspritze zu viel selbst dorthin. Ich besitze nicht mehr die Geduld abzuwarten, bis Sie den gleichen Weg gehen. Sie sind die einzige medizinische Versorgung, die uns hier zugestanden wird. Entweder Sie nehmen diese Aufgabe an und leisten unsere Versorgung, oder wir brauchen Sie nicht. Dann bin ich es meinen Leuten schuldig, ohne unnötige Zeitverzögerung einen neuen Arzt anzufordern."

Mein ganzer Körper zitterte.

„Was ist, wenn ich eine Operation versuche und Hannah stirbt?", stammelte ich.

Sichtlich erleichtert zog er seine Pistole zurück, sicherte sie, steckte sie zurück in sein Halfter.

„Dann würde ich sagen, gratuliere, Sie haben die Herausforderung angenommen! Doch genug geschwätzt, legen Sie endlich los!"

Erneut zeigten sich Sorge und Verzweiflung in seinem Gesicht.

„Wie heißen Sie?", fragte ich ihn.

„Kommissar Keller."

„Kommissar? Wie…"

„In meinem vorherigen Leben war ich Kriminalkommissar. Die hiesigen Behörden übertrugen mir wegen dieser Qualifikation die Verantwortung für Ruhe und Sicherheit in der Siedlung."

Kommissar! Eine völlig irrationale Hoffnung erfüllte mich. Würde ich doch noch Antworten auf meine beiden letzten relevanten Fragen erhalten? Aufgeregt legte ich los:

„Ich werde mein Möglichstes tun, um Hannah zu helfen. Aber im Gegenzug bitte ich Sie, mir dann auch zu helfen!"

Keller wirkte ungehalten. Verkniffen antwortete er:

„Wenn es in meiner Macht steht."

„Tut es! Erstens habe ich von meiner Tochter Pauline seit drei Jahren nichts mehr gehört. Ihre Fluchtroute führte ebenfalls Richtung Südost. Können Sie etwas über Pauline in Erfahrung bringen?"

„Kein Problem. Viele suchen ihre Angehörigen. Die Behörden verhalten sich hierbei kooperativ. Was noch?"

Die zweite Frage war heikler. Daher rang ich kurz um passende Worte:

„Finden Sie heraus, ob er", ich nickte in Richtung des außerhalb unserer Hörweite wartenden Saschas, „meine Frau ermordet hat."

„Sie wollen wissen, ob Ihr Sohn Ihre Frau tötete?"

Ich nickte. Keller schien nicht sonderlich überrascht. Es herrschten grausame Zeiten. Nüchtern fragte er:

„War Ihre Frau seine Mutter?"

Ich zögerte einen verräterischen Augenblick zu lang mit meiner Antwort, erwiderte aber trotzdem:

„Ich war nur einmal verheiratet und habe keine außerehelichen Kinder."

Durch ein Nicken drückte er seine Zustimmung aus, sich auch um diese Angelegenheit zu kümmern. Er schien mir ein guter Kriminalist zu sein und würde mich sicherlich noch genauer befragen. Andererseits lag ihm offensichtlich persönlich etwas an meiner Patientin Hannah. Vielleicht würde er mich, sollte ich die Operation vermasseln, auch kurzerhand liquidieren, statt meine Angelegenheiten zu den seinen zu machen. Dies berührte mich nicht sonderlich. Permanente Lebensgefahr stumpfte ab. In meinem bisherigen Leben hatte ich nur bei zwei oder drei Blinddarm-Operationen assistiert. Dies war vor über einem Vierteljahrhundert während des Studiums gewesen. Hannah würde meine erste eigene Operation sein.

*

Am Schorndorfer Schloss angelangt, marschierte ich geradewegs ins Büro des Landrats. Balmer erwartete mich bereits. Mit Sorgenfalten auf der Stirn sah er mir entgegen.

„Was meint Struve?"

„Er hat mich nicht einmal empfangen."

Ermüdet vom Radfahren sank ich auf den Besucherstuhl gegenüber seinem Schreibtisch.

„Scheiße!"

Normalerweise war sich der Landrat für Fäkalworte zu schade. Dass er jetzt doch eins nutzte, zeigte, unter welchem Druck er stand. Ich beugte mich vor:

„Können wir uns nicht auch ohne Struve mit General Wahler und seinen Leuten vereinen? Ich meine zwischen uns und ihnen liegt nur der Stuttgarter Osten. Dass unsere Kämpfer in Untertürkheim den Neckar überqueren und die paar Kilometer hoch bis zur Filderebene besetzen, kann doch nicht so schwer sein! Ein Zipfel des Ostens ist sogar noch in Wahlers Hand."

Balmer saß ungerührt in seinem Chefsessel. Mir blieb viel Zeit, seinen Dreitagebart und seinen vollen Haarschopf zu betrachten. Tief versunken starrte er vor sich hin. Hatte er mir überhaupt zugehört?

„Struve war schon vor Ausbruch des Bürgerkriegs Offizier, wenngleich auch nur Oberleutnant. Wenigstens hat er eine Ausbildung in militärischer Strategie und Taktik durchlaufen. Wenn er sich meinem Ansinnen derart verweigert, wäre es dumm von mir, einfach darüber hinwegzugehen. Außerdem müssen wir darauf achten, das fein austarierte Gleichgewicht zwischen unseren Warlords nicht zu gefährden. Demokratie hin oder her, in diesen Zeiten hat ein gewählter Zivilist wie ich schnell nichts mehr zu sagen.

Vielen Dank Sascha! Du bist den mühseligen Weg von hier hoch auf den Fellbacher Kappelberg und wieder zurück geradelt. Mach Schluss für heute."

Frustriert starrte ich meinen Chef an. Ich fühlte mich wie ein Kind, das von den Erwachsenen, gerade wo es anfängt spannend zu werden, ins Bett geschickt wird. Ganz so war es wohl nicht. Aber zum engsten Kreis seiner Berater gehörte ich keineswegs. Balmer vertraute mir, nutzte mich als Boten mit engem Verhandlungsspielraum. Benzin erreichte uns schon lange nicht mehr. Einige wenige, vor allem von unseren Kämpfern genutzte Lastwagen, fuhren mit vor Ort produziertem Biodiesel. Ansonsten besaß die politische Administration ein einziges Elektroauto, dessen Akku aus dem knappen, durch Wind- und Wasserkraft erzeugten, Strom geladen wurde. Ganz unerwartet hatte das Remstal die ökologische Energiewende vollzogen. Balmer schickte mich auf meinem Mountainbike durch den Kreis. Er vertraute weder Telefon noch Funk, da er fürchtete beides werde von unseren Feinden abgehört.

Vor dem Schorndorfer Schloss blieb ich unschlüssig stehen. In meiner Kammer war es kalt und einsam. Es gab dort nichts zu Essen. Also schlug ich den Weg zur Skybar ein. Normalbürger konnten dort nur hineingelangen, wenn sie jung, weiblich und attraktiv waren.

Als das große Sterben begann, hatten Waffen tragende Männer eine steile Karriere von einer Randgruppe, auf die man herabsah, zum Garant des eigenen Überlebens hingelegt. Das Patriarchat war in seiner extremsten Form zurückgekehrt.

In der Skybar dröhnte die Musik der Band des Abends ohrenbetäubend laut. Die Musiker arbeiteten ohne elektrische Verstärkung. Eine andere Wahl blieb ihnen auch nicht. Selbst die privilegierte Skybar nutzte ihre knappe Stromration lieber, um Bier zu kühlen, als für Licht oder Musik. Die Lautstärke störte nicht weiter. Reden wollte hier ohnehin keiner, sondern feiern und vergessen.

Niedrige Lounge-Möbel waren schmalen Holztischen und noch schmäleren Sitzbänken gewichen. Die Gäste rekrutierten sich mehr als je zuvor aus den Bevorzugten Schorndorfs. Aber, selbst hier galt es, möglichst viele unterzubringen, statt es sich wenigen bequem machen zu lassen. Direkt am Panoramafenster Richtung Stuttgart zwängte ich mich auf das Ende einer schmalen Holzbank. Die tiefhängenden Wolken wurden unregelmäßig von flackerndem Licht unterschiedlicher Färbung und Intensität erleuchtet. Das Schauspiel verhieß nichts Gutes. Ich meinte das dumpfe Grollen schwerer Explosionen zu vernehmen, wenngleich dies auf die Entfernung und in Anbetracht der Lautstärke der Musik nicht möglich war.

„Die Nationalisten schlachten endgültig die Osmanen ab!", brüllte mein Gegenüber mir ins Ohr.

Fragend blickte ich ihn an. Der Tisch war so schmal, dass er sich kaum vorbeugen musste, um mir erneut ins Ohr zu brüllen:

„Mein Trupp sichert in Poppenweiler die Grenze. Früher lieferten wir uns regelmäßig kleine Scharmützel mit den Osmanen. Fast jede Nacht gab es Alarm und wir mussten eilig aus unserem Quartier in der alten Dorfscheune ausrücken. Jetzt ist auf deren Seite des Neckars keine einzige Wache mehr zu sehen. Wir könnten einfach rüber. Jeder Osmane, der eine Waffe halten kann, kämpft verzweifelt darum, die Rechten von ihren Frauen und Kindern fernzuhalten."

Die Bedienung kam. Ungefragt stellte sie einen Teller Eintopf, das einzige verfügbare Gericht, und ein Bier vor mir ab. Osmanen, einst eine aus Türken rekrutierte Ludwigsburger Rocker-Gang, war zum Namen für unsere muslimischen Nachbarn geworden.

„Die Osmanen gehören zwar nicht zu uns", brüllte er mir weiter ins Ohr, „aber dass die Nationalisten ihre Frauen und Kinder abschlachten, ist nicht richtig. Hoffen wir, dass uns nicht das Gleiche blüht!"

Ich zwang mich, meinen Teller des undefinierbaren Eintopfs langsam zu essen. Das knorpelige Fleisch spülte ich mit zwei Bier hinunter. Dann drängte ich auf die enge Tanzfläche. Ich riss die Arme empor und tanzte möglichst wild zu den ungestümen Klängen der Musik. Eines musste man dem Bürgerkrieg lassen: Die Partys waren geiler geworden. Jeder lebte im permanenten Wissen, heute könnte sein letzter Tag sein.

Ein Feuerschopf warf mir interessierte Blicke zu. Ich lächelte ihr zu, drängte mich in ihre Richtung. Wir tanzten uns an, entfachten unsere Lust. Als diese loderte, begleitete sie mich in meine Kammer. Dort verschaffte sie mir Trost und Erlösung. Entspannt schlief ich in ihren Armen ein. Doch auch in dieser Nacht kehrte der Traum von meinen letzten Stunden vor dem Bürgerkrieg zurück:

Ein lauter Knall riss mich aus dem Lernen. War das ein Schuss? Mein Herz pochte wild.

„Quatsch, jetzt werde du nicht auch noch paranoid!", versuchte ich mich selbst zu beruhigen. „Reicht es

nicht, dass Pauline mit ihrem Gequatsche von einem bevorstehenden Bürgerkrieg Mama um den Schlaf bringt?"

Gewaltsam zwang ich meinen Blick zurück zum Arbeitsblatt auf dem Bildschirm vor mir. Ich durfte mich durch nichts ablenken lassen! Schließlich wollte ich mein Masterstudium im Frühjahr abschließen. Bei einer Arbeitslosenquote von nahezu fünfzig Prozent für die unter sechsundzwanzigjährigen würde es verdammt schwer werden, einen Job zu finden. Nur die Besten besaßen eine realistische Chance. Zu denen wollte ich gehören.

Auch wenn es mir schwerfiel, verzichtete ich dafür heute auf die Halloween-Party im Keller. Zumindest würde ich dort nicht vor zweiundzwanzig Uhr hingehen, während die übrigen Studenten meines Wohnheimes bereits unüberhörbar feierten. Ich las eine weitere Zeile des Arbeitsblattes, ehe ich mich seufzend erhob.

Der laute Knall war durch die Wand des Nachbarzimmers gedrungen. Es konnte nichts schaden, kurz nach Ameer zu sehen. Seit fünf Jahren wohnten wir Tür an Tür und de facto hatte ich so eine Art Patenschaft für ihn übernommen. Zu Beginn war ich einfach nur neugierig auf die direkte Begegnung mit einem Menschen gewesen, der dem Bürgerkrieg in Syrien entronnen war. Wir waren gleich alt und hatten uns auf Anhieb gut verstanden. Energisch klopfte ich an seine Tür. Ameer antwortete nicht. Ich legte mein Ohr an den Pressspan. Sein unterdrücktes Schluchzen war kaum zu hören. Entschlossen stieß ich die Tür auf. Ameer fuhr von seinem Bett hoch. Mit großen Augen starrte er mich an.

„Alles klar bei dir?", fragte ich.

Meine Worte verklangen. Er reagierte nicht. Den Boden zierte ein großer, dunkelroter Fleck. Fassungslos

machte ich zwei Schritte hinein in sein winziges Wohn-
heimzimmer. Vor dem Fleck bückte ich mich. Die Flüssigkeit breitete sich langsam weiter aus, befand sich
also noch nicht lange auf dem Linoleum. Sie sah verdammt nach etwas aus, das sie nicht sein sollte.

„Ist... ist das... Blut?", stammelte ich.

„J..ja, ich..ich habe mich verletzt."

„Verletzt?"

Aus einem seiner weißen Turnschuhe tropfte Blut. Ich
griff vorsichtig danach. Er ließ es geschehen. Der
Sportschuh wies oben im Bereich des Vorderfußes ein
kreisrundes Loch auf. Ich hob den Fuß an und bückte
mich fast bis zum Boden. In der Sohle war ebenfalls
ein kreisrundes Loch, aus dem Blut sickerte.

„Wie kann man sich so verletzen?", fragte ich entsetzt.
Er sah beschämt zur Seite.

„Eigentlich auch egal", meinte ich. „Das muss auf jeden Fall desinfiziert und verbunden werden. Am besten, ich bringe dich ins Krankenhaus."

„Nein! Kein Krankenhaus!", rief er entsetzt.

„Warum nicht?"

„Gibt nur Probleme!"

„Probleme bekommst du, wenn dein Fuß nicht richtig
behandelt wird!"

Vor ihm kniend starrte ich zu ihm auf. Er hielt meinem
Blick stand. In seinem sonst so sanftmütigen Gesicht
lag Trotz. Es vergingen einige Momente, dann griff er
unter die Decke. Mit zitternder Hand zog er eine Pistole hervor.

„Stammt von ihr das Loch in deinem Schuh?"

Er nickte.

„Warum schießt du dir in den Fuß?"

„Habe ich nicht!", protestierte er schwach.

Irritiert sah ich mich in dem kleinen Zimmer um.

„Hier ist aber sonst niemand."

„Ich…ich wollte die Pistole nur entsichern und…"
Erneut wandte er den Blick ab.
„Ist auch egal", lenkte ich ein. „Lass mich zumindest die Wunde desinfizieren und verbinden."
Vorsichtig schnürte ich den Schuh auf, bog ihn so weit wie möglich auseinander. Ameer zuckte zusammen, biss sich stöhnend auf die Lippe. Seine dunklen Augen verrieten seine Qual. Er hatte nie ein schlechtes Wort über einen anderen Menschen verloren, war jedem Konflikt aus dem Weg gegangen. Die Pistole passte überhaupt nicht zu ihm. Was hatte er mit ihr vor? Als ich seinen Socken abstreifte, stöhnte er erneut. Das Projektil hatte ein kreisrundes Loch in den Fuß gestanzt. Die Wunde blutete nur noch schwach. Also war vermutlich kein größeres Gefäß verletzt. Kurz überlegte ich, meinen Vater in Stuttgart anzurufen. Aber der war nur Psycho-Doc und würde mir hierbei kaum helfen können. Außerdem würde er bestimmt Mama davon erzählen. Die stand ohnehin kurz vor dem Durchdrehen. Also ließ ich es sein.
„Halte durch, ich hole meinen Verbandskasten."
Er nickte tapfer. Ich eilte nach nebenan. Dort füllte ich eine Schale mit Wasser. Aus dem Schrank holte ich einen frischen Waschlappen und ein Handtuch.
Vorsichtig säuberte ich die Wunde so gut es ging, desinfizierte und verband sie.
„Fertig."
Ich sah ihn voller Ernst an.
„Danke, Yannick."
„Ich bleibe dabei, du solltest die Wunde ärztlich versorgen lassen!"
„Das geht nicht", flüsterte er.
„Warum nicht?"
„Weil!"

Sein Gesicht verfinsterte sich. Ich wartete. Er schwieg verstockt. Also fragte ich weiter:

„Wer hat dir die Pistole gegeben?"

„Ein Bruder."

„Ein Bruder? Meinst du damit, ein anderer Moslem?"
Er nickte schwach.

„Seit wann nennst du Moslems Brüder? Bisher hast du dich lustig darüber gemacht, wenn Moslems so voneinander sprachen!"

Seine Lippen wurden schmal. Trotzig sahen mich seine dunklen Augen an. Ich starrte zurück. Kurz zögerte ich, dann setzte ich mich neben ihm aufs Bett. Er ließ es geschehen.

„Ist es unsere Schuld, dass es so weit gekommen ist?"

„Du meinst, weil wir das Gipfelkreuz durch den goldenen Halbmond ersetzten?"

Ich nickte.

„Das war nur ein dummer Streich von uns! Wir konnten doch nicht ahnen, dass die Sache so bitter ernst genommen wird!"

Einmal mehr hatten wir ein Saufgelage als Gin-Verköstigung getarnt. Spät in der Nacht lallte Ameer im Suff, die deutschen Gipfelkreuze diskriminierten ihn als Moslem. Am Wochenende zuvor hatten wir vier eine Bergtour auf den Hochvogel unternommen, auf der Ameer die Kultur der Gipfelkreuze kennenlernte. Bis zu jenem Tag hatte ich nie einen Gedanken daran verschwendet, dass Gipfelkreuze ein christliches Symbol sein könnten.

Als er sich über diese christliche Symbolik beschwerte, befanden wir uns in einem Zustand, in dem der Alkohol längst jegliche Vernunft fortgespült hatte. Wie sonst hätte es zu einer Diskussion darüber kommen können, jedes wievielte Bergkreuz durch einen goldenen Halbmond zu ersetzen sei? Wir hatten unseren Spaß, ich bereits am darauffolgenden Tag die Diskussion wieder vergessen. Nicht so Paul und Kevin, die als Maschinenbau-Studenten verkatert öde Pflichtstunden in den Werkstätten absaßen.

Ein Foto von uns vier unter dem Gipfelkreuz bildete den Ausgangspunkt ihres Plans. Auf dem Bild war deutlich zu sehen, dass das große Kreuz durch nur zwei Schrauben mit den massiven Stahlträgern seines Fundaments verbunden war. Die beiden berechneten die Maße und erstellten die technische Zeichnung eines Gipfelhalbmonds in Leichtbauweise, der sich in vier Teile zerlegt auf unseren Rücken zur Bergspitze tragen ließ.

An einem weiteren Abend mit reichlich Alkohol stellten sie uns ihre Entwürfe vor. Wir amüsierten uns königlich über die Vorstellung, was wohl im Allgäu los wäre, wenn wir heimlich den Hochvogel zum Islam bekehrten. Der aus dem Allgäu stammende Paul hielt einen Wochentag im Oktober für den idealen Zeitpunkt einer Missionierung des markanten Gipfels. Mit Geschick und Feuereifer machten er und Kevin sich an die Arbeit. Seinen Worten entnahm ich, dass er noch eine Rechnung mit den stieren, erzkonservativen Allgäuern offen hatte.

In aller Frühe fuhren wir an einem Dienstag im Oktober ins Allgäu. Bei Tagesanbruch machten wir uns bei grau verhangenem Himmel auf den Weg zum Gipfel. Ich war wegen des Himmels skeptisch, aber Paul meinte, bei diesem Wetter seien wir garantiert die Einzigen dort oben. Anfangs war ich nervös. Die verpackten Teile des Halbmonds lugten aus unseren Rucksäcken. Jeder würde uns ansehen, dass wir was Krummes vorhatten. Aber wie von Paul vorhergesagt, begegneten wir tatsächlich niemandem. So beruhigte ich mich rasch.

Auf der Spitze löste Paul die Schrauben des Gipfelkreuzes. Mit Seilen und einem selbstgebauten Flaschenzug sicherten wir drei Übrigen die schwere Konstruktion aus Stahl und Holz vor dem Umfallen. Bald lag sie flach neben ihrem Fundament. Beim Zusammensetzen unseres Halbmonds erfasste uns eine fiebrige Erregung. Wir malten uns in den schillerndsten Farben aus, wie die Allgäuer wohl reagieren würden, kicherten hysterisch bis albern. Als wären wir ein eingespieltes Team, das seit Jahren Kreuze durch Halbmonde ersetzte, benötigten wir keine Stunde. Bald war das Werk vollbracht. Schnell machten wir noch ein paar Fotos von uns unter dem Halbmond, mit einem breiten Grinsen im Gesicht und Victory-Zeichen in den Fingern. Dann eilten wir den Berg wieder hinunter. Die letzten Meter stiegen wir im Schein unserer Stirnlampen ab. Noch in der Nacht fuhren wir zurück nach Karlsruhe. Wir wollten keinerlei Spuren im Gästeverzeichnis einer schäbigen Pension hinterlassen.

Gespannt durchforsteten wir am nächsten Morgen, nein, es war wohl schon eher Mittag, das Internet nach Reaktionen. So oft wir auch Begriffe wie „Halbmond", „Hochvogel" oder „Gipfelkreuz" eingaben, nichts wies auf unser Tun hin. Auch am Donnerstag blieb zu unserer Enttäuschung alles ruhig.

Am Freitag brach dann der Sturm los. Endlich hatten die Allgäuer entdeckt, welches Ei wir Ihnen ins Nest gelegt hatten. Ein verknitterter Almödi empörte sich öffentlich und alle Empörten der Republik stiegen hasserfüllt darauf ein. Galt anfänglich der Hass rein den Tätern, also uns, richtete sich neuer Hass rasch gegen die Hasser. So hasste bald so ziemlich jeder jemanden.

Spätestens, als eine Diskussion einsetzte, jedes wievielte Gipfelkreuz als Schutz gegen Diskriminierung durch Gipfelhalbmonde zu ersetzen sei, verflog unsere Belustigung. Zudem erfuhren wir über die Medien, dass schon seit einiger Zeit um die Gipfelkreuze ein Kulturkampf tobte. Im Sommer 2016 waren in Bayern drei Gipfelkreuze zerstört worden, eines davon am zweitausendeinhundert Meter hohen Gipfel des Schafreiter. Reinhold Messner, der gerne alles rund um die Berge kommentiert, äußerte daraufhin „Gipfel sollten leer sein und nicht für irgendeine Religion missbraucht werden". Hätte der Guru uns dies doch nur rechtzeitig persönlich gesagt! Vielleicht hätten wir auf ihn gehört. So führten wir viel zu spät eine halbherzige Diskussion, ob es die Situation entschärfen würde, wenn wir uns zu erkennen geben und das Ganze als Dummer-Jungen-Streich darstellten. Mitten in unsere Diskussion platzte die Meldung von den zwei Toten in Dresden.

„Doch!", entgegnete ich in Ameers winzigem Zimmer. „Wir hätten wissen müssen, dass die gesellschaftliche Atmosphäre bereits so vergiftet war, dass unser Streich fatale Folgen haben könnte."
„Dass ein linker Spinner zwei rechte Spinner erschießen würde, konnte keiner von uns ahnen!"
„Stimmt, aber dass die Sache nicht im friedlichen Allgäu verbleiben, sondern bundesweit zu giftigen Diskussionen führen würde, hätte uns klar sein müssen. Genauso, dass man die Sache deinen Glaubensbrüdern anhängen würde."
Es belastete mich schwer, Mitverantwortung am Tod zweier Menschen zu tragen. Der Vorfall lag gut zwei Wochen zurück. Gefühlt hatte es sich bei den Morden in Dresden um den berühmten Tropfen gehandelt, der

das Fass zum Überlaufen brachte. Die Schwelle zur Anwendung tödlicher Gewalt war überschritten worden, was sich nicht rückgängig machen ließ, zumal die brutale Antwort von rechts bald erfolgte. Vorige Woche waren zwei bekannte Linksautonome aus Leipzig vor ihrer Stammkneipe erschossen worden. Vermutlich war ihnen ihre Teilnahme bei den tödlichen Krawallen in Dresden zum Verhängnis geworden. Das uralte, archaische Prinzip der Blutrache war in unsere moderne Gesellschaft zurückgekehrt. Gott sei Dank waren wir hier in Deutschland. Polizei und Justiz würden dies wieder stoppen.

„Die Zeiten haben sich geändert", meinte Ameer.

Ich sah ihn irritiert an.

„Was meinst du damit"

Er starrte nur düster vor sich hin. Also fuhr ich fort:

„Heißt das, du willst zurück nach Syrien, in den Krieg?"

„Dort ist kein Krieg mehr."

„Ein Pedant bist du also auch geworden!"

Ich sah ihn an. Er schwieg. Behutsam setzte ich mich neben ihn aufs Bett, tätschelte seine Schulter und fuhr fort:

„Geh nicht dorthin. Der ganze Scheiß ist doch absolut sinnlos. Es lohnt sich nicht, dafür sein Leben zu riskieren. Du hast schon genug Schreckliches erlebt. Außerdem bist du kein Krieger."

Tränen strömten seine Wangen hinab. Ich blieb neben ihm sitzen und wartete. Schließlich flüsterte er:

„Ich geh nicht dorthin. Der Krieg kommt her."

„Wie bitte?"

Er nickte zur Bekräftigung.

„Du meinst hierher? Nach Deutschland?"

Erneutes Nicken.

„Das kann nicht sein!"

In meinen Eingeweiden tat sich ein Loch auf. Jetzt redete Ameer schon wie meine Schwester Pauline!

„Doch!", flüsterte er. Tränen traten in seine Augen. „Du bist ein guter Mensch. Ich bin glücklich, dir begegnet zu sein und danke dir für das Geschenk deiner Freundschaft. Aber nicht alle Deutschen sind wie du und nicht alle Moslems sind wie ich. Zu viele glauben, die Zeit der Gewalt sei gekommen."

Ein Teil meines Verstandes weigerte sich, so zu denken. Politiker und Medien versicherten gebetsmühlenartig etwas anderes. Zögernd fragte ich Ameer:

„Willst du dich deren Kampf anschließen?"

„Nein!"

Empört sah er mich an.

„Wozu brauchst du dann die Pistole?"

„Ich bin nicht so naiv, wie diese Irren. Einige Brüder denken, Europa sei genauso marode wie das Römische Reich zu Beginn des fünften Jahrhunderts, als ein paar zehntausend Krieger zur Plünderung ausreichten. Blind vor Fanatismus glauben Sie, so leicht wie einst die Vandalen Rom, könnten sie heute Brüssel, Berlin und Paris niederbrennen.

Aber die täuschen sich. Als die Vandalen kamen, war Rom bereits durch endlose Bürgerkriege geschwächt. Blöd ist nur, wenn die erst einmal mit ihrem Irrsinn anfangen, werden eure Rassisten auf mich und die übrigen, vorwiegend friedlichen Muslime schießen. Dann herrscht hier ebenfalls Bürgerkrieg."

„Du spinnst! Doch nicht hier bei uns!"

Jetzt war es an mir, ihn empört anzusehen. Er hielt meinem Blick mit Trauer in den Augen stand.

„Als sich die Menschen in Syrien gegen Assad erhoben, dachte auch kaum einer, dass die Proteste in einen Bürgerkrieg münden könnten. Wir glaubten an die von euren Medien propagierte Facebook-Revoluti-

on, in der kein Despot sich mehr halten könnte. Das war eine westliche Lüge, die heute noch viele verbittert. Mein Vater starb damals ohne die Möglichkeit zurückzuschießen. So werde ich nicht sterben!"

*

„Hey Keller!"

Mit der Hand rüttelte ich unsanft an seiner Schulter.

„Wachen Sie auf!"

Mit einem Satz sprang er hoch, starrte mich verwirrt an. Die Bank im Wartebereich, auf der er geschlafen hatte, sah extrem unbequem aus.

„Warum schlafen Sie am helllichten Tag in meiner Arztstation?", bruddelte ich gut gelaunt, beinahe euphorisch, vor mich hin. „Ich denke, Sie sind hier für die Sicherheit verantwortlich. Da werden Sie doch was zu tun haben!"

Der Kommissar warf einen kurzen Blick nach draußen. Dann brummte er:

„Um diese Zeit ist niemand hier. Wie geht es Hannah?"

„Den Umständen entsprechend gut!" Ich strahlte. „Wobei ich in Anbetracht der Hygiene-Bedingungen der Operation keine Prognose wage, wie der weitere Heilungsprozess verlaufen wird. Der Raum war alles andere als steril. Übrigens handelte es sich tatsächlich um eine Blinddarmentzündung. Ich konnte ihn problemlos entfernen. Alles ist gut vernäht. Das Weitere liegt nicht mehr in meiner Macht."

„Danke." Er rieb sich die Augen. „Kann ich nach ihr sehen?"

Durch ein Nicken erteilte ich ihm mein ärztliches Einverständnis. Er war schon fast an mir vorbei, als ich bemerkte:

„Ich habe Sie da eben aus einem Albtraum geweckt, oder?"

Abrupt blieb er stehen.

„Sah man mir das an?", fragte er leise.

Ich nickte. Er holte tief Luft. Möglichst neutral formulierte ich:

„Sie schienen mit Dämonen zu kämpfen. Da beschloss ich, Sie zu wecken."

Ohne mich anzusehen, blieb er stehen.

„Wovon haben Sie geträumt?"

Keller holte tief Luft. Dann wandte er sich mir zu und antwortete:

„Von meiner letzten Nacht als deutscher Polizist."

Ich sah ihn an. Er gab sich taff. Trotzdem war ihm sein Leid deutlich anzusehen. Mit Sicherheit war er seit vielen Jahren kein deutscher Polizist mehr. Dessen ungeachtet hatte er seinen Frieden noch nicht gefunden. Mit dieser Art von Leiden war ich besser vertraut als mit Blinddärmen. Also ermutigte ich ihn:

„Wollen Sie mir nicht davon erzählen?"

Als hätte ich von ihm verlangt die Hose runter zu lassen, zuckte er zurück. Die Heftigkeit seiner Reaktion überraschte mich. Andererseits war es in seinem Macho-Weltbild vielleicht sogar schlimmer, einen Zipfel seiner Seele zu zeigen, als seine Genitalien. Trotzdem fuhr ich unbeirrt fort:

„Es wird nicht besser, wenn Sie alles in Ihrem Inneren vergraben. Geben Sie sich einen Ruck! Fangen Sie an, die Sache zu verarbeiten! Sie werden merken, Erzählen hilft, den Schrecken wieder loszuwerden."

Der große, starke Kerl wandte sich von mir ab, blieb aber immerhin stehen.

„Ein andermal vielleicht."

Keller setzte sich wieder in Bewegung.

„Kann ich mich irgendwohin zurückziehen und ausruhen?", rief ich hinter ihm her.

Erneut blieb er stehen, wandte sich mir zu:

„Ich habe Ihnen das Appartement zweihundertzwölf zugeteilt. Es liegt hier im Gebäude, damit Sie es nicht weit in die Arztstation haben. Ihr Sohn erwartet Sie dort."

Mit einem knappen Nicken verabschiedete er sich. Fast zärtlich drückte seine Pranke die Klinke der Tür zum Nebenraum hinunter. Als der Hüne meiner dort auf ihn wartenden Patientin ansichtig wurde, zauberte seine Liebe ihm ein strahlendes Lächeln ins Gesicht. Beschämt, in die Intimität der Liebenden eingedrungen zu sein, wandte ich mich ab. Eilig schlug ich die andere Richtung ein. Durch die Glastür mit dem Roten Halbmond verließ ich die Arztstation. Draußen blieb ich stehen. Gähnend streckte ich meine müden Glieder. Von der Straße aus gesehen befand ich mich vor dem ersten Betonklotz. Ich hob den Kopf. Zwölf hässliche, eintönige Stockwerke türmten sich drohend über mir auf.

Die Architektur der Betonklötze schien mir seltsam vertraut. Lag dies daran, dass derartige Gebäude auf der ganzen Welt fast alle gleich aussahen?

Um mir die Füße zu vertreten, ging ich nach links um das Bauwerk herum. An der Ecke angelangt hatte ich freien Blick auf die zwei anderen Betonklötze. Sie glichen einander wie ein Ei dem anderen und waren, um ein Drittel der Gebäudelänge zueinander versetzt, in etwa fünfzehn Meter Abstand voneinander gebaut. Auch die Anordnung der Gebäude und ihre Proportionen zueinander waren mir seltsam geläufig. Dabei hatte ich in meinem vorherigen Leben, als Chefarzt der Psychosomatik, stets in den schmucken, wohlproportionierten Villen der Privilegierten residiert.

Ich schüttelte den Kopf, versuchte, dieses irrationale Gefühl von Vertrautheit in dieser orientalischen Wüste abzuschütteln. Es gelang mir nicht. Brach meine Seele unter den aufsummierten Lasten der letzten Jahre zusammen? Mutierte ich zu einem jener Esoteriker, auf die ich bisher herabgesehen hatte und begann, selbst an Reinkarnation zu glauben?

Das durfte nicht passieren! Wahrscheinlich benötigte ich dringend Schlaf! Nervös, nahezu panisch, eilte ich auf den Eingang des ersten Gebäudes zu. Es gab keinen Aufzug. Mir blieb nichts anderes übrig, als zu Fuß zwei Stockwerke emporzusteigen. Außer Atem langte ich dort an. Auf mein Klopfen öffnete Sascha die Tür.

„Was ist passiert?", fragte er besorgt.

„Nichts."

„Nichts? Du siehst aus, als sei der Leibhaftige hinter dir her!"

„Es ist nichts!"

„Ganz sicher? Du wirkst, als sei du gerade vor jemandem oder etwas geflüchtet."

„Im Gegenteil!" Krampfhaft versuchte ich zu lächeln. „Hier ist unsere Flucht endlich zu Ende."

Ich schob mich an ihm vorbei, inspizierte unser neues Heim. Links befand sich eine kleine Nasszelle mit Waschbecken, Dusche und Trockentoilette. Rechts gegenüber befand sich eine Kochecke mit zweiflammigem Gaskocher. Geradeaus ging es in den einzigen

Raum des Appartements. Auf dem nackten Zementboden lagen zwei Matratzen, samt Laken und Kissen. Ein Schrank und ein kleiner Holztisch, sowie zwei Stühle bildeten den Rest der Einrichtung. Verglichen mit meinem vorherigen Leben war dies ärmlich. Verglichen mit dem letzten Lager, wo in Einfachbaracken von Garagengröße neun Männer mit Dreifach-Stockbetten auf engstem Raum gehaust hatten, war dies hier Luxus. Es ging wieder aufwärts!

„Morgen früh um sieben muss ich mit dem Bus zur Arbeit", verkündete Sascha.

Ich war seiner überdrüssig, ertrug seine Gesellschaft kaum noch. Es kostete mich Kraft, äußerlich ruhig zu bleiben.

„Das ist doch schön", erwiderte ich. „Mit der Arbeit kehrt ein weiteres Stück Normalität in dein Leben zurück."

„Was, wenn die merken, dass ich vom Programmieren keine Ahnung habe?"

„Dann machst du halt einen anderen Job. Wo liegt da das Problem?"

Mich demonstrativ gleichmütig gebend, zuckte ich mit den Achseln. Sein Chef würde schon nicht so abartig drauf sein, wie dieser Kommissar Keller sich mir gegenüber verhalten hatte und Sascha gleich eine Pistole an den Kopf halten. Zumindest konnte ich mir das von einem Ingenieur nicht vorstellen. Wahrscheinlich hätte der Keller mich auch nicht wirklich erschossen.

„Glaubst du wirklich?", fragte Sascha. „Die suchten im Lager doch ganz gezielt nach Elektrotechnikern. Ohne…"

„Nach Ingenieuren und Informatikern auch!", warf ich ein.

„…das Zeugnis vom KIT", fuhr er, ohne auf meine Worte einzugehen, fort, „würde ich noch immer in der schrecklichen Baracke vor mich hin vegetieren."

„Dann gib dir halt Mühe! Hast du das Buch durchgearbeitet?"

„Klar habe ich das. Nur kann ein Buch kein Studium ersetzen."

„Egal, du schaffst es, dich durchzulavieren. Genau darin liegt doch deine Stärke!", entgegnete ich gehässig.

Er sah mich säuerlich an.

„Du könntest ruhig etwas dankbarer sein. Ohne mich hättest du es nie bis hierher geschafft", maulte er.

„Ach ja? Bist du da so sicher? Vielleicht wäre ich ohne dich ja jetzt mit meiner Frau hier?"

Er setzte einen beleidigten Gesichtsausdruck auf.

„Wie oft soll ich dir noch sagen, dass ich mit Carolins Tod nichts zu tun habe!", antwortete er weinerlich.

Anfangs hatte ich Angst vor ihm gehabt. In den ersten Tagen unserer Flucht hatte Sascha sich mir gegenüber aggressiv und brutal verhalten. Wann war es eigentlich gekippt? Wo war er mir gegenüber zur unterwürfigen Heulsuse geworden? Ich wusste es nicht mehr. Auf jeden Fall hasste ich seine Unterwürfigkeit. Ähnlich einem unterlegenen Wolf, der dem Sieger seine Kehle darbot, machte er es mir mit seiner Tour unmöglich, weiter auf ihm herumzuhacken. Verdrießlich entgegnete ich:

„Im schlimmsten Fall machst du halt auf traumatisiert."

„Darauf nimmt von den Mullahs bestimmt keiner Rücksicht."

„Einen Versuch ist es wert."

Zweifelnd sah er mich an. Bei Sascha konnte das hier leicht in eine endlose Diskussion ausarten. Darauf hatte ich überhaupt keinen Bock. Also verkündete ich:

„Im Gegensatz zu dir habe ich während unserer Fahrt heute Nacht kein Auge zugetan. Ich muss jetzt schlafen."

„Aber…"

„Wir können ja später drüber reden!"

„Aber…"

Mit zugehaltenen Ohren flüchtete ich ins Bad. Als sich die Tür hinter mir schloss, ich mich erstmals seit langem wieder ganz alleine in einem abgeschlossenen Raum befand, hätte ich vor Glück schier geweint. Probehalber drehte ich die Armatur der Dusche auf. Wenig später sprudelte lauwarmes Wasser aus ihr. Mein Herz schlug vor Freude schneller. Schließlich war es drei Jahre her, seit ich letztmalig alleine, in einem abgeschlossenen Badezimmer ganz für mich, unter der Dusche gestanden hatte. Dementsprechend ausgiebig genoss ich die lauwarmen Wasserstrahlen. Ein selten gewordenes Glücksgefühl breitete sich in mir aus. Vergnügt pfiff ich vor mich hin.

Früher hätte ich das Frotteetuch als kratzig empfunden. Jetzt erschien es mir luxuriös. Ausgiebig rubbelte ich meinen ganzen Körper damit trocken. Dann kramte ich aus meiner Tasche ein löchriges, aber frisch gewaschenes T-Shirt und einen frischen Slip hervor, ehe ich mich auf der rechten Matratze niederließ. Auf der linken hatte sich Sascha mit seinem Buch eingerichtet.

Um jede Diskussion zu umgehen, schloss ich rasch meine Augen. Dabei konnte ich selbst nach einer durchwachten Nacht tagsüber kaum jemals schlafen. Aber das machte nichts. Ich würde ein bisschen von

Pauline träumen. Durch all das Elend und Grauen der letzten Jahre hatte mich die Hoffnung getragen, meine geliebte Tochter eines Tages lebend wiederzusehen.

War ich dieser Hoffnung heute durch die Begegnung mit Kommissar Keller näher gekommen? Tränen traten in meine Augen. Meine letzte kurze Begegnung mit Pauline lag drei Jahre zurück. Es war just der Tag gewesen, an dem die Krise gerade in den Bürgerkrieg kippte:

„Das Land ist total am Arsch. Wir müssen fliehen!", verkündete Pauline unvermittelt.

Missmutig hob ich den Kopf. Gemeinsam speisten wir in unserem Esszimmer mit grandiosem Blick über die Stadt zu Abend. Schon bei Ihrer Ankunft hatte ich meiner geliebten Tochter angesehen, dass sie etwas bedrückte. Jetzt war es also raus. Gut, dass Carolin mich vorbereitet hatte. So konnte ich einigermaßen ruhig erwidern:

„Na mein Schatz, ganz so schlimm…"

„Doch Papa!", unterbrach sie mich. „Es ist sogar noch viel schlimmer. Tauche endlich aus deiner Traumwelt auf und stell dich der Realität! Hast du nicht gehört, was gestern in Weilimdorf passiert ist?"

Gekränkt schwieg ich. Mit Pauline konnte man wirklich nicht mehr reden.

„Natürlich haben dein Vater und ich davon gehört!", mischte Carolin sich ein. Ehe sie fortfuhr, warf sie mir einen besorgten Blick zu. „Rechtsradikale haben dort vorige Nacht Flüchtlinge bedroht und…"

„Von wegen bedroht!", empörte Pauline sich. „Die haben Dutzende, wenn nicht gar Hunderte erschossen!"

„Aber Paullnchen, In den Nachrichten haben sie doch…"

„Genau das ist ja das Schlimme! Die Medien berichten nicht mehr die Wahrheit über…"

„Die Medien haben noch nie die Wahrheit berichtet, sondern uns schon immer manipuliert!", unterbrach ich sie mit einem meiner Lieblings-Statements. In meinen Augen gab es nicht die Wahrheit, sondern dem Konstruktivismus entsprechend viele Wahrheiten.

Pauline verdrehte genervt die Augen. Ich schluckte den Rest meiner, zugegebenermaßen etwas abgenutzten, Weisheiten hinunter. Meine unglaublich groß gewordene Tochter sah mich ernst an.

„Papa, ich arbeitete letzte Nacht im Klinikum. In den frühen Morgenstunden trafen mehrere Flüchtlinge mit schweren Schussverletzungen bei uns ein. Die kamen nicht etwa in Rettungswägen, sondern in privaten PKWs. Wir waren total schockiert. Alle Flüchtlinge berichteten übereinstimmend, dass sie in einer zur Notunterkunft umfunktionierten Sporthalle geschlafen hätten, als schwarz vermummte Männer die Halle wild um sich schießend stürmten.

Noch während wir die Schusswunden versorgten, hörten wir in den offiziellen Nachrichten, dass Flüchtlinge dort nur bedroht worden seien. Wir fragten uns, wieso die Reporter nicht wissen, was dort wirklich passierte. Kurz darauf trommelte Dr. Wagner uns alle zusammen und verhängte eine Nachrichtensperre. Er meinte, wir dürften auf keinen Fall mit irgendjemandem hierüber reden, sonst breche unnötig Panik aus. Die Regierung habe die Bundeswehr alarmiert. Man werde die Sache bald wieder in den Griff bekommen."

Sie brach ab. Ein flaues Gefühl machte sich in meinem Magen breit. Seit Jahren verkündete die Politik, sie habe die Lage im Griff oder werde sie bald in den Griff bekommen. *Dabei musste selbst ich mir in schwachen Augenblicken eingestehen, dass die Politik schon lange nichts mehr im Griff hatte.*

Europa war von einer Gemeinschaft zur Union verkommen und dann, nach jahrelanger Agonie, mit einem lauten Knall auseinandergeflogen. Der abrupte Wegfall wichtiger Märkte hatte die deutsche Industrie in ihren Grundfesten erschüttert. Millionen Menschen verloren über Nacht ihren Arbeitsplatz. Noch während die Politik versuchte, dies irgendwie aufzufangen und den Menschen wieder Mut zu machen, erfolgte der nächste Schlag. Ein durch die Decke gehender Ölpreis machte die mit Verbrennungsmotoren betriebenen Autos deutscher Premiumhersteller zu Ladenhütern, während die Nachfrage nach chinesischen und amerikanischen Elektroautos explodierte.

Trotzdem hielt ich, wie viele andere, noch immer unseren Reichtum und unsere staatliche Stabilität für ein Naturgesetz. Die giftigen, hasserfüllten Auseinandersetzungen zwischen Hedonisten und neu erstarkten Christengemeinschaften, die Pöbeleien selbsternannter Patrioten gegen Zuwanderer und der herablassende Moralismus der Ökos gegen alle hatten bewirkt, dass ich so gut wie keine Nachrichten mehr sehen, hören oder lesen wollte. Die Politiker würden es schon schaffen, die Chose wieder zu richten. Schließlich lebten wir in Deutschland.

„Du mit deinem Gerechtigkeitsfimmel und deinen unnötigen Sorgen!", machte ich meinem Ärger Luft. „Jetzt, da du als Ärztin selbst in der Verantwortung bist, könntest du langsam erwachsener an manche Dinge herangehen!"

„Ach ja?", entgegnete sie kühl. „Du meinst, ich soll dir nicht länger vorwerfen, dass du nur für dich selbst sorgst? Dass es dich gar nicht interessiert, ob unsere Gesellschaft auch übermorgen noch funktioniert?"

„Durch die Aufnahme zahlreicher traumatisierter Flüchtlinge in meine Klinik leistete ich meinen Beitrag zur Milderung des Elends!"

„Dadurch hast du in erster Linie den Gewinn der Klinik gesteigert und dir ganz nebenbei und kostenlos das schöne Gefühl verschafft, ein guter Mensch zu sein!"

„Jetzt hört doch bitte auf zu streiten!", mischte Carolin sich erneut ein.

Durch Paulines Worte zutiefst gekränkt, war ich kurz davor, wütend aus dem Raum zu stürmen. Meiner Frau zuliebe blieb ich.

Was zum Teufel war in Pauline gefahren? Wie hatte sich mein kleines Mädchen zu so einer Furie entwickeln können?

„Du hast Recht Mama", lenkte sie ein. „Es ist jetzt wirklich nicht die richtige Zeit zum Streiten. Habt Ihr eure Sachen schon in Papas Geländewagen gepackt?"

„Gepackt? Welche Sachen?", fragte Carolin irritiert.

„Ich habe dir doch vorhin eine Nachricht geschickt, ihr sollt möglichst viele warme Klamotten, Lebensmittel und die Campingausrüstung in Papas Geländewagen packen. Sonst protestiert du umgehend, wenn du mit mir nicht einverstanden bist. Also dachte ich, ihr wärt zum gleichen Schluss gekommen wie ich, nämlich dass es höchste Zeit ist hier abzuhauen."

Das wurde ja immer besser! War dieses hysterische Weib wirklich meine Tochter? Meine Frau griff nach ihrem Smartphone. Stirnrunzelnd starrte sie darauf. Schließlich verkündete sie:

„Kein Netz, wahrscheinlich kam deshalb deine Nachricht nicht an."

Simultan zogen Pauline und ich ebenfalls unsere Smartphones hervor. Wir hatten ebenfalls kein Netz. Ein flaues Gefühl machte sich in meinem Magen breit. Pauline sprang auf, lief zu unserem Festnetz-Anschluss.

„Der ist auch tot!", verkündete sie. „Glaubt ihr mir jetzt endlich, dass der Staat am Arsch ist?"

„Immer langsam mit den jungen Pferden!", wandte ich ein. „Wahrscheinlich schaltete die Regierung das Telefonnetz ab, um den Nationalisten die Kommunikation zu erschweren. Wir sind hier in Deutschland. Die Behörden haben die Angelegenheit sicherlich bald wieder im Griff."

„Ach ja? Wer soll die Sache in den Griff bekommen? Etwa das von dir so verachtete Militär und der von dir gehasste Verfassungsschutz?", fragte sie zynisch.

„Ich habe schon immer gesagt", setzte ich zu meiner Verteidigung an, „dass man sich als gebildeter Bürger von der Polizei…"

„…und den sonstigen Sicherheitsdiensten möglichst fernhält, da diese zuallererst potenzielle Gefährder der Freiheit, nicht aber Garanten der Sicherheit sind", beendete Pauline meinen ihr vertrauten Satz.

Offenbar hatte sie es mir bis heute nicht verziehen, dass ich mich abfällig über ihren Ex-Freund Leon geäußert hatte.

„Hast du eigentlich noch Kontakt zu Leon?", fragte Carolin in diesem Augenblick.

Pauline nickte.

„Er hat mir heute in aller Frühe eine Nachricht gesendet. Ich soll alles Notwendige packen und mit dem

Auto über die Grenze nach Österreich flüchten. Alle anderen Länder sind soeben dabei, mit Militär ihre Grenzen zu uns abzuriegeln oder haben dies bereits getan. Darum habe ich euch ja auch die Nachricht geschickt, dass ihr packen sollt. Kommt ihr jetzt mit oder nicht?"

Mehr aus beleidigtem Trotz als aus Überzeugung schüttelte ich stumm den Kopf. Meine Frau hatte schon bei Paulines ersten Worten vor Entsetzen die Hände vors Gesicht geschlagen. Jetzt schluchzte sie still vor sich hin.

„Und du Mama?", fragte Pauline mit belegter Stimme. „Kommst du wenigstens mit?"

Carolin schüttelte ebenfalls den Kopf.

„Ich kann Papa nicht allein lassen."

Ihre Worte rührten mich zutiefst. Zugleich rührte sich mein schlechtes Gewissen.

„Schade!", bedauerte Pauline schmallippig. Sie erhob sich und sah auf uns herab. „Für mich ist es jetzt jedenfalls höchste Zeit aufzubrechen!", verkündete sie mit einer Entschlossenheit und Härte, die ich an meiner Tochter nie zuvor wahrgenommen hatte.

„Dann Auf Wiedersehen!", verabschiedete ich sie trotzig. „Bis in vierzehn Tagen wirst auch du deinen Fehler einsehen und wieder hier sein."

„Ach, Papa!", erwiderte sie traurig. „Du weißt gar nicht wie sehr ich mir wünsche, dass du damit Recht hast."

Mit tränennassen Wangen umarmte sie mich, wobei ich trotzig sitzenblieb.

Bis zum heutigen Tage bedauere ich es zutiefst, nicht einmal diese Umarmung erwidert zu haben. *Stattdessen schenkte ich mein Glas voll edlen Bordeaux, wäh-*

rend meine Frau sich auf der Straße vor dem Haus von unserer Tochter verabschiedete. Die beiden brauchten ewig. Ich stürzte den Wein hinunter. So war ich ziemlich betrunken, als Carolin wieder hoch kam.

„Du hättest ruhig mitfahren können!", empfing ich sie nicht eben freundlich.

„Ach, Jens!", entgegnete sie, tapfer ihre Tränen trocknend. „Du weißt doch, dass ich bis zum Ende meiner Tage an deiner Seite ausharren werde."

Leider war ihr Ende sehr viel schneller gekommen, als ich damals gedacht hatte. Die Mitschuld am Tod meiner geliebten Frau Carolin lastet bis heute schwer auf mir.

Die Telefone und mit Ihnen auch das Internet waren bis zum Tag meiner eigenen Flucht aus Stuttgart für uns Bürger nicht wieder eingeschaltet worden. Daher habe ich von meiner Tochter Pauline auch erst in der Nacht meiner eigenen Flucht aus Stuttgart vor einem Jahr wieder eine Nachricht erhalten. Bis heute weiß ich nicht, ob diese Nachricht wirklich von ihr stammt und sie somit zumindest vor einem Jahr noch gelebt hat.

Natürlich konnte ich auch an diesem Tag nicht schlafen. Nach einer Stunde erhob ich mich wieder von meinem Lager. Sascha schnarchte laut, das aufgeschlagene Fachbuch auf seinem Gesicht. Ein weiteres Mal verspürte ich den Impuls, ihm statt des Buches ein Kissen so lange ins Gesicht zu pressen, bis er sein Leben ausgehaucht und hierdurch für seine Sünden bezahlt hatte. Der Impuls ging vorüber.

Möglichst leise verließ ich das Appartement in Richtung Arztstation, um nach meiner Patientin zu sehen.

Schon durch die Glastür sah ich Keller erneut auf einer Bank des Wartebereichs liegen. Er schnarchte laut. Seine Dämonen ließen ihn in Ruhe. Um ihn nicht zu wecken, öffnete ich die Tür mit dem Roten Halbmond möglichst leise.

Hannah lag im Krankenbett des Nebenraums mit geschlossenen Augen auf dem Rücken. Die als Krankenpflegerin eingeteilte Frau war nirgends zu sehen.

Ich setzte mich zu Hannah ans Bett und griff, um ihren Puls zu fühlen, nach ihrer Hand. Sie zuckte zusammen. Ihre blauen Augen öffneten sich, starrten mich verstört an.

„Ich will nur Ihren Puls fühlen", beruhigte ich sie.

„Dr. Baitinger?"

„Ja."

Sie lächelte dankbar.

„Wie geht es Ihrem Bauch?"

„Langsam kehren die Schmerzen zurück."

„Die Wirkung der Spinalanästhesie lässt nach", erklärte ich ihr. Ohne zweiten Arzt zur Überwachung ihrer Atmung, hatte ich keine Vollnarkose gewagt. „Ich kann ihnen gerne was gegen den Schmerz verabreichen."

„Okay."

„Darf ich mir die Wunde ansehen?"

Sie nickte, schob das Laken zurück, hob ihr Nachthemd an. Ich entfernte das große Mull-Pflaster. Die Wunde sah gut aus, war nur lokal geschwollen und kaum gerötet. Auch die Naht hielt, die Wunde nässte kaum. Es sah aus, als hätten wir Glück. Ich desinfizierte den Schnitt, klebte einen neuen Mullverband auf.

„Es sieht gut aus", erklärte ich ihr. „Die Bedingungen hier im Raum sind leider alles andere als steril. Ich meine, natürlich desinfizierte ich meine Instrumente gründlich. Aber über die Luft können trotzdem Keime hineingelangt sein. Hoffen wir, dass dem nicht so ist!"

„Mein Körper wird mit den Eindringlingen fertig. Man härtet hier ziemlich ab."

„Das klingt tapfer. Wo kommen Sie her?"

„Aus Nufringen. Und Sie?"

„Aus Stuttgart. Dann waren wir im vorigen Leben ja fast Nachbarn. Seltsamer Zufall."

„Das ist kein Zufall. Wir sind hier schließlich im Schwaben-Ghetto."

„Wie bitte?", fragte ich irritiert.

„Wirklich! Die Saudis sind da ganz eigen. Hier zu uns kommen nur Menschen, die vor der Flucht in Baden-Württemberg lebten."

„Wie lange sind Sie denn schon hier?"

„Drei Jahre."

„Drei Jahre! Ist Ihnen eine junge Ärztin namens Pauline Baitinger begegnet? Eine hübsche, junge Frau, mit langen roten Haaren und grünen Augen?"

„Nein, tut mir leid."

Geknickt senkte ich den Kopf.

„Ihre Tochter?"

Ich nickte, hob den Kopf wieder und sah sie an.

„Sind Sie wie meine Tochter auch ganz am Anfang geflohen?"

„Mein Mann und ich waren schon zwei Monate vor Ausbruch des Bürgerkrieges hier."

„Wussten Sie etwa, was passieren würde?"

Sie schüttelte den Kopf. Erleichtert atmete ich aus.

„Edgar ist Architekt. Vor der Wirtschaftskrise baute er einfachste Flüchtlingsunterkünfte. Viele hemmenden Bestimmungen des Baurechts und des Naturschutzes waren seinerzeit außer Kraft gesetzt, um schnell Unterkünfte in ausreichender Anzahl erstellen zu können. Hamburg machte den Anfang und zog die sogenannten Weimann-Häuser in kürzester Zeit auf der grünen Wiese hoch. Thomas Weimann entwarf als Architekt der städtischen Wohnbaugesellschaft Saga schon vor der Krise hässliche Wohnblöcke für Sozialsiedlungen am Hamburger Stadtrand. Als nach der ersten großen Flüchtlingswelle im Herbst 2015 die Großstädte innerhalb kurzer Zeit zehntausende Menschen unterbringen mussten, plädierte er dafür, auf vorhandene, bewährte Pläne zurückzugreifen. Hier stehen jetzt drei Riegel nebeneinander, aber grundsätzlich…"

„Deshalb kommen mir die Gebäude so bekannt vor! Im Norden Stuttgarts stehen auch drei Weimann-Häuser. Hat die etwa Ihr Mann…"

„Ja, jedenfalls kopierten einige deutsche Großstädte das Hamburger Vorgehen. Angeblich überließ Herr Weimann aus Eitelkeit den anderen Städten seine Pläne umsonst. Immerhin wurde sein Name dadurch weltweit bekannt. Wie Sie wissen, schlitterte die deutsche Wirtschaft durch den Zerfall der EU in eine tiefe Rezension. Ich verlor meinen Job und auch Edgar erhielt keine Aufträge mehr. Kein Wunder, schließlich gingen Zinsen und Inflation durch die Decke. Die deutsche Autoindustrie lag am Boden.

Da erhielt Edgar per E-Mail ein Stellenangebot hier aus Dammam in Saudi-Arabien. Wir brauchten nicht lange zu überlegen, schließlich war zu dieser Zeit die Situation zu Hause mehr als ungemütlich. So packten wir unsere Koffer und flogen hierher. Nach seinem ersten Arbeitstag kam Edgar sichtlich schockiert zu mir ins Hotel. Er sollte vor den Toren der Stadt innerhalb von nur sechs Monaten eine Siedlung aus drei Weimann-Häuser einfachster Ausführung hochziehen. Vor dem Abflug hatte er von Luxus-Villen für reiche Saudis geträumt und dann das! Aber egal, immerhin hatte er Arbeit und wir Sicherheit sowie genug zu essen. So baute er eben eine Trabanten-Stadt für billige Hilfskräfte der Globalisierung. Dann erfuhr Edgar, dass die Saudis nicht nur ihn, sondern alle deutschen Architekten, die irgendwie schon bei einer Weimann-Siedlung mitgewirkt hatten, anwarben. Praktisch vor den Toren jeder größeren Stadt, außer Riad und den heiligen Städten, zogen die im Rekordtempo Weimann-Siedlungen in die Höhe. Mir wurde unheimlich. Hatten wir nicht die arabischen Flüchtlinge bei uns in genau diese Siedlungen vor den Toren unserer Städte gepfercht? Wollten die Saudis es uns mit gleicher Münze heimzahlen?"

Sie lachte bitter auf, ehe sie fortfuhr:

„Als ich meine Gedanken mit Edgar teilte, bezeichnete er mich als paranoid. Ich wünschte, ich wäre es gewesen! Dann wurde unser Hotel von Daimler-Mitarbeitern überschwemmt, die den Bau einer Autofabrik des Konzerns in Dammam vorbereiteten. Mir wurde klar, dass wir eines Tages alle in den Kaninchen-Ställen landen würden, die mein Mann voller Eifer vor den Toren der Stadt hochzog."

„Was hat der Daimler mit dem Ganzen hier zu tun?"

„Wissen Sie das nicht?"

„Was?"

„Seit zwei Jahren wird die S-Klasse nicht mehr in Sindelfingen, sondern hier in Dammam produziert!"

Ich sah sie skeptisch an.

„Das stimmt! Wenn Sie mir nicht glauben, dann fragen Sie doch Keller!"

Das würde ich später tun. Vorläufig beschloss ich, ihr zu glauben.

„Okay, dann hat halt der Daimler hier eine Fabrik. Aber warum zogen Sie und ihr Mann in diese Kaninchenställe? Warum blieben Sie nicht im Hotel oder reisten weiter nach Australien oder China?"

Jetzt sah sie mich skeptisch an.

„Was haben Sie eigentlich von den Geschehnissen auf der Welt in den letzten drei Jahren mitbekommen?"

„Nichts", räumte ich beschämt ein.

„Das dachte ich mir schon."

„Nach den ersten Kampfhandlungen wurden wir Bürger von den Telefonnetzen abgehängt!", verteidigte ich mich. „Radio und TV verkündeten noch zwei Wochen Durchhalteparolen, dann war es mit dem Strom vorbei. Die Elektrizität der wenigen noch produzierenden Wasser- und Windkraftwerke war der Aufrechterhaltung der wichtigsten Staatsfunktionen vorbehalten. Gas und Öl erreichten Stuttgart schnell nicht mehr."

„Wie erging es Ihnen nach Ausbruch der Kämpfe?"

Ich erinnere mich nicht gerne an die erste Zeit. Wenn ich es zulasse, erreichen meine Erinnerungen eine Intensität, als sei es erst gestern geschehen:

Nach Paulines Abreise weinte Carolin hemmungslos. Ich versuchte sie in die Arme zu nehmen und zu trösten. Brüsk stieß sie mich zurück. So verbrachten wir beide eine schlaflose Nacht in getrennten Schlafzimmern. Am Morgen taten wir beide so, als sei nichts.

Darin besaßen wir viel Übung. Wie jeden Tag wollten wir zur Arbeit gehen. Punkt sieben Uhr schaltete ich wie immer das Radio ein, um Nachrichten zu hören:

„…alle Bürger Stuttgarts werden aufgefordert, heute zu Hause zu bleiben. Im Norden der Stadt und in den Neckarvororten sind schwere Kampfhandlungen zwischen Nationalisten und anderen Gruppen im Gange. Die Bundeswehr und die übrigen Sicherheitskräfte sind dabei, die Kampfparteien zu entwaffnen und die Ruhe wiederherzustellen. Bitte bleiben Sie zu Hause, um die Ordnungskräfte nicht bei ihrer Arbeit zu behindern und um sich nicht selbst zu gefährden. Ich wiederhole…"

„Wie können da schwere Kampfhandlungen in Gange sein?", fragte ich fassungslos. „Woher haben die Waffen?"

„Glaubst du Pauline hat es geschafft?", fragte Carolin ängstlich.

„Ihre Route führte von uns aus über die Filderebene auf die Autobahn. Dort gab es keine Kämpfe."

„Bist du sicher? Was wenn…"

„Keine Sorge! Ich bin mir absolut sicher!"

„Aber…"

„Pscht!"

Ich legte ihr meinen Zeigefinger auf die Lippen und nahm sie fest in die Arme. Carolin sträubte sich leicht, gab sich dann aber meiner schützenden Umarmung hin.

„Ich würde sagen wir folgen den Empfehlungen der Behörden und nehmen uns heute frei", entschied ich schließlich.

Carolin nickte zustimmend. Der unerwartete Urlaubstag besserte meine Stimmung. Es brachte nichts, sich die Laune vermiesen zu lassen. *Kurz war ich versucht ihr vorzuschlagen, die Freiheit für morgendlichen Sex zu nutzen. Aber sie würde mich zurückweisen, machte sie sich doch ständig unnötige Sorgen. Solange Pauline sich nicht meldete, würde sie ohnehin kaum eine ruhige Minute haben. Ich selbst nahm die Sache gelassen. Okay, das Gespenst des Nationalismuses war unerwartet der Mottenkiste entwichen. Ein paar Spinner machten Krawall. Aber ernsthafte Unruhen oder gar Schlimmeres waren in Deutschland undenkbar.*

Weder Telefon noch Internet funktionierten. So beschlossen wir, uns mittels TV über die Vorgänge da draußen zu informieren. Was ich in den nächsten Stunden dort zu sehen und zu hören bekam, erschütterte meine Zuversicht dann doch etwas. Noch im Laufe der Nacht hatte Österreich als letztes Nachbarland seine Grenzen zu uns geschlossen und Militär aufgefahren. Alle hofften ein Übergreifen des Bürgerkriegs in Deutschland auf ihr eigenes Land verhindern zu können. Die behaupteten allen Ernstes, bei uns sei Bürgerkrieg! Einmal mehr eine hysterische Übertreibung der Medien. Eine Meldung war besorgniserregender als die andere. Einzig dass Österreich seine Grenzen erst nach Mitternacht geschlossen hatte, als Pauline diese schon längst passiert haben musste, beruhigte uns. Schließlich hielt ich es nicht mehr aus und erhob mich.

„Den Quatsch unserer hysterischen Medien mag ich mir nicht mehr ansehen! Ich gehe raus und schau mir die Sache selbst an!", verkündete ich.

„Aber Jens, wir sollen doch..."

„Du kannst ja hier bleiben. Ich mache einen Spaziergang durch den Wald und schau mir die Neckarvororte von oben an. Wenn dort wirklich Kampfhandlungen

stattfinden, werde ich das von oben sehen, ohne mich selbst zu gefährden."

Carolin versuchte mich davon abzubringen. Ich ließ sie reden, zog unbeirrt meine warme Jacke an und setzte eine Mütze auf. Schließlich gab sie resigniert auf und kehrte an den Fernseher zurück, während ich das Haus verließ.

Unsere Villa lag in der Gänsheide, einem Wohngebiet auf dem Rücken eines Berges, der den Osten der Stadt dominiert. Ich sah die Straße hinunter. Nichts rührte sich. Ich lauschte, konnte jedoch nichts hören, auch nicht den üblicherweise im Tal tosenden Verkehr. Die meisten hielten sich offensichtlich an die Empfehlung der Behörden. Vor mich hin pfeifend wandte ich mich dem nahegelegenen Wald zu. Wenn ich diesen durchquerte, würde ich einen guten Blick auf die Neckarvororte beiderseits des Flusses haben.

Am Rande war der Wald licht. Mir gefiel er dort besonders, da auf sandigem Boden mächtige Eichen wuchsen. Kaum war ich in den Wald eingedrungen, als hinter einem der mächtigen Stämme ein Mann in Kampfuniform hervorsprang und laut brüllte:

„Stehenbleiben! Hände hoch!"

In diesem beschämenden Augenblick lernte ich, dass „sich vor Angst in die Hose machen" nicht einfach nur ein Sprichwort war. Auf mein Missgeschick reagierte der Soldat mit einem fiesen Grinsen. Hinter einem anderen Stamm trat ein zweiter Soldat vor, der mir die Hände auf den Rücken fesselte.

„Was sollen wir mit ihm machen?"

„Wir bringen ihn zum General. Der soll entscheiden."

Er packte mich fest am Ellenbogen und führte mich quer durch den Wald zu einer Stelle oberhalb der

Forststraße, die durch das Dürrbachtal von Rohracker aus hoch zu uns führt. Ein Trupp Männer hob mit Hilfe eines gelben Baggers Schützengräben aus und erstellte Sandsack-Befestigungen. Schockiert starrte ich auf das Geschehen. Eine Stimme rechts von mir befahl:

„Nehmen Sie dem Mann die Handfesseln ab Soldat! Das ist nur Dr. Baitinger, der wohnt hier."

Ich drehte den Kopf nach rechts und blickte in die blauen Augen Herrn Wahlers, eines von mir wenig geschätzten, erzkonservativen Nachbarn. Er hatte im letzten Jahr eine Art Bürgerwehr organisiert, um beide in unser kleines Wohngebiet führenden Straßen zu bewachen. Ihm hatten wir es zu verdanken, dass Pauline uns nicht länger in unserer „Gated Community" besuchen wollte.

„Na Herr Doktor, lachen Sie jetzt immer noch über uns?", fragte Wahler in diesem Augenblick spöttisch.

„Ich habe Sie nie ausgelacht!"

„Zumindest nie offen", räumte er ein. „Dafür sind Sie viel zu kultiviert. Oder auch einfach nur zu feige."

„Das…"

Er hob die Hand.

„Sparen Sie sich ihre Worte! Für so etwas haben wir jetzt keine Zeit. Ich bin Ihnen nicht böse, manche brauchen halt länger, um die Wahrheit zu erkennen. Außerdem wollte ich ohnehin mit Ihnen reden. In Ihrem Haus werden noch heute sechs Familien einquartiert."

„Wie bitte?", empörte ich mich. „Was fällt Ihnen ein! Sie können doch nicht einfach so über mein Haus bestimmen!"

„Wer sollte mich daran hindern?", fragte er frech grinsend zurück.

Seine Leute grinsten noch viel frecher. Es blieb mir nichts anderes übrig, als mir einzugestehen, dass ich keine Chance hatte. Dennoch sträubte sich alles in mir, mit den Nationalisten, um die es sich bei Wahlers Truppe zweifellos handelte, zu kooperieren.

„Keine Sorge", meinte er in diesem Augenblick, „wir sind keine Nationalisten, sondern gehören zu den Guten!"

„Den Guten?"

„Na, weder Nationalisten noch Islamisten", erklärte er. „Wir sind diejenigen, die unsere christlichen Werte und die Demokratie verteidigen."

„Indem Sie hier im Wald Löcher buddeln?"

Er zögerte, schien zu überlegen, ob ich eine Antwort wert war.

„Sie sind Arzt", meinte er schließlich. „Ärzte werden meine Männer und ich in der nächsten Zeit benötigen. Daher, und nur daher, nehme ich mir Zeit für Sie. Kommen Sie mit."

„Wohin?"

„Ein Stück weiter nach vorne. Lassen Sie uns einen gemeinsamen Blick ins Neckartal werfen. Sind Sie nicht ohnehin unterwegs, um sich persönlich einen Eindruck von der Lage dort zu verschaffen?"

„Doch."

Ich gab meinen Widerstand auf und folgte ihm. Sobald wir uns vom lauten Bagger entfernten, hörte ich fremde Geräusche.

„Sind das Schüsse?"

Er nickte.

„Wollten Sie mir nicht erklären, was Sie und Ihre Leute hier treiben?"

„Diese Höhe wird, wie einige andere Höhen der Stadt, von entscheidender strategischer Bedeutung sein. Wir sichern sie daher für uns."

„Wer ist wir?"

„Bürger, die weder naive Traumtänzer noch Dummköpfe sind. Männer, die sich um die ihren Sorgen machen und bereit sind, deren Leben und unsere Werte mit der Waffe in der Hand zu verteidigen."

Erneut erklangen Schüsse von vorne, diesmal deutlich lauter. Eine Explosion war zu hören.

„Warum sind Sie dann nicht dort unten dabei?"

„Weil die anderen stärker sind als wir und wir dort nur sinnlos verheizt würden."

„Wozu dann überhaupt kämpfen, wenn die anderen ohnehin stärker sind?"

„Oh, wir sind die Mehrheit und haben daher eine reelle Chance zu gewinnen. Nur ist die Masse dieser Mehrheit noch nicht zum Kampf bereit. Um, bis die ihre Kampfbereitschaft entdecken, nicht bereits verloren zu haben, sichern wir unsere Positionen. Solange lassen wir erst einmal die anderen sich gegenseitig schwächen."

Wir erreichten die Aussichtsplattform bei der Schillerlinde. Auch hier errichteten Männer mit Hilfe eines Baggers Befestigungen. Aus dem Tal erklang Kampflärm. Schwarzer Qualm hing über den Vororten. Auf der Augsburger Straße, nördlich von Untertürkheim, standen zwei brennende Fahrzeuge. Überhaupt schienen sich die Kampfhandlungen besonders auf Untertürkheim zu konzentrieren.

„Wer kämpft dort?", fragte ich.

„In Untertürkheim haben sich Islamisten verschanzt."

„Aber die haben doch gegen die Bundeswehr keine Chance, oder?"

„Andersherum: Die Bundeswehr hat keine Chance gegen die Islamisten! Schließlich führen jene seit Jahrzehnten von Afghanistan über den Irak, Syrien bis hin zu Libyen, Mali und Nigeria Krieg. Die haben hunderttausende gut ausgebildete und kriegserprobte Kämpfer. Unsere Nachrichtendienste schätzen, dass bis zu einer halben Million Islamisten ins Land einsickerten. Und die Bundeswehr? Weniger als zweihunderttausend Beschäftigte, die meisten davon Sesselfurzer, nur wenige Tausend kampferprobte Soldaten. Glauben Sie wirklich, die haben eine echte Chance?"

Ich schluckte. So betrachtet natürlich nicht.

„Woher haben die Islamisten überhaupt Waffen?", fragte ich verzweifelt.

„Die Taliban schmuggeln seit Jahrzehnten tonnenweise Drogen in unser Land. So gut wie nie wurde von Zoll oder Drogenfahndung eine Ladung abgefangen. Warum sollte das nicht auch mit Waffen funktionieren?"

„Weil der Staat..."

Ich brach ab. Kaum zu glauben, wie sehr ich mich plötzlich an den von mir bisher verachteten Staat klammerte. Was blieb mir auch anders übrig? Also fuhr ich fort:

„Aber die Bundeswehr ist doch besser bewaffnet!"

„Berlin ist ein Hort der Arroganz, Inkompetenz und Korruption. Seit wir wieder von Berlin aus regiert werden, lief kein Rüstungsprojekt mehr halbwegs vernünftig über die Bühne. Berlin ist ja bereits mit dem Bau eines Flughafens überfordert. Die Nato schüttelt über uns nur noch mitleidig mit dem Kopf, während die

Russen bei Treffen hochrangiger Militärs die Deutschen offen verhöhnen. Glauben Sie mir, unter den Offizieren der Bundeswehr gibt es mehr als eine heimlich geballte Faust gegen unsere Politik, besonders seitdem Frau von der Leyen mit ihrem weltfremden Moralismus der Truppe zusetzte. Die Nationalisten werden es nicht schwer haben, Teile der Truppe auf ihre Seite zu ziehen. Sehen Sie dort unten?"

Sein Finger zeigte direkt unterhalb von uns auf eine Seitenstraße des Stadtteils Wangen, nicht weit von der Brücke hinüber nach Untertürkheim entfernt."

„Da stehen ja Panzer!"

„Keine echten Panzer, aber immerhin leicht gepanzerte Fahrzeuge. Das sind Wiesel des 292. schweren Jägerbatallions aus Stetten am kalten Markt. Echte Kampfpanzer gibt es in ganz Deutschland nur noch gut zweihundert, im Ländle keinen einzigen.

Die 292er haben den Auftrag, die Kampfparteien hier zu entwaffnen oder notfalls zu eliminieren. Ich habe keine Zeit, aber sehen Sie ruhig zu, ob der Kommandierende Geschick besitzt oder seine Soldaten leichtfertig verheizt."

„Äh, das wäre sicher interessant, aber meine Frau macht sich bestimmt schon Sorgen um mich."

„Umso besser. Dann entscheiden Sie sich gemeinsam mit Ihrer Frau für das schönste Zimmer Ihres Hauses. Jedes andere Zimmer wird mit einer Familie aus den tiefergelegenen Stadtteilen belegt!"

Ich beendete meine Erzählung. Schweigend hing jeder seinen schmerzhaften Erinnerungen nach. Die Tür des Behandlungszimmers öffnete sich. Keller trat ein. Als er Hannah erblickte, erhellte ein Lächeln sein ernstes Gesicht.

„Wie geht es dir?", fragte er.

„Besser. Der Doktor versteht seinen Job."

„Gut zu wissen."

„Denken Sie dann auch an Ihre Versprechen?", nutzte ich die Gunst des Augenblicks.

„Ihre Tochter und Ihre Frau, ich kümmere mich um beide."

Hannah sah mich neugierig an, fragte aber nichts. Ich beschloss, die beiden sich selbst zu überlassen und mich auf der Arztstation umzusehen.

Diese bestand aus drei Räumen. Der größte Raum war als Wartebereich mit Empfangstheke konzipiert, der mittlere, in dem sich gerade Hannah und Keller befanden, als Behandlungszimmer und der kleinste als eine Art Büro. Ein winziger Sanitärbereich rundete das Ganze ab. So etwas wie ein Krankenzimmer, in dem Patienten wie Hannah in Ruhe genesen konnten, gab es nicht. Ich würde Keller vorschlagen das benachbarte Appartement in ein solches umzufunktionieren. Vielleicht ließ sich eine direkte Tür vom Wartebereich dorthin durchbrechen?

Ich machte mich gerade mit dem Inhalt von Schränken und Schubladen vertraut, als das Nageln schwerer Dieselmotoren und aufgeregt schnatternde Stimmen die Rückkehr der Arbeitenden verkündeten. Kurz darauf wurde die Tür der Krankenstation aufgerissen. Zwei Anzugsträger schleppten einen Dritten zwischen sich. Dieser trug noch die gleiche hellgraue Hose wie seine Kollegen, aber kein Jackett mehr. Sein weißes Hemd war blutdurchtränkt. Ein Auge öffnete sich ein wenig, als seiner Brust ein dumpfes Stöhnen entschlüpfte. Er pendelte zwischen wachem Zustand und Bewusstlosigkeit.

„Was ist mit ihm passiert?"

„So sieht man nach zwanzig Peitschenhieben aus."

„Peitschenhiebe?"

Sie nickten ernst.

„Wie barbarisch!"

Raif Badawi, der saudische Blogger, kam mir in den Sinn. Die Tür des Behandlungsraums öffnete sich. Keller trat heraus.

„Junker wieder! Erneut wegen eines Mullahs?"

Der ältere der beiden nickte. Sie setzten an, Junker in den Behandlungsraum zu schleppen.

„Da drinnen liegt meine Frau. Wartet, ich hole euch die Pritsche raus!", befahl Keller.

Kurz darauf rollte die höhenverstellbare Krankenliege den beiden entgegen. Sie legten Junker bäuchlings drauf und verließen grußlos in Kellers Begleitung die Krankenstation.

Im Wartebereich verpasste ich meinem neuen Patienten eine ordentliche Dosis Morphium. Dann entfernte ich mit Schere, Skalpell und Pinzette die Reste des Hemdes von seinem zerfetzten Rücken, ehe ich die Wunden desinfizierte, teilweise nähte und schließlich mit sterilem Mull abdeckte. Er bekam davon nichts mit. Hoffentlich bescherte das Morphium ihm wenigstens schöne Träume.

Kaum war ich fertig, tauchte Keller wieder auf.

„Wie geht es ihm?"

„Die Wunden selbst sind schmerzhaft, aber an sich nicht bedrohlich. Sollten sie sich allerdings entzünden, habe ich nicht viele Möglichkeiten, ihm zu helfen."

„Der Idiot ist selbst schuld!", brummte Keller. „Wir sind Gäste in diesem Land. Da ist es nicht zu viel verlangt, sich den örtlichen Sitten anzupassen."

„Wofür wurde er bestraft?", fragte ich.

„Für die Beleidigung eines Geistlichen."

„Beleidigung? Was hat er gesagt?"

„Keine Ahnung!" Er zuckte mit den Schultern. „Wahrscheinlich nichts Schlimmes. Aber Geistliche sind hier unantastbar. Reden Sie immer mit dem größten Respekt über die Mullahs."

„Warum war er so dumm, etwas Freches zu sagen?"

„Er sagte es keinem Geistlichen direkt, sondern äußerte sich einem Kollegen gegenüber abfällig über sie."

„Einem Kollegen? Etwa einem von hier?"

Keller wog seinen Kopf hin und her.

„Das glaube ich eher nicht."

„Wie kam es raus? Denunzierte der andere ihn?"

„Möglich, aber unsere Gastgeber sind technologisch nicht stehengeblieben. Die Sicherheitsdienste können fast überall mithören oder gar zusehen."

„Auch hier?"

Er nickte.

„In unseren Appartements?"

Erneutes Nicken.

„Überlegen Sie sich also gut, was Sie wem sagen!"

Ich ließ mich auf den Stuhl sinken. Da war es im ungarischen Lager humaner gewesen. Derbe Späße und bitterböse Sprüche hatten uns Entlastung verschafft. Starkes Heimweh nach Europa und seinen Werten überflutete mich.

„Wir sollten einen Spaziergang machen", meinte Keller leichthin.

Ich wollte ihm widersprechen. Gerade rechtzeitig fiel mir ein, dass er mir vermutlich ohne staatliche Zuhörer etwas sagen wollte. Also nickte ich zustimmend.

Schweigend liefen wir nebeneinander her in die abendliche Wüste hinaus. Bestimmt gab es hier Schlangen. Ängstlich starrte ich auf den Boden. Schließlich hielt ich das Schweigen nicht länger aus.

„Zumindest wird Junker die nächsten Tage keinen Ärger machen."

„Warum nicht?"

„Weil ich ihn in der Krankenstation…"

„Vergessen Sie´s!", unterbrach er mich. „Was auch immer Sie ihm spritzen, er muss morgen arbeiten."

„Warum?"

„Weil er sonst seine Arbeit verliert."

„Na und, das ist doch vielleicht sogar besser für ihn."

„Ist es nicht!"

„Warum?"

„Ohne Arbeit verliert er seine Aufenthaltserlaubnis und kommt umgehend in Abschiebehaft."

„Abschiebehaft? Nach Deutschland?"

„Theoretisch ja."

„Wenn er es nicht schafft, seine Klappe zu halten, ist das doch besser für ihn, als hierzubleiben."

„Die Sache hat einen Haken."

„Nämlich?"

„Die Abschiebungen werden nur vollzogen, wenn man selbst die Schiffspassage nach Europa zahlen kann."

„Und wenn nicht?"

„Krepiert man als Christ elendig im Knast."

„Aber…"

Ich brach meinen Satz ab.

„Was?"

„Nichts, ich wollte eigentlich sagen, dass ich kein Christ bin. Aber vermutlich macht dies keinen Unterschied."

„In deren Augen sind wir Christen, ob wir getauft sind oder Kirchensteuer zahlen spielt keine Rolle."

Ich konnte mir keine Abschiebungen nach Deutschland vorstellen. Zumindest nicht nach Stuttgart. Dort herrschte Mangel an allem. Keiner würde freiwillig eine zusätzliche Last wie Junker haben wollen. Die meisten Zurückgebliebenen begrüßten Flucht und Auswanderung. Dabei trieb sie die Hoffnung, es bliebe dann wenigstens mehr für sie selbst übrig. Allerdings hatte es sich in den Jahren des Bürgerkriegs nie so angefühlt, als sei jemals etwas anderes als Leid, Entbehrung und Gefahr mehr geworden.

„Gibt es einen Weg fort von hier?"

„Kaum angekommen, wollen Sie schon wieder fort?"

„Ja, es gibt schließlich noch Länder, in denen es nach wie vor gut ist."

„Viele sind es aber nicht mehr. Und die wenigen machen es besser, als wir damals. Die wissen um die Fragilität ihrer Freiheiten und ihres Wohlstandes. Entsprechend lassen sie niemanden rein, sondern verteidigen ihre Grenzen entschlossen. Länder wie die USA können Sie komplett vergessen. Die schotten sich total ab, lassen nichts und niemanden mehr rein."

„Gibt es denn gar keine Möglichkeit, von hier wegzukommen?"

„Doch, genau darüber wollte ich mit Ihnen sprechen. Unser Sonntag entspricht dem hiesigen Freitag. Es stehen Busse bereit, uns in die Moschee zu fahren. Ich würde Ihnen raten, diese Möglichkeit wöchentlich wahrzunehmen."

„Warum?"

„Aus verschiedenen Gründen. Zum einen gehören wir beide zu den wenigen hier, die keinen Arbeitsplatz in der Stadt haben. Um dem Lagerkoller zu entgehen, sollten wir jede Möglichkeit nutzen, von hier wegzukommen. Zweitens hoffe ich doch sehr, dass Sie daran interessiert sind, die Ausstattung der Arztstation zu verbessern."

„Natürlich bin ich das!"

„Schön, dazu ist die Fürsprache und Unterstützung eines Geistlichen der einzige Weg."

Ich sollte also meine Seele verkaufen, um meine Arbeitsmöglichkeiten zu verbessern? Waren wir in vergangenen Zeiten, als Flüchtlinge noch massenhaft nach Deutschland geströmt waren, auch so inhuman gewesen? Ich wusste es nicht. Beschämt musste ich zugeben, dass ich mich nie hierfür interessiert hatte. Paulines Vorwürfe mir gegenüber kamen mir in den Sinn. Wie Recht sie doch gehabt hatte. Ich vermisste meine Tochter so sehr, dass es schmerzte.

„Wissen Sie etwas über meine Tochter?"

Er drehte sich um und blickte zu den drei Wohnblöcken zurück. Dann antwortete er:

„Ihre Tochter ist der Grund, warum ich hier draußen mit Ihnen reden will."

Mein Herz beschleunigte. Zugleich fragte sich mein kritischer Verstand, warum er sich zu den Gebäuden umgedreht hatte.

„Müssen wir wirklich so weit raus, um ungestört reden zu können?"

„Ja. Auf den Dächern sind Wachen. Mit ihren Scharfschützen-Gewehren könnten die uns selbst jetzt noch spielend ausschalten. Aber beim Geräusch des Windes und des auf dem Boden vor sich hin rieselnden Sandes reichen selbst deren Richtmikrofone nicht bis hierher."

Mich fröstelte. In was für einem Überwachungsstaat war ich gelandet?

„Was haben Sie über Pauline herausgefunden?"

„Ist das ein Bild Ihrer Tochter?"

Er reichte mir eine zerknitterte Aufnahme. Es handelte sich um ein unscharfes, von einem billigen Drucker auf normales Papier ausgedrucktes Foto. Dennoch erkannte ich ihr Gesicht sofort.

„Sie ist es!", rief ich erregt. „Was wissen Sie über sie? Ist sie auch hier in Saudi-Arabien?"

In diesem Augenblick zückte er ein altertümliches Handy und starrte auf dessen Display.

„Später, ich muss dringend zurück!"

Keller bekam ich an diesem Tag nicht mehr zu Gesicht. Meinen beiden Patienten ging es den Umständen entsprechend gut. Ich überlegte, mich ins Appartement zurückzuziehen, hatte aber keine Lust auf Sascha. Außerdem gab es in der Arztstation die Hoffnung, dass Keller sich noch blicken ließ und er rausrückte, was er über Pauline in Erfahrung gebracht hatte. Also setzte ich mich zu Hannah ans Bett und erzählte ihr den Rest meines ersten Tags des Bürgerkriegs:

Zurück im Haus fiel Carolin mir schluchzend um den Hals.

„Ich dachte schon, dir wäre was passiert und ihr alle würdet mich in dieser schrecklichen Zeit alleine lassen. Es ist so furchtbar, nichts von Yannick zu wissen. Ob es ihm wohl gut geht?"

„Hast du die Meldungen über Karlsruhe verfolgt?"

„Ja. Pforzheim ist fest in der Hand der Nationalisten. Karlsruhe ist hingegen genau wie Stuttgart umkämpft."

Yannick stand kurz vor seinem Masterabschluss als Elektrotechniker an der Karlsruher Uni.

„Er ist kein Idiot und wird es schon schaffen."

„Hoffen wir es."

Wir hielten uns umschlungen und zogen Trost daraus. Schließlich drängte sich die unheimliche Begegnung im Wald wieder in mein Bewusstsein. Wie konnte ich Carolin schonend Wahlers Ansinnen beibringen?

„Äh, übrigens habe ich im Wald unseren Nachbarn, Herrn Wahler, getroffen. Du weißt schon, der so eine Art Bürgerwehr organisiert. Der meint wir...er will..."

Verdammt! Warum war das auch so schwer?

„Ich weiß schon Bescheid!", meinte Carolin. „Kaum warst du aus dem Haus, als auch schon Bettina klingelte. Du hast dich zwar immer sehr geringschätzig über den pensionierten General geäußert, aber ich vertraue ihm. Zumindest mehr als irgendjemand sonst, was unsere Sicherheit hier betrifft. Je mehr Leute uns bei der Verteidigung unterstützen, umso besser. Ich dachte, wir nehmen die Einliegerwohnung im Souterrain, da sind wir im Ernstfall am sichersten."

„General?", fragte ich verblüfft. „War er General?"

„Wusstest du das nicht?"

Nein, wusste ich nicht. Aber es hätte ihn mir in der Vergangenheit nicht sympathischer gemacht. Allerdings musste ich zugeben, dass ich es unter diesen Umständen doch irgendwie beruhigend fand.

Am späten Nachmittag klingelte es an unserer Tür. Eine brünette Frau mit zwei kleinen Kindern stand draußen.

„Guten Tag. Mein Name ist Silchermann. Mein Mann hat sich zum Dienst an der Waffe verpflichtet. Es hieß, wir könnten dann hier Quartier bekommen", meinte sie offensichtlich nervös.

„Dienst an der Waffe?", entgegnete ich verblüfft.

„Ja. Er ist bei den anderen Männern im Wald. Die Kinder und ich..."

Sie brach ab, schien kurz davor, wieder zu gehen. Carolin trat an mir vorbei lächelnd auf die Frau zu.

„Kommen Sie doch bitte herein!"

Sie warf mir einen mahnenden Blick zu. Ich gab den Weg frei. Die drei Schutzsuchenden schleppten sich und Ihre Koffer ins Haus. Da besann ich mich auf meine Manieren und half der zierlichen Frau, das Auto zu entladen. Sie richteten sich in unserem Gästezimmer ein. Bevor ich sie dort alleine ließ, fragte ich Frau Silchermann:

„Woher kommen Sie?"

„Aus dem Norden der Stadt. Dort kämpfen Nationalisten gegen Islamisten."

„Warum gerade dort?"

„Da ist in den letzten Jahren ein Ghetto entstanden. Manche Nachbarn nennen es abfällig Klein-Damaskus, weil fast alle Bewohner dort Muslime sind. Wir hatten mit denen nie Probleme. Das waren ganz normale Leute. Seit den Morden in Dresden geht allerdings das Gerücht, dass dort nachts Bewaffnete patrouillieren. Kennen Sie den Romeo?"

Ich nickte, war mir der Spitzname für das Hochhaus doch ein Begriff.

„Unsere Wohnung befindet sich im dreizehnten Stock. So konnten wir letzte Nacht die Gefechte live mitverfolgen. Das ist richtiger Krieg! Also packten wir im

Morgengrauen das Nötigste ins Auto und hauten von dort ab. Egal, ob die Islamisten oder die Nationalisten den Sieg davontragen, für uns kann da nichts Gutes bei rauskommen. Am liebsten würden wir ins Ausland flüchten, aber das geht gerade nicht. Da hörten wir das Gerücht, im Süden der Stadt legten normale Bürger Schützengräben an, um sich gegen den Sieger der Kämpfe im Norden verteidigen zu können. Es heißt Familien, deren Männer bereit zum Dienst an der Waffe sind, würden aufgenommen werden. Das erschien uns besser, als uns allein auf die Hoffnung zu verlassen, in Ruhe gelassen zu werden."

„Familien? Und was ist mit den Alleinerziehenden?", fragte meine Frau empört.

Frau Silchermann zuckte nur mit den Achseln.

Noch immer geschockt von den Geschehnissen verbrachten wir den Rest des Tages vor dem Fernseher. Kurz überlegte ich, meine Hilfe beim Ausheben der Schützengräben anzubieten, entschied mich aber dagegen. Niemand bat mich darum. Der General hatte mich ja schon als Arzt eingeplant. Ob er wusste, dass ich Facharzt für Psychosomatik war? Bei der Versorgung von Schusswunden würde mir dies kaum helfen. Trotzdem würde ich mein Bestes geben. Sonst käme der noch auf die Idee, mir auch eine Waffe in die Hand zu drücken.

Wir rechneten mit weiteren Einquartierungen, aber die blieben aus. Nach Einbruch der Dunkelheit traf Herr Silchermann verdreckt und erschöpft ein. Er trug militärische Kampfmontur und ein riesiges Schnellfeuergewehr.

„Muss das sein?", fragte ich.

„Daran werden Sie sich wohl gewöhnen müssen, Doktor", entgegnete er müde.

„Können Sie mit der Waffe überhaupt umgehen?"

„Das war das Erste, was man mir heute beibrachte. Sollten die auf uns zustürmen, ist das Treffen einfach. Die Kunst besteht eher darin, nicht sinnlos ein ganzes Magazin auf ein einziges Ziel abzuballern, sondern damit möglichst viele Ziele auszuschalten. Nur dann haben wir eine Chance, den Ansturm zu überleben."

Ziele! Damit meinte er Menschen, aber Ziele klangen unverfänglicher. Ich ersparte es mir, mit ihm über seine Wortwahl zu streiten. Stattdessen fragte ich:

„Wer soll uns angreifen?"

Herr Silchermann sah mich an. In seinem Blick lag keine Vorfreude auf den bevorstehenden Kampf, eher Trauer.

„Der General rechnet damit, dass in zwei bis vier Wochen die Massen aus der restlichen Stadt versuchen unsere Stellungen zu überrennen, um uns unsere Vorräte zu rauben."

„Vorräte? Welche Vorräte?"

„Lastwagen mit bewaffneter Begleitung akquirierten bei allen erreichbaren Supermärkten und Lagern Vorräte für den Winter. Meistens kamen unsere Leute zu spät und die Depots waren schon geplündert. General Wahler meint, es wird knapp werden. Wir werden weniger Kämpfer bei uns aufnehmen können als zunächst gehofft. Die Mehrheit der Bevölkerung wird bald nichts mehr zum Beißen haben. Wenn die verzweifelt genug sind, werden sie stürmen."

Ich sah ihn entsetzt an.

„Sie meinen, Sie wollen auf verzweifelte, hungrige und wahrscheinlich größtenteils unbewaffnete Menschen schießen?"

In seinen Augen blitzte Hass auf.

„Halten Sie Ihr Maul, Sie verdammter Moralapostel! Ich will das keineswegs!"

Er beugte sich drohend zu mir vor, ehe er fortfuhr:

„Aber ich werde es tun. Auch für Sie und Ihr kleines Weibchen! Weil..., wissen Sie, was passieren wird, wenn ich und die anderen es nicht tun? Unsere Frauen und unsere Kinder würden entweder von verzweifelten und hungrigen Menschen direkt umgebracht oder im Winter elend verhungern. Trotzdem wird es mir schwer genug fallen zu tun, was getan werden muss. Also ersparen Sie mir Ihre überflüssigen Ergüsse! Und noch etwas: Noch gestern hätte ich es abgelehnt, zur Waffe zu greifen. Ich hätte gesagt, sollen doch die Reichen wie Sie, sollen doch Homos, Alleinerziehende, Flüchtlinge und all die anderen Hätschelkinder der Politik diesen Staat verteidigen! Warum ich, der sich seit Jahren mit Frau und zwei Kindern in eine Zwei-Zimmer-Wohnung drängt, ohne Chance auf eine würdigere Bleibe?"

„Hunger? Bei uns? Das kann doch nicht ihr Ernst sein!"

„Die Kampfhandlungen werden sich so schnell nicht stoppen lassen. General Wahler meint, es sei nur eine Frage der Zeit, bis die ersten Stromleitungen und Kraftwerke zerstört werden. Ohne Strom werden die Lebensmittel in den Kühlhäusern schnell verderben. Außerdem werden noch viel früher keine Lebensmittellieferungen mehr durchkommen, seien es Importe oder nur solche aus anderen Landesteilen."

Noch immer schockiert starrte ich ihn an. Auch wenn mir ein solches Denken fremd war, konnte ich seine Bedenken nachvollziehen. Zerknirscht bat ich:

„Entschuldigen Sie bitte, meine Worte waren nicht so gemeint. Ich war einfach schockiert."

„Geht in Ordnung. Übrigens haben die Moslems aus Untertürkheim sämtliche Neckarbrücken gesprengt, um Nationalisten und Sicherheitskräften das Überqueren des Flusses zu erschweren. Gerade ziehen sie sich Richtung Cannstatt zurück. Wir sind hier also vorläufig in Sicherheit."

„Und die Nationalisten?"

„Solange sie die Moslems nicht besiegt haben, interessieren die sich nicht für uns."

Da im Fernsehen nichts darüber berichtet worden war, glaubte ich ihm nicht. Ich würde mich am folgenden Tag selbst davon überzeugen.

Ich war müde und beendete meine Erzählung. Keller hatte sich nicht blicken lassen. Dabei brannte ich darauf von ihm zu hören, was er über Paulines Verbleib in Erfahrung gebracht hatte. Konnte ich Hannah meine Gesellschaft noch länger zumuten?

„Was wurde aus Ihrem Sohn?", fragte sie in diesem Augenblick. „Karlsruhe wurde von den Nationalisten besetzt. Aber er ist doch mit Ihnen hergekommen. Wie hat er es mitten im Bürgerkrieg zu Ihnen nach Stuttgart geschafft?"

Mein Sohn! Ärger wallte in mir auf. Zielsicher hatte sie meinen wundesten Punkt getroffen. Dabei sah sie mich ganz arglos an. Etwas in mir drängte danach, mich ihr zu offenbaren, wenigstens ihr die Wahrheit zu erzählen.

Hannah sah keineswegs besonders gut aus, in ihrem kranken Zustand ohnehin nicht. Aber immerhin war sie Frau und trug alleine deshalb die Verheißung in sich, mich von meinem Fluch der Einsamkeit erlösen zu können, sowie das Versprechen auf Unsterblichkeit. Aber zugleich war sie Kellers Frau, nicht vom Gesetz her, sondern von seinem Recht des Alpha-Tieres. Es wäre unklug, sich mit ihm anzulegen oder ausgerechnet seiner Frau Dinge preiszugeben, die mich seiner Gnade ausliefern würden. Also rang ich mein Bedürfnis nieder, räusperte mich und sagte:

„Klar weiß ich, was er in jener ersten Nacht des Bürgerkriegs und auf seinem Weg zu uns nach Stuttgart erlebte. Er erzählte es so oft, es kommt mir fast so vor, als hätte ich es selbst erlebt. Wie Sie wissen, brachen die Kämpfe am einunddreißigsten Oktober aus, jener Nacht, in der die Arglosen ein letztes Mal Halloween feierten…"

Ameer packte trotz seines von mir nur notdürftig verarzteten Fußes seine Tasche, steckte die Pistole ein und verabschiedete sich. Alle meine Argumente für seinen Verbleib bei uns prallten an ihm ab. Stur beharrte er darauf, nur noch in der Gesellschaft seiner Glaubensbrüder sicher zu sein. Wir würden uns nie wiedersehen.

Aufgewühlt kehrte ich an meinen Computer zurück. An Lernen war nicht mehr zu denken. Der Irrsinn möglicherweise unmittelbar bevorstehender Gewaltexzesse trieb mich um. Waren solche ernsthaft hier bei uns, in der Mitte Europas denkbar? Konnte ein Dreivierteljahrhundert Friede, Stabilität und Wohlstand plötzlich

zu Ende sein? Der bloße Gedanke erschien mir unvor-
stellbar.

Gerade als ich mich zu den Anderen in den Partykeller
begeben wollte, wurden draußen auf der Straße Paro-
len gegrölt. Das Wohnheim lag in der Nähe des Wild-
parkstadions. Manchmal zogen grölende Hooligans
des KSC durch die Nachbarschaft. Heute war aller-
dings Dienstag und meines Wissens kein Spiel des KSC
angesetzt. Dabei wusste ich nicht einmal, in welcher
Liga der KSC gerade spielte. War in der Dritten Liga
Dienstag Spieltag?

Um ihre Parolen zu verstehen, öffnete ich das Fenster.
„Deutschland den Deutschen! Deutschland den Deut-
schen! Deutschland den Deutschen!", schallte es von
draußen herein. Mich überkam eine Gänsehaut.

In diesem Augenblick kehrten meine Mitbewohner auf-
geregt diskutierend aus dem Partykeller zurück. Es
war erst halb zehn, viel zu früh! Da erst fiel mir auf,
dass die Musik im Keller verstummt war. Voller Angst
stürmte ich zu meiner Tür und riss diese auf. Paul, der
gegenüber wohnte, wollte soeben in sein Zimmer
schlüpfen. Als er mich sah, hielt er kurz inne und rief
mir zu:

„Schnell, pack deine Sachen. Jeden Augenblick kann
hier geschossen werden. Wir müssen von hier ver-
schwinden!"

„Warum? Was ist los?"

„Islamisten haben das Polizeipräsidium gestürmt und
alle Polizisten brutal ermordet. Jetzt zieht ein Mob auf
der Suche nach Moslems durch die Straßen. Die kön-
nen jeden Augenblick auch uns überfallen!"

„Das Polizeipräsidium..."

Mir wurde flau. Ich begann zu schwanken. Um nicht
zu stürzen, krallte ich mich panisch an der Türklinke

fest. Paul trat entschlossen auf mich zu, packte mich am Kragen und verpasse mir zwei Ohrfeigen.

„Sind wir Schuld an…"

„Nein! Sind wir nicht!"

„Aber…"

„Das Klima ist seit Jahren so von Hass vergiftet, dass die Scheiße auch ohne uns übergekocht wäre."

„Warum greifen die das Polizeipräsidium an?"

„In Durlach schlugen ein paar Glatzen mit Baseball-schlägern brutal einen Moslem zusammen. Eine Streife fuhr vorbei, ohne anzuhalten. Aus Rache stürmten mi-litante Moslems das Präsidium."

„Wie kann man ein Polizeipräsidium stürmen? Gibt es da nicht Panzerglas, eine Sicherheitsschleuse und be-waffnete Polizisten?"

„Doch schon, aber die Angreifer hatten Panzerfäuste, Handgranaten und automatische Waffen. Die filmten das Ganze und streamten es live ins Internet. Irre! Ab-solut Irre! Ich glaube ja, einige von denen verfügen aus Aleppo, Mossul oder einer anderen umkämpften Stadt über Erfahrung im Häuserkampf. Hier kannst du es dir selbst ansehen!"

Er hielt mir sein Smartphone so dicht vor die Nase, dass ich einen Schritt zurücktreten musste. Das Bild eines gelb-rötlich gestreiften Gebäudes bei nächtlicher Beleuchtung war zu sehen.

„Was ist das?"

„Das Polizeipräsidium in der Durlacher Allee vor ei-ner knappen Stunde."

Es handelte sich um ein Video. Er ließ es laufen. Eini-ge Sekunden war nur das Gebäude zu sehen. Dann raste ein schwarzer Geländewagen über die kleine Grünfläche davor auf das Gebäude zu. Er schoss die breite Treppe zum Haupteingang hoch und durchbrach die Türen aus Sicherheitsglas. Unmittelbar danach er-

folgte eine heftige Explosion, die selbst den Kamera-
mann flachlegte. Zumindest fiel die Kamera hinter ein
geparktes Auto. Einige Sekunden sah man nur zer-
sprungene Gehweg-Platten. Dann wurde die Kamera
wieder gegriffen. Erneut war das Gebäude zu sehen.
Mehrere Dutzend mit Sturmgewehren bewaffnete Ge-
stalten stürmten unter lauten Rufen das Gebäude.
Schüsse und Explosionen drangen aus dem Präsidium.
Dann wurden aus verschiedenen Fenstern die grünen,
mit weißer Schrift versehenen Fahnen der Islamisti-
schen Republik herausgelassen. Die Kamera zoomte
auf eine der Fahnen, während ein Sprecher in einer
fremden Sprache, vermutlich Arabisch, das Geschehen
kommentierte.
„Weißt du, was er sagt?"
„Das Allah groß ist und die Zeit der Rache gekommen.
Alle Brüder sollen zu den Waffen greifen und sich sam-
meln."
Ich starrte Paul an. Ameer hatte vorher gewusst, dass
dies passieren würde! Deshalb war er aus dem Wohn-
heim geflüchtet!
In diesem Moment fielen drunten auf der Straße
Schüsse aus automatischen Waffen.
„Scheiße!", fluchte Paul. „Glaubst du mir jetzt, dass
wir dringend von hier verschwinden müssen? Ich
glaube ja, die Glatzen da draußen holen sich bei den
Moslems eine blutige Nase. Hier im Haus wohnen
auch ausländische Studenten. Lass uns lieber abhau-
en, ehe die Nationalisten nach denen suchen und ihren
Frust an uns auslassen."
Noch immer um Fassung ringend stand ich auf dem
Flur, als die Tür vom Treppenhaus her brutal aufgesto-
ßen wurde. Ein Trupp Männer mit schusssicheren Wes-
ten und automatischen Waffen stürmte herein. In die-
sem Augenblick war ich froh, blond und blauäugig zu

sein. Der Trupp beachtete mich nicht weiter. Die meisten Zimmertüren standen offen. Meine Kommilitonen stopften wahllos Klamotten in Koffer, Rucksäcke und Taschen. Ameers Tür war verschlossen. Da sein Zimmer leer war, öffnete auf das Klopfen der Bewaffneten niemand. Kurzerhand traten sie die Tür ein und stürmten das Zimmer. Wie gut, dass er nicht auf mich gehört hatte!

Kurz darauf war der Spuk vorüber. Der Trupp Männer zog ein Stockwerk höher. Ich stürzte in mein Zimmer, riss meinen großen Rucksack aus dem Schrank und stopfte Klamotten hinein. Vom Flur drangen aufregte Wortfetzen meiner Mitbewohner, die soeben eilig unsere Gruppe verließen, zu mir. Schüsse fielen vor dem Haus.

Wohin konnte ich mich vor diesem Irrsinn in Sicherheit bringen? Gab es in Stuttgart auch Kämpfe? Egal, mein Elternhaus in einem ruhigen, höhergelegenen Stadtbezirk schien mir in diesem Augenblick ein sicherer Ort zu sein. Wie gelangte ich mit möglichst geringem Risiko dorthin? Fuhren noch Züge und Überlandbusse?

Mein Mountainbike, das ich zum Schutz vor Diebstahl in meinem Zimmer aufbewahrte, erweckte meine Aufmerksamkeit. Schnell packte ich meinen Schlafsack oben auf den Rucksack und griff mein Fahrrad. Schwer bepackt eilte ich die Treppen hinunter. Irgendwo im Gebäude schlug eine Granate ein. Von unten kam mir ein weiterer Trupp Bewaffneter entgegen. So eng es ging, drückte ich mich an die Wand. Sie zwängten sich an mir vorbei. Unten angelangt sprang ich aufs Rad.

Der schreckliche Klangteppich aus Schüssen und Explosionen blieb hinter mir zurück. Mit aller Kraft trat ich in die Pedale. Er entfernte sich zusehends. Meine

Lunge schmerzte und mein Herz raste. Lange konnte ich das Tempo nicht mehr durchhalten. Ich mahnte mich zur Ruhe, reduzierte meine Geschwindigkeit.

Die Rheintalautobahn kündigte sich durch Hupen und das aufgeregte Brüllen von Menschen in Panik an. Dort ging nichts mehr voran. Ich war froh über mein Rad. Nach Unterquerung der Autobahn lag Durlach vor mir. Von dort erklang wieder Kampfeslärm. Ich umfuhr es nördlich. Im Pfinztal war von Kämpfen nichts zu hören. Aber auch hier stauten sich auf der Bundesstraße die Autos. Auf dem Radweg passierte ich die endlose, durch eine Straßensperre verursachte Blechkarawane. Schon von weitem sah ich, dass die Bewaffneten kein einziges Fahrzeug durchließen. Also schlug ich mich kurz vor Remchingen nach rechts in den Wald und umfuhr das Hindernis. Wo kamen plötzlich all die Waffen her?

Wenig später herrschte im Tal unheimliche Stille. In den Dörfern brannte in kaum einem Haus Licht. Kein Auto verkehrte. Lag dies an der Situation? Oder war das normal? Immerhin war Mitternacht vorbei. Abseits der Straße erahnte ich die Umrisse eines Holzschuppens. Durch die Wiese schob ich mein Rad dorthin, um mir in dessen Sichtschutz etwas Schlaf zu gönnen. Wenige Minuten später lag ich im Schlafsack und starrte zum Sternenhimmel empor.

Der laute Gesang der Vögel weckte mich bei Tagesanbruch. Als erstes nahm ich mein Smartphone zur Hand. Es gab nach wie vor kein Netz. Ich schälte mich aus dem Schlafsack, rollte diesen zusammen und setzte mir den Rucksack wieder auf. Meine Schultern waren eine so schwere Last nicht gewohnt. Dementsprechend schmerzten sie. Quälender Durst stellte sich ein. Würde ich einen geöffneten Laden finden?

Vor Pforzheim geriet ich in eine weitere Straßensperre. Da sie direkt hinter einer Kurve lag, sah ich sie zu spät. Unsicher hielt ich etwa hundert Meter davor an. Die Soldaten hoben ihre Waffen und winkten mich zu sich. Mit wild pochendem Herzen fuhr ich langsam auf sie zu. Es handelte sich um drei junge Kerle ohne Bartwuchs, die mir nervös entgegensahen. Normalerweise hätte ich die drei kaum ernst genommen. Die riesigen Sturmgewehre in ihren Händen flößten mir hingegen gehörig Respekt ein.

„Bist du schwul?", rief mir einer entgegen, als ich noch kaum zehn Meter entfernt war.

„Quatsch!", entgegnete ich spontan. „Warum zum Teufel sollte ich schwul sein?"

„Moslem?"

„Das ist wohl nicht dein Ernst! Sehe ich etwa wie ein Moslem aus?"

Ich bemühte mich, die drei möglichst unbedarft aus meinen blauen Augen anzusehen.

„Eigentlich nicht", entgegnete der Sprecher schließlich zögernd.

Endlich senkten die drei ihre Waffen ab. Mir kam in den Sinn, dass sie sich vermutlich durch die schwere Wirtschaftskrise der letzten Jahre um ihre Zukunft gebracht fühlten. Für einen Rattenfänger war es sicherlich nicht schwer gewesen, sie mit einer Uniform, einer Waffe, etwas Sold und dem Versprechen auf eine bessere Zukunft für sich zu gewinnen.

„Was macht ihr hier?"

„Wir schützen unsere Heimat!"

Der Sprecher, ein blasser, pickeliger Junge, verkündete dies mit sichtlichem Stolz.

„Schützen? Vor wem?"

„Vor den Islamisten."

Mir kamen die Bilder vom Sturm des Polizeipräsidiums in den Sinn. Für die kampferprobten Angreifer wären die drei kein Gegner. Für Ameer hingegen schon. Nur war der ein armes Würstchen und kein Islamist.

„Und vor den Schwulen?", stichelte ich.

Der Sprecher errötete. Die drei warfen sich unsichere Blicke zu. Augenblicklich bereute ich meine Unvorsichtigkeit. Andererseits entsprach Unterwürfigkeit nicht meiner Art. Ich wollte mich eben an den drei vorbeidrängen, als der links von mir stehende plötzlich seine Waffe wieder hochriss:

„Bist du etwa einer von diesen Scheiß-Ökos?", fuhr er mich an. „Mit ihrem Scheiß-Gelabber von Multikulti und ihrer Verhätschelung der Homos?"

„Hey Vorsicht!", hielt ich dagegen. „Mit denen habe ich nichts zu tun! Ich bin einfach nur ein armer Student, der hofft, irgendwo einen Job zu bekommen! In Karlsruhe schießen sie aufeinander. Die Islamisten stürmten sogar das Polizeipräsidium und da…"

„Hast du es gesehen?", fragte mich der Sprecher.

Ich nickte.

„Erzähl!"

„Ein Selbstmordattentäter raste mit einem schwarzen Geländewagen die Treppen hoch und durch das Panzerglas ins Gebäude. Dort gab es dann eine riesige Explosion. Direkt im Anschluss stürmten schwer bewaffnete Islamisten unter lauten Allah-Rufen das Präsidium. Die armen Polizisten hatten keine Chance."

Mit einer Mischung aus Neugierde und Angst hingen die drei an meinen Lippen. Ich ahnte, dass in diesem Augenblick jeder der drei hoffte, die von mit beschriebenen Islamisten tauchten nicht bei ihnen auf.

„Ich bin nicht so mutig wie ihr", ergriff ich erneut das Wort, „und ich habe auch keine Waffe. Als ich das sah,

wollte ich nur noch zurück in mein Elternhaus nach Stuttgart. Also lasst mich jetzt bitte durch."

„Klar!"

Der Sprecher gab sich einen Ruck, trat einen Schritt zur Seite. Ich schob mein Rad zwischen ihnen durch.

„Pass aber auf!", meinte er. „In Pforzheim wird noch gekämpft."

„Wer kämpft da gegen wen?"

„Wir gegen die Moslems!"

„Ihr? Wer seid ihr?"

„Siehst du das?"

Seine Jacke besaß einen kreisrunden, gelben Aufnäher. Außen war er schwarzumrandet. Innen wurde er durch eine Art schwarzen, Richtung Boden beißenden Pac-man und ein in Pacmans geöffnetem Maul liegendes Viertel-Tortenstück unterteilt. Mit sichtlichem Stolz drehte sich jeder der drei so, dass er mir so ein Abzeichen entgegenstreckte.

„Was ist das?", fragte ich ratlos.

„Kennst du es etwa nicht?"

„Tut mir leid."

„Das ist ein Lambda, das Symbol der Identitären Bewegung."

Dunkel erinnerte ich mich, von denen gehört zu haben.

„Ach! Ihr habt doch ungefragt ein neues Kreuz auf den Gipfel des Schafreiter geschleppt, nachdem das alte durch Vandalismus zerstört wurde!"

„Stimmt! Wobei wir das natürlich nicht persönlich waren, sondern bayrische Identitäre."

„Seid ihr dann so eine Art Nazis?"

Die Frage war mir entschlüpft. Ich biss mir auf die Zunge. Eines Tages würde mich eine meiner unbedachten Äußerungen noch den Kopf kosten. Glücklicherweise schien er mir meine Worte nicht übelzunehmen.

„Leider versammeln sich teilweise auch Nazis unter unserem Dach", antwortete er ruhig. „Wir sind jedoch einfach nur traditionsbewusste Demokraten, denen manche Änderungen der letzten Jahre missfallen. Wir wussten schon lange, dass die Sache in einen Bürgerkrieg münden wird und bereiteten uns darauf vor."

„Bürgerkrieg! Ist das nicht übertrieben?"

„Leider nicht. Schließ dich uns an, dann bist du auf der Seite der Gewinner!"

„Später vielleicht, jetzt muss ich erst einmal nach Hause. Was heißt, ihr habt euch darauf vorbereitet? Und wo habt ihr die Waffen her?"

„Wir wurden an der Waffe ausgebildet. Unsere G36 stammen aus der Kaserne in Calw. Die Soldaten und Offiziere dort sind auf unserer Seite."

Erneut erfüllten ihn seine eigenen Worte mit Stolz. Mich erfüllten diese hingegen mit Angst.

„Was hättet ihr eigentlich mit mir gemacht, wenn ich ein Moslem wäre?"

„Dich erschossen!", rief Nummer zwei laut.

Der Wortführer warf ihm einen mahnenden Blick zu, ehe er antwortete:

„Das ist Quatsch. Wir hätten dich festgenommen."

„Wenn ich schwul wäre auch?"

Er nickte.

„Und wenn ich ein Öko wäre auch?"

„Nein, dann nicht!", meldete sich erstmals Nummer drei zu Wort.

„Warum denn nicht?", entgegnete Nummer zwei empört.

„Weil die auch nichts anderes wollen als wir: Alles soll wieder so werden wie es früher war!"

„Quatsch! Die paktieren doch mit den Homos!"

„Die in Berlin vielleicht! Aber doch nicht die Leute von den Biohöfen bei uns! Und die von Kopfbahnhof21 wollen doch auch, dass die Eisenbahn so bleibt, wie sie im neunzehnten Jahrhundert war! Das sind doch alles feine Leute! Warum sollten wir die festnehmen?"

„Leute, das klären wir ein andermal!", mahnte Nummer eins.

„Was passiert mit den Leuten, die ihr festnehmt?"

Er zauderte, schien sich der Antwort selbst nicht sicher zu sein. Schließlich meinte er jedoch:

„Nichts weiter. Sie bleiben inhaftiert, bis die Kampfhandlungen vorüber sind. So wurde das schon in vielen Kriegen gehandhabt."

„Aber allein alle Muslime und alle Homosexuellen sind mehrere Millionen Menschen! Wollt ihr etwa hier in Deutschland neue Konzentrationslager errichten?"

Sofort war die Stimmung wieder angespannt. Besonders Nummer zwei starrte mich an, als würde er mich am liebsten sofort vergasen. Besser ich machte, dass ich fort kam. Gerade als ich mich verabschieden wollte, kam von Pforzheim her ein großer, schwarzer Geländewagen angefahren. Die drei strafften augenblicklich ihre Haltung.

Dem Gefährt entstieg ein übergewichtiger Riese mit einem ungepflegten, grau-schwarzem Vollbart. Über seine Kampfmontur in Flecktarn trug er eine dunkelblaue Schutzweste. An seinem Gürtel befand sich das Halfter einer Pistole. Den Salut der drei nahm er mit einem knappen Nicken zur Kenntnis. Zwei weitere Männer mit Schnellfeuergewehren stiegen aus.

„Was machst du hier?", fuhr der Boss mich an.

„Ich bin auf dem Weg nach Hause, zu meinen Eltern", entgegnete ich eingeschüchtert.

„Klingt nach einer vernünftigen Idee. Dann mal los!"

Ohne zu zögern folgte ich seiner Aufforderung. Zumindest zwei der drei jungen Identitären erschienen mir nicht viel anders als ich selbst. Unsere Eltern waren zu lange der Lüge von Adam Smith auf den Leim gegangen, die Gier jedes einzelnen sei etwas Gutes und wenn wir dieser nur keine Zügel anlegten, diene sie dem Wohl aller. Über Jahrzehnte hinweg hatten die meisten Menschen verzweifelt um ihr Leben gestrampelt, eine dünne Schicht Superreicher fett profitiert und die ältere Generation uns Jungen größtenteils jede Perspektive genommen. So funktioniert Gesellschaft nicht. Wer konnte es den Jungs da verübeln, mit der Waffe in der Hand für ein besseres Leben zu kämpfen? Dass Typen wie ihr Boss plötzlich Macht bekamen, ließ mich hingegen Schlimmstes für die Zukunft fürchten.

Den Berg hinunter rollte ich nach Pforzheim. Das Leben dort wirkte fast normal. Nur waren fast keine Autos unterwegs. In den wenigen, die doch fuhren, saßen Bewaffnete.

Noch mehrmals wurde ich an Straßensperren von Bewaffneten mit dem gelb-schwarzen Abzeichen kontrolliert. Zweimal musste ich meinen Rucksack öffnen. Über das Würmtal erreichte ich Magstadt. Dort nahm man mich schließlich doch noch fest und steckte mich in eine Zelle. Die Nacht über fürchtete ich um mein Leben, aber am nächsten Tag ließ man mich kommentarlos wieder frei.

Erleichtert erreichte ich in Vaihingen Stuttgarter Gemarkung. Auch dort herrschten die Nationalisten. Von hier aus war es über die Filderebene nicht mehr weit zu meinem Elternhaus. Zwischen Vaihingen und Sonnenberg wimmelte es plötzlich von Bewaffneten. Mit schwerem Gerät errichteten diese einen hohen Erdwall. Schon die Kelten hatten ähnliche Befestigungen gegen ihre Feinde errichtet. Mir war sofort klar, hier wurde ich nicht ohne weiteres passieren können. So bog ich kurzerhand links ab und rollte durch Schrebergärten hinunter nach Kaltental. Der Stadtteil wirkte ausgestorben. Mit einem zunehmend mulmigerem Gefühl erreichte ich Heslach und passierte das Karlsgymnasium, wo ich das Abitur erworben hatte. Auch hier war es unnatürlich still. Nur vereinzelt eilten Fußgänger durch die Straßen. Plötzlich tauchte neben mir ein Polizeiauto auf, in dem zwei uniformierte Polizisten saßen. Hier herrschte also noch die Staatsmacht. Der Beifahrer blaffte mich an:

„Es herrscht Ausgangssperre!"

„Entschuldigen Sie bitte, das wusste ich nicht. Ich bin aber gerade auf dem Weg in mein Elternhaus."

„Wo wohnen Ihre Eltern?"

„In Stuttgart-Ost."

„Beeilen Sie sich!"

Der Fahrer gab Gas und der Wagen verschwand um eine Ecke. Einer Eingebung folgend bog ich wenige Minuten später von der Alexanderstraße in die Pfizerstraße ab. An opulenten Sandsteinfassaden vorbei trug ich an deren Ende Rad und Rucksack die steile Sünderstaffel in Richtung Bubenbad empor. Oft war ich nach einer durchfeierten Nacht im Morgengrauen die breite Granitstufen emporgestiegen. Selbst betrunken hatte dabei stets kurz inngehalten, um mich am Anblick der mächtigen Blutbuche zu erfreuen. Heute nahm mir das als Hintergrundgeräusch vernehmbare dumpfe Grollen gewaltiger Explosionen die Freude daran. Hinter dem auf der gegenüberliegenden Seite des Talkessels gelegenen Killesberg stiegen schwarze Rauchpilze in die Höhe Offensichtlich wurde dort mit schweren Waffen gekämpft. In meiner schwäbischen Heimat war ein Bürgerkrieg ausgebrochen! Schockiert, mit gesenktem Haupt, stieg ich weiter die steilen Stufen empor.

„Halt! Stehenbleiben!", erscholl es über mir.

Erschrocken hob ich den Kopf. Am Ende der Sünder-staffel war aus Sandsäcken eine Befestigung errichtet worden. Stacheldraht versperrte die Passage. Aus dem Bunker zielten zwei Läufe auf mich.

„Ähm... ich wohne da oben...", stammelte ich.

„Sie wollen hier wohnen? Wo denn?"

„Mein Vater ist Doktor Baitinger, er wohnt im..."

„Yannick?"

„Ja."

Ein blonder Schopf wurde über den Sandsäcken sicht-bar. Schwungvoll setzte dessen Kampfmontur tragen-der Besitzer über die Barriere und lief zum Stachel-draht. Er hob diesen an und zog ihn zur Seite.

„Willkommen zu Hause!"

Ich trug mein Rad weiter und zwängte mich durch die Sperre. Dann endlich erkannte ich ihn.

„Sascha!"

Wir hatten vor fünf Jahren zusammen am Karlsgymna-sium unser Abitur abgelegt. Die ganze Kursstufe über hatten wir die Clubs der Stadt unsicher gemacht.

„Bist du Soldat geworden?"

„Quatsch!" Er grinste. „Sieht aber cool aus, oder?"

„Was ist hier los?"

Sein Gesicht wurde ernst, fast düster.

„Wir wappnen uns für den Kampf mit dem Sieger."

Mit dem Finger zeigte er in Richtung Norden.

„Wer kämpft dort?"

„In Feuerbach und Zuffenhausen kämpfen angeblich Islamisten gegen Nationalisten. So genau weiß das keiner."

„Was ist mit der Polizei und der Bundeswehr?"

„Die gibt es nicht mehr."

„Ich habe gerade ein Polizeiauto gesehen!"

„Das war dann eine der letzten Streifen, die noch re-gulär Dienst schieben. Ein Teil wurde gekillt, ein Teil

verkriecht sich in irgendwelchen Löchern und die meisten liefen zu den Nationalisten über."

"Das kann nicht sein!"

"Doch! Gestern griff ein Kampfverband der Bundeswehr in Untertürkheim die Islamisten an. Sie scheiterten kläglich. Die Islamisten verfügen über Erfahrung im Häuserkampf. Trotz hoher Verluste forderte Berlin, dass die Soldaten erneut angreifen. Ihr kommandierender Offizier diente früher unter General Wahler. Er setzte sich daraufhin mit seinen Leuten zu uns ab. Uns freut es und die Soldaten opfern nicht sinnlos ihr Leben. Ein größerer Verband holte sich bei den Islamisten in den nördlichen Stadtteilen eine blutige Nase. Die Soldaten dort liefen anscheinend zu den Nationalisten über."

Wir verabschiedeten uns voneinander. Wenige Minuten später fiel meine überglückliche Mutter mir weinend um den Hals.

An dieser Stelle beendete ich meine Erzählung. Ich hatte gehofft, Hannah würde sich durch meine sonore Stimme beruhigen und einschlafen, wie meine Kinder es einst getan hatten. Aber sie hing förmlich an meinen Lippen, wahrscheinlich weniger, weil ich so ein begnadeter Erzähler war, als vermutlich eher, weil sie nach Neuigkeiten aus der alten Heimat gierte. Auch jetzt wollte sie noch nicht schlafen, sondern fragte stattdessen:

„Wer hat den Bürgerkrieg nun begonnen, die Nationalisten oder die Islamisten?"

„Wie in allen Kriegen war auch in diesem eines der ersten Opfer die Wahrheit. Wir werden es vermutlich nie erfahren. Irgendwann wird es einen Sieger geben.

Dieser wird dann auf die Verbreitung seiner Version der Wahrheit bestehen."

„Was glauben Sie? Die meisten hier glauben, dass es die Nationalisten waren."

„Vielleicht. Aber es ist wohl klar, dass sich Islamisten im Auftrag ihrer geistigen Führer auf den Weg machten, Europa zu destabilisieren. Beide tragen meiner Meinung nach gleichermaßen Schuld. Am meisten Verantwortung gebe ich unseren Politikern, die sich lieber in eine naive Traumwelt flüchteten, als diese fatale Entwicklung zu stoppen. Nichts gegen Traumwelten, auch ich flüchte gerne in welche." Schmerzhafte Erinnerungen an Pauline und ihren Vorwurf, mich in Traumwelten zu flüchten, durchzuckten mich bei diesen Worten. „Aber ich bin auch kein Politiker mit Verantwortung für einen Staat."

„Hier in der Arabischen Wüste ist es schwer, sich in Traumwelten zu flüchten", seufzte Hannah. „Der einzige uns verbliebene Traum besteht darin, eines Tages zurück in die alte Heimat zu können. Glauben Sie, bei uns wird es wieder so, wie es einst war?"

Daran glaubte ich leider nicht. Wir hatten die Sache gründlich vermasselt. Da ich sie jedoch nicht entmutigen wollte, zuckte ich hilflos mit den Schultern.

„Seien Sie froh, dass Sie wenigstens Ihren Sohn bei sich haben", fuhr sie fort. „Jene, die ganz alleine hier ankommen, haben es am schwersten."

Erneut durchzucke mich ein schmerzhafter Stich. Ich erhob mich.

„Ich bin jetzt müde. Kein Wunder, schließlich habe ich in den letzten vierzig Stunden kaum geschlafen."

„Dann gehen Sie hoch in Ihr Appartement zu Ihrem Sohn und schlafen gut!", meinte sie. „Wir brauchen Sie hier schließlich dringend."

Sie lächelte mich dankbar an. Ich lächelte zurück. Hannah war eine tolle Frau. Schon jetzt beneidete ich Keller um sie.

In unserem Appartement war von Sascha nichts zu sehen. Es konnte mir nur recht sein, wenn er bereits Anschluss gefunden hatte. Nach einer oberflächlichen Wäsche legte ich mich auf meine Matratze. Mein Kopf berührte kaum das Kissen, als ich auch schon schlief.

Saschas Wecker klingelte. Ich versuchte, mich durch diese Störung nicht von der Gnade des Schlafes abbringen zu lassen. Endlich schaltete er den Störenfried aus und erhob sich. Ich drehte mich um und schlief weiter.

Ein beharrliches Klopfen weckte mich. Im ersten Augenblick wusste ich nicht, wo ich war. Dann erinnerte ich mich an das Appartement in dem hässlichen Betonklotz. Verpeilt rappelte ich mich auf und wankte zur Tür. Hoffentlich kein neuer Patient! Draußen stand Keller.

„Lust auf Frühstück?"

Er sah schlecht aus, schien eine schlaflose Nacht hinter sich zu haben.

„Sagen Sie mir dann endlich..."

„Was Hannah von Ihnen als Arzt hält?", unterbrach er mich resolut mit einem warnenden Blick. „Sie ist Ihrem Lebensretter dankbar."

Mein Hirn brauchte einen Moment. Dann erinnerte ich mich an seine Warnung, wir würden überall im Gebäude abgehört. Ich schluckte.

„Haben Sie Lust auf einen anschließenden Spaziergang?", fuhr er fort.

Würde er mir dann endlich verraten, was er über meine Tochter herausgefunden hatte? Ich verspürte den Wunsch ohne Frühstück, unrasiert und ungewaschen mit ihm spazieren zu gehen. Aber es wäre unklug, dadurch das Misstrauen unserer Aufpasser zu wecken.

„Gerne, ich mache mich nur kurz frisch."

„Lassen Sie sich Zeit. Mein Appartement befindet sich am Ende des Flurs."

Wenige Minuten später klopfte ich an seine Tür. Der Bulle öffnete und bat mich herein. Ein himmlischer Duft nach frischem Bohnenkaffee und Gebäck stieg mir in die Nase. Kellers Appartement war mindestens dreimal so groß wie das mir zugeteilte. Es erstreckte sich über die gesamte Breite des Gebäudes. Der geflieste Boden weckte Erinnerungen an meine früheren Aufenthalte in den Luxushotels dieser Welt. Ich verspürte den Impuls niederzuknien und mit den Fingern über die Keramik zu streichen. Um mir keine Blöße zu geben, verzichtete ich darauf. Seine Möbel waren ebenfalls exquisit, Stück für Stück handgefertigt aus einem rötlichen Holz. An der Wand hing ein großer Bildschirm. Ich schluckte. Standen ihm womöglich auch jetzt noch die Serien und Filme des Internets zur Verfügung? Sein Domizil war keine Notunterkunft, sondern eine Wohnung, ich meine eine richtige Wohnung, wie sie einst auch für mich normal gewesen war.

„Wow!", äußerte ich beeindruckt.

„Ich mache meinen Job gut. Unsere Gastgeber erkennen das an. Wenn Sie Ihren Job gut machen, wird es hierfür ebenfalls Anerkennung geben."

„Soso", murmelte ich wenig begeistert.

Ich hatte nicht vor, mich wie ein Haustier dressieren zu lassen. Beim Anblick von Kellers Frühstückstafel lief mir das Wasser im Mund zusammen. Wann hatte ich letztmalig auch nur annähernd so gut gespeist? Das war sicher über drei Jahre her!

Schüsseln mit warmen, köstlich riechenden Speisen dampften vor sich hin, ergänzt durch knackiges Obst sowie frisch gebackene Brötchen. Wir setzten uns. Ich langte herzhaft zu.

Ob Keller hier, in seinem eigenen Appartement ebenfalls abgehört wurde? Wenn ich ihn richtig verstanden hatte, war davon auszugehen. Was hatte er gestern Abend noch so Wichtiges zu tun gehabt? Ihn direkt danach zu fragen war riskant.

„Woran merken unsere Gastgeber, dass Sie Ihren Job gut machen?"

Er lächelte mir komplizenhaft zu. Durch ein Zwinkern signalisierte er, die Frage hinter meiner Frage verstanden zu haben. Ich wunderte mich, wie schnell ich mich daran gewöhnte, zwischen den Zeilen zu kommunizieren.

„Daran, dass es keine Probleme gibt", antwortete er. „Muss die Polizei hierherkommen und eingreifen, ist das schlecht. Sieht gar die Religions-Polizei sich genötigt einzugreifen, ist das ganz schlecht. Müssen die persönlich zu uns rausfahren, ist das ganz, ganz schlecht."

„Wann kommt die Religions-Polizei?"

„Sobald Allah oder ein Geistlicher geschmäht wird, aber auch, wenn christliche Riten öffentlich zelebriert werden. Außerdem gibt es natürlich noch zahlreiche Regeln, die nicht gebrochen werden dürfen. So darf kein Schweinefleisch gegessen und kein Alkohol getrunken werden."

„Gibt es für uns hier Schweinefleisch und Alkohol?"

„Das nicht, aber Leute haben schon einen Sud aus Wasser und Brot mit Hilfe von Hefe zu Alkohol vergoren."

Mit seinem Blick signalisierte er mir, dass genau jenes letzte Nacht passiert war. Der Gestank nach Erbrochenem im kleinen Bad unseres Appartements kam mir in Erinnerung. In der Nacht hatte ich Sascha sich übergeben hören. Der Junge hatte bei der Sache mitgemacht, sich auch hier zielsicher gleich wieder mit den falschen Leuten eingelassen.

„Was passiert in solch einem Fall üblicherweise?"

„Sollte sich so ein Fall je zutragen, würde meistens nichts passieren. Allah ist großmütig und die meisten seiner Diener sind es auch. Leider besitzt Alkohol aber eine teuflische Eigenschaft. Er nimmt den Menschen ihre Hemmungen. Bei manchen kommen dann sehr hässliche Seiten ihrer Persönlichkeit zum Vorschein. Sie sagen dann Sachen und tun Dinge, die die Religions-Polizei auf den Plan rufen. Wenn die erst einmal herkommen, kehren sie nie mit leeren Händen zurück. Sie verhaften dann mindestens eine Person. Automatisch verliert derjenige dann seine Arbeit, kommt ins Gefängnis und wird auch körperlich gezüchtigt."

Mit anderen Worten: Wer sich hier im Suff gehenließ, verlor schnell sein Leben. Na prima! Warum war ich nochmal hierhergekommen? Ich war so dumm gewesen zu glauben, Arabien sei ein Weg zurück in bürgerliche Freiheit und Wohlstand.

„Puh, das Essen war wirklich köstlich!", verkündete ich und schob demonstrativ meinen Teller weg. „Jetzt bin ich aber satt und könnte einen Verdauungsspaziergang vertragen."

Er stimmte zu. Kurz darauf waren wir, mit breitkrempigen Hüten und heller Kleidung vor der Sonne geschützt, draußen unterwegs. Die Hitze war heftig. Lange würde ich es nicht aushalten. Also fragte ich:

„Wo haben Sie das Bild meiner Tochter her?"

„Gleich. Lassen Sie uns erst über Ihren Sohn sprechen. Ein paar von den Jüngeren veranstalteten gestern für ihn eine Willkommens-Party. Er war total betrunken und benahm sich ziemlich daneben. Wenn Sie Pech haben, wird er abgeholt."

Ich schluckte. Zwischen uns stand mein Verdacht seiner Beteiligung an der Ermordung meiner geliebten Frau. Er hatte dies stets bestritten. Trotzdem war ich nach wie vor misstrauisch. Auf der anderen Seite wäre mir ohne ihn die Flucht nicht geglückt. Keller hatte mich genau beobachtet.

„Würde es Ihnen überhaupt etwas ausmachen, Ihren Sohn nicht mehr wiederzusehen? Immerhin bringen Sie ihn mit dem Tod Ihrer Frau in Verbindung."

„Ja, es würde mir etwas ausmachen!", entgegnete ich entschieden. „Ein Verdacht ist eine Vermutung und keine Gewissheit. Um diese zu erlangen, bat ich Sie um Hilfe. Ich hege durchaus eine gewisse Hoffnung, dass er unschuldig ist."

„Dann wird es Zeit, dass Sie mir die Hintergründe Ihres Verdachts berichten."

„Zuerst sagen Sie mir, was Sie über meine Tochter herausgefunden haben."

„Die Frau auf dem Bild heißt Pauline Baitinger und praktiziert als Ärztin in Australien."

Australien! Pauline lebte, noch dazu in Freiheit und Wohlstand. Vor lauter Erleichterung schluchzte ich auf. Eine Mischung aus Weinen und Lachen schüttelte mich. Keller packte meinen Ellenbogen. Wir drehten gemeinsam um. Eindringlich mahnte er mich:

„Hören Sie, diese Gebäude haben Ohren. Es ist äußerst wichtig, dass Sie dort nie aussprechen, von wem Sie diese Information haben! Offiziell wussten Sie das über Ihre Tochter bereits, als Sie hier nach Saudi-Arabien einreisten!"

„Warum?"

„Keiner von uns hier hat Zugang zu Internet, Telefon oder sonst eine Möglichkeit, an ungefilterte Informationen heranzukommen. Wenn unsere Überwacher herausfinden, dass ich Ihnen diese Information besorgt habe, werden die mich foltern, um zu erfahren, wer sich von mir hat anzapfen lassen."

Ich starrte ihn an.

„Geht es hier wirklich so grausam zu?"

„Ja."

Er sah sehr ernst aus. Keller hatte sich einen Rest Menschlichkeit bewahrt. Zugleich war sein Verhalten ein Vertrauensbeweis. Sollte ich ihm doch die Wahrheit über uns erzählen? Oder war das Ganze nur eine geschickt von ihm inszenierte Falle? Besser ich wartete noch ab, bis ich ihn besser kannte.

„Wir gehen jetzt in mein Büro", verkündete er. „Dort berichten Sie mir dann ausführlich von Ihrem Verdacht Ihrem Sohn gegenüber."

„Können wir dort offen reden?"

„Sollte Ihr Sohn in Deutschland Ihre Frau ermordet haben, interessiert das die hiesigen Behörden nicht."

Mit einem flauen Gefühl trottete ich neben ihm her auf das vordere der drei Gebäude zu. Direkt am Eck des Betonbaus, an der Wendeschleife für die Busse, befand sich Kellers Büro. Er schloss auf und ließ mich eintreten. Der raue Zementboden wies dunkle Flecken auf. War das Blut? Der Schreibtisch sah aus, als sei er knapp der Verschrottung entronnen und war vor seinem Einsatz in unserem Ghetto sicherlich durch einige Amtsstuben gewandert. Kellers Privileg bestand aus einem gepolsterten Stuhl, dessen fleckiger Stoffbezug Brandlöcher und Risse aufwies. Ihm gegenüber nahm ich auf einem wackeligen Holzstuhl Platz. Mein flaues Gefühl hatte sich mittlerweile in heftiges Bauchgrimmen verwandelt. Wollte ich wirklich über Carolins Tod sprechen? Meist verdrängte ich jene Nacht erfolgreich, löste die Erinnerung daran doch unerträgliche Schuldgefühle aus.

„Wegen der Dummheit und Borniertheit unserer letzten Regierung lebt meine Frau nicht mehr!", verschaffte ich mir Luft.

Keller sah mich befremdet an.

„Der Regierung? Ich dachte Ihr Sohn…"

„Schon, aber ohne die Bundeskanzlerin wäre es nie zum Bürgerkrieg gekommen. Carolin und ich würden noch immer das wunderbare Leben von einst führen!"

„Meiner Meinung nach tragen Leute wie Sie und ich mehr Schuld am Bürgerkrieg als die Kanzlerin!", entgegnete Keller grimmig.

„Was?", empörte ich mich. „Wie können Sie so etwas behaupten?"

„Was taten Sie in den Jahren vor dem Krieg für den Zusammenhalt der Gesellschaft?"

Ich wollte ihm widersprechen. Kellers Gesichtsausdruck hielt mich davon ab. Jeder hatte in den letzten Jahren meine Ansicht geteilt, die Politiker, und nicht wir Bürger, hätten die Sache vergeigt. Es war nicht zu übersehen, dass er es anders sah. Mit Wut in der Stimme legte er los:

„Unser Mitgefühl galt stärker dem syrischen Arzt, als den für Mindestlohn hart arbeitenden Menschen bei uns. Wir waren so verteufelt verliebt in unser Selbstbild weltoffen und human zu sein, dass wir die mit der massenhaften Immigration einhergehenden Probleme ignorierten. Millionen Beschäftigte, die ohnehin schon zu schlechten Bedingungen schuften mussten und sich an den Rand der Gesellschaft gedrängt fühlten, gerieten durch die massive Konkurrenz der Immigranten noch stärker unter Druck. Entweder sie verloren ihren Job ganz oder sie mussten Lohnabschläge beziehungsweise unentgeltliche Zusatzarbeit hinnehmen. Ganz zu schweigen von der Konkurrenz um bezahlbare Wohnungen mit den Neubürgern.

Bereits vor der ersten Flüchtlingswelle empörte es viele Menschen, wie herzlos und knickerig unsere Politik sich mit den HARTZ-Gesetzen ihnen gegenüber zeigte. Dies gilt besonders, wenn jemand unverschuldet durch den Konkurs seines Arbeitgebers oder durch eine schwere Erkrankung mit Mitte Fünfzig arbeitslos wurde. Nach dreißig oder vierzig Jahren Arbeit wurde man herzlos in HARTZ IV verschoben. Ehe man Knete vom Staat bekam, musste man die Ersparnisse seines ganzen Lebens aufbrauchen. Zugleich zeigte sich die sogenannte Mitte der Gesellschaft den in unser Land strömenden Menschen gegenüber großzügig. Dabei war es gleichgültig, ob diese wirklich vor einem schrecklichen Krieg vorübergehend Schutz bei uns suchten, oder sie aus anderen Gründen dauerhaft in Deutschland leben wollten. Der kleine Mann war an seinem Schicksal selbst schuld, sollte die Last möglichst alleine tragen, während man sich Einwanderern gegenüber gerne als spendabel generierte.

Spätestens nach den Ausschreitungen in Köln hätten wir nicht mehr über die ausgeprägte Gewaltbereitschaft vieler Migranten hinwegsehen dürfen. Durch diese Teilgruppe der Einwanderer verschlechterte sich das Klima in den einfachen Wohnbezirken massiv. Verwundert es da, dass viele Menschen sich von der Politik und der Mitte der Gesellschaft im Stich gelassen fühlten?"

Beschämt schwieg ich. Mir kam Berger, der Chef der in meiner Klinik tätigen Reinigungsfirma, in den Sinn. Bald nach Ausbruch der Flüchtlingskrise war die komplette Putzmannschaft ausgewechselt worden. Berger hatte sich damit gebrüstet, er schaffe für die armen Flüchtlinge Arbeitsplätze. Mir war klar gewesen, dass er dies keineswegs aus Menschenfreundlichkeit getan hatte, sondern zur Steigerung seines Profits. Dabei hatte mir besonders Svetlana leidgetan, die einst in der Ukraine als Lehrerin gearbeitet hatte. In Stuttgart war sie über den Putz-Job in der Klinik froh gewesen. Wir hatten spätabends in meinem riesigen Büro manch anregendes Gespräch geführt. Begonnen hatte es mit ein paar freundlichen Worten von mir, da ich nicht für arrogant gehalten werden wollte, aus denen sich kurze, aber anregende Gespräche entwickelten. Mit der Ausrede, so sei eben die Marktwirtschaft und letztendlich diene diese unser aller Wohl, also auch dem von Svetlana, vermied ich es, mich für sie einzusetzen.

Monate nach ihrem Rauswurf war ich ihr samstags beim Shoppen in der Stadt begegnet. Ihre offene Verbitterung im Blick hatte mich beschämt. Rasch hatte ich mich abgewendet und das Weite gesucht. Warum war ich zu feige gewesen, mich bei Berger wenigstens für sie einzusetzen?

Keller hatte mich schweigend beobachtet. Jetzt meinte er bitter lächelnd:

„Mir scheint, Sie geben mir teilweise Recht..."

„Was hätten wir denn tun sollen?", fuhr ich ihn an.

„Die Grenzen militärisch sichern und auf Frauen, Kinder oder gar Babys schießen? Sollten wir ungerührt zusehen, wie vor unserer Tür Menschen elend verhungern oder erfrieren?"

„Was ist durch unser feiges Nichts-Tun denn anderes passiert?", entgegnete Keller eisig. „In den letzten Jahren sind in Deutschland Millionen Menschen verhungert, verbrannt, erfroren, erschossen oder von Sprengsätzen zerfetzt worden!"

Wir starrten einander an. Der gleiche Hass, der die oberflächlich gut funktionierende Wohlstandsgesellschaft innerhalb kürzester Zeit zerfetzt hatte, war plötzlich zwischen uns spürbar.

„Sind Sie etwa auch einer von denen?", fragte ich voller Ekel.

„Von denen?", entgegnete er spöttisch. „Wollen Sie wissen, ob ich ein Nationalist bin?"

Kaum merklich nickte ich.

„Schwarz oder weiß, Ihre Position vollständig teilen oder als Nationalist verdammt und ausgegrenzt werden!", entgegnete Keller voller Wut. „Etwas anderes bekommen Sie nicht hin! Und bei allem bilden Sie sich trotzdem noch ein, demokratisch, fair und weltoffen zu sein! Wie lächerlich Sie doch sind!"

„Jetzt reicht´s mir aber!"

Voller Wut sprang ich auf und wandte mich der Tür zu. Das brauchte ich mir von Keller nicht bieten lassen.

„Seien Sie doch nicht so empfindlich!", rief er hinter mir her. „Nehmen Sie wieder Platz und berichten mir endlich vom Tod Ihrer Frau, statt zu hetzen!"

Ich blieb stehen. Sollte ich einen Nationalisten mit der Untersuchung des Mordes an meiner Frau beauftragen?

„Nehmen Sie wieder Platz!", setzte Keller nach. „Wir beide sind hier aufeinander angewiesen. Also sollten wir nicht so auseinandergehen. Lassen Sie uns den Ärger hinunterspülen und noch einmal neu anfangen."

Mein Verstand mahnte mich, Keller sei viel zu differenziert und vernünftig, um wirklich ein Nationalist zu sein. Gefühlsmäßig lehnte ich ihn hingegen schlicht und einfach ab. Langsam drehte ich mich trotzdem zu ihm um. Ich holte tief Luft und ging Schritt um Schritt zurück zu dem wackeligen Holzstuhl. Meine Ablehnung überwindend nahm ich dort wieder Platz.

Auf dem Tisch standen zwei Schnapsgläser. Keller zog aus seinem Schreibtisch eine Glasflasche ohne jegliches Etikett und schenkte beide Gläser randvoll. Ungläubig fragte ich:

„Ist das etwa…"

„Nein, natürlich nicht!"

Sein Augenzwinkern signalisierte, dass es eben doch Schnaps war. Wir stießen einander an und stürzten den Inhalt hinunter. Es brannte wie Feuer. Ohne zu fragen, füllte er die Gläser erneut. Wie ich ihm das zweite

Mal stumm zuprostete, konnte ich mir ein verschwörisches Grinsen nicht verkneifen.

„Sie überraschen mich immer wieder."

Wir kippten auch die zweite Ration Fusel hinunter.

„Na also, geht doch!", meinte er mit einem warmen Lächeln.

Wie konnte der mich schon wieder so anlächeln? Ich selbst kochte innerlich noch immer. Er beugte sich hinunter, um die Flasche wieder zu verstauen. Als er wieder hochkam, trug er einen geschäftsmäßigen Gesichtsausdruck.

„Wann ist Ihre Frau gestorben?"

Ich zauderte noch ein bisschen.

„In der Nacht unserer Flucht, am siebten November letzten Jahres."

„Was passierte in jener Nacht?"

Mein Atem beschleunigte. In meinen Eingeweiden bildete sich ein schmerzender Knoten.

„Hast du das Geld?", fragte Carolin.

„Ja."

Trotz unserer nach wie vor privilegierten Situation hatte es uns erhebliche Anstrengungen gekostet, auf dem Schwarzmarkt die notwendigen Dollars für die bayrischen Visumsgebühren zu besorgen.

Seit Tagen schlief ich vor Sorge kaum noch. General Wahler mochte sich ein Gebiet ausgesucht haben, das eine große strategische Bedeutung besaß und gut zu verteidigen war. Jedoch hatte er etwas Entscheidendes nicht bedacht: Auf den ganzen Fildern gab es kein Windrad und keine Wasserturbine. Wir hatten daher schon lange keinen Strom mehr und ich somit keine

Ahnung, was außerhalb unserer engen Welt vor sich ging. Was erwartete uns da draußen?

„Sollen wir es wirklich wagen?"

Ich war kurz davor, in Panik zu verfallen. Ein Zittern erfasste mich. Eigentlich würde ich mich jetzt viel lieber im Bett verkriechen, als mich ins Auto zu setzen, um hinunter nach Untertürkheim zu fahren. Carolin kam zu mir, umarmte mich tröstend und gab mir einen Kuss. Mit ihren hellgrünen Augen sah sie zu mir auf. Ein Blick, dem ich kaum je etwas hatte abschlagen können. Heute war er jedoch anders als sonst. Dunkle Wolken verbargen sich hinter ihren Katzenaugen.

Sie löste sich von mir, schloss den Reißverschluss ihrer weißen Daunenjacke und meinte:

„Wir schaffen das."

„Bist du sicher?", rief ich hinter ihr her.

„Klar."

„Aber wir haben keine Ahnung, was uns auf der anderen Seite des Neckars erwartet!"

Sie hielt inne. Ihrem Rücken war anzusehen, wie sehr sie mit sich rang. Schließlich wandte Carolin sich wieder zu mir um. Der aufgesetzte Optimismus war aus ihrem Gesicht verschwunden. Erschreckende Erschöpfung und Angst spiegelten sich darin. Sie fuhr mich an:

„Ich halte es nicht mehr aus! Das hier ist doch kein Leben! Lieber sterbe ich beim Versuch, etwas an meiner Lage zu verbessern, als weiter so elend vor mich hin zu vegetieren! Wir gehen! Basta!"

„Dich treibt doch nur die Hoffnung, Pauline zu finden! Dabei weißt du gar nicht, ob sie noch lebt!"

„Richtig! Und wenn ich weiter hier meinen Kopf in den Sand stecke, werde ich es auch nie herausfinden!"

„Aber..."

„Genug! Zeig einmal in deinem Leben, dass du Eier hast!"

Sie wandte sich ab, öffnete die Tür und trat ins Dunkel der Nacht hinaus. Mit einer Mischung aus Wut und Scham sah ich auf die halb geöffnete Pforte. Was war in meine kleine Frau gefahren? Mir vorzuwerfen, ich hätte keine Eier!

In diesem Augenblick fiel draußen ein Schuss. Ohne nachzudenken rannte ich los. Auf dem Weg vom Haus zur Garage lag Carolin im Mondlicht. Aus ihrer Brust quoll Blut und färbte ihre weiße Jacke dunkel. Ich wollte eben zu ihr, als ein Mann aus dem Schatten der Tanne trat. In der ausgestreckten Hand hielt er eine Pistole. Sie zielte auf mich. Sollte sie doch! Ich schloss die Augen. Ein weiterer Schuss bellte.

Stille. Mit geschlossenen Augen stand ich da. Verwundert registrierte ich, dass die Kugel nicht einmal schmerzte. Ich spürte überhaupt nichts. Vorsichtig öffnete ich ein Auge. Der Mann lag neben Carolin. Ich stürzte zu ihr, kniete nieder und bettete ihr Haupt in meinen Schoß. Langsam, mit äußerster Willensanstrengung, griff sie nach meiner Hand. Kaum hatten unsere Hände sich gefunden, erschlaffte ihr Körper. Voller Schmerz sank ich auf ihr zusammen und weinte.

Sanft legte sich eine Hand auf meine Schulter. Eine entfernt bekannte Stimme sagte:

„Tut mir leid, ich habe ihn dort im Schatten zu spät gesehen."

Ich blickte auf.

„Du kannst nichts mehr für Carolin tun. Sie ist tot. Du musst jetzt stark sein. Wir müssen schleunigst verschwinden."

„Verschwinden? Wohin?"

„Ihr wolltet doch von hier flüchten. Ich bringe dich über die Grenze."

„Woher weißt du von unserer Flucht?"

„Von Carolin."

Ich wandte mich wieder dem Körper meiner Frau zu. Tonlos meinte ich:

„Ohne Carolin macht die Flucht keinen Sinn."

„Die Schüsse waren weit zu hören. Es kann nicht mehr lange dauern, bis die Wachen auftauchen. Du kannst denen nicht plausibel erklären, was deine Frau draußen suchte. Wenn sie euer gepacktes Auto in der Garage sehen, stellen sie alles auf den Kopf. Spätestens wenn sie die Dollars finden, wirst du ohne etwas mitnehmen zu können aus dem sicheren Bereich verjagt."

„Das ist mir egal!"

„Sollte es dir aber nicht sein!"

„Ich lasse Carolin nicht im Stich!"

„Dann nimm sie mit. Lass uns abhauen."

Er steckte seine Pistole ein und löste mich sanft von meiner Frau. Halbherzig wehrte ich mich dagegen. Überraschend zärtlich packte er ihren zierlichen Körper und hob ihn hoch. Ich folgte ihm zur Garage. Dort öffnete er die hintere Tür unseres Volvo-Geländewagens und legte ihren Körper auf die Rückbank. Ich wollte mich dazu setzen, doch sein ausgestreckter Arm hinderte mich daran.

„Wenn du dich zu ihr setzen willst, brauche ich den Schlüssel!"

Ich händigte ihm das Etui aus. Er eilte nach vorne und startete den Motor. Ohne Licht fuhr er aus der Garage. Nach weniger als einer Minute erreichten wir die Grenze des sicheren Bereichs. Keine Schranke, kein Tor oder ähnliches sicherten diese. Betonbarrieren waren so angebracht, dass man diese nur mit Schritt-Tempo im Zick-Zack-Kurs passieren konnte. Von einer am Hang darüber angebrachten Befestigung aus hatten die Wachen freies Schussfeld. Sie verfügten auch über Panzerabwehrwaffen.

Unser schwarzer Volvo war durch ringsum aufgemalte weiße Kreise, mit einem roten Kreuz darin, deutlich als Arztfahrzeug gekennzeichnet. Die Wachen waren daran gewöhnt, dass ich selbst nachts zu Patienten ins Niemandsland gerufen wurde. Auch jetzt schwiegen ihre Waffen.

Die ehemals inneren Stadtbezirke waren zum Niemandsland zwischen uns, den Nationalisten und den Islamisten geworden. Wer sich nach Ausbruch der Kämpfe nicht schnell genug für eine der drei Parteien entschieden hatte, vegetierte hier vor sich hin oder war elendig verreckt. Aus Angst vor Spionen und aus Sorge, die zusätzlichen Esser nicht versorgen zu können, hatten alle drei Parteien bald niemanden mehr aufgenommen. Um nicht hinterrücks von der dritten Partei überfallen zu werden, wenn man zu intensiv einen Gegner bekriegte, hatten sich bald auch alle drei mehr oder weniger intensiv eingegraben und befestigte „sichere Bereiche" erschaffen. Unzählige kleinere Scharmützel hatten im Niemandsland stattgefunden, auch die Artillerie der sicheren Bereiche hatte oft dorthin gezielt. So war es kein Wunder, dass wir jetzt auf dem Weg hinunter an den Neckar überwiegend an Ruinen vorbeifuhren. Gablenberg und Ostheim lagen weitgehend in Trümmern.

Betäubt vom Schock starrte ich auf die Leiche meiner Frau, deren Kopf ich liebevoll auf meinen Schoss gebettet hielt. Warum hatte sich Carolin unsere Flucht in den Kopf setzen müssen? Eine weitere, quälende Frage drängte sich in mein Bewusstsein:

„Warum warst du eigentlich in unserem Garten?"

„Ich wollte auf euch aufpassen, damit genau das nicht passiert, was ich dann leider doch nicht verhindern konnte."

„Wieso aufpassen? Wir haben niemandem von unserer Flucht erzählt."

„Du vielleicht nicht."

Drei Worte, deren Bedeutung nur langsam in mein Bewusstsein einsickerte. Carolin hatte unsere Flucht organisiert. Sie hatte die notwendigen Devisen und Informationen besorgt, während ich mich in meine Arbeit verkrochen hatte. Natürlich hatte sie mit Leuten gesprochen und diese hatten aus Carolins Fragen auf unser Vorhaben geschlossen. Selbst ich hatte in den vergangenen Jahren oft genug Mutmaßungen gehört, wer seine Flucht plane. Einige Male waren Personen wegen Fluchtplanung ihres Besitzes beraubt mit Schimpf und Schande davongejagt worden. Begründet wurde dies damit, dass jeder Flüchtige eine Schwächung unserer Wehrkraft bedeutete. Warum man jene trotzdem davon jagte, begriff ich nicht. Offensichtlich stellten angehäufte Geldbündel auch für den General und seine Leute eine große Versuchung dar.

„Mit wem hat Carolin darüber gesprochen?"

„Ich war nicht ihr Aufpasser. Mich fragte sie jedenfalls was man tun muss, damit die Remstäler einen durch nach Bayern lassen."

Der Weg nach Bayern! Den Neckar überqueren!

„Kann man auf den Schienen überhaupt fahren?", fragte ich ängstlich nach vorne.

Die Islamisten hatten alle Autobrücken in Stuttgart gesprengt. In der Eile ihres Rückzugs war ihnen nur eine schmale, einspurige Güterzugbrücke von Wangen hinüber nach Untertürkheim entgangen.

„Auf der Brücke liegen keine Schienen mehr. Die Untertürkheimer kassieren Maut für die Überquerung und zwar nicht zu knapp. Damit auch Lastwagen und PKW rüber können, haben sie die Schienen demontiert. War besser fürs Geschäft."

„Was hält sie davon ab uns einfach zu erschießen, um an unser Auto und unser Geld zu kommen?"

„So dumm sind die nicht. Von uns hätten sie dann zwar mehr, aber künftig würde keiner es mehr riskieren, ihre Brücke zu benutzen. In Esslingen gibt es schließlich auch noch eine Brücke."

Seine Worte beruhigten mich ein bisschen, überzeugten mich aber nicht wirklich. Schließlich hatten sich meine Ängste und Befürchtungen in Bezug auf die Flucht schon auf den ersten Metern bestätigt. Meine geliebte Frau war tot. Vom Ansturm meiner Gefühle überwältigt, klappte ich zusammen. Gekrümmt, Carolins Leiche in den Armen, lag ich auf der Rückbank und schluchzte vor mich hin.

Nach einiger Zeit verlangsamte er die Fahrt. Der Geländewagen kam zum Stehen. Scheinwerfer leuchteten ins Wageninnere. Überzeugt, mein letztes Stündchen habe geschlagen, setzte ich mich auf. Dunkle Gestalten zielten mit automatischen Waffen auf uns. Er ließ die Scheibe herunter.

„´Morgen Toni", grüßte er einen Graubart in Flecktarn.

„´Morgen Sascha", grüßte dieser zurück. „Bringst du mal wieder Flüchtlinge zur Grenze?"

„Hm, seine Frau hat es unterwegs erwischt."

„Kommt vor, leider."

*Der Mann bekreuzigte sich, während er mich mitfüh-
lend ansah. Sascha reichte ihm mehrere Geldscheine.
Er zählte nach, nickte und steckte die Dollars in eine
schwarze Ledertasche. Was dann passierte, drang ob
seiner Surrealität trotz meiner Betäubung tief in mein
Bewusstsein ein: Aus der Tasche holte er ein Formular,
trug darin etwas ein, drückte einen Stempel drauf und
reichte es Sascha. Dann trat er zurück.*

„Bis zum nächsten Mal!"

„Yo Toni, bis denn."

*Er tippte sich zum Gruß an die Stirn, ehe er Gas gab.
Erneut passierten wir einen Parcour aus Betonbarrieren und Befestigungen. Untertürkheim und Ost, beide
bis vor kurzem noch Stadtteile Stuttgarts, gehörten
mittlerweile offenbar zu verschiedenen Reichen, mit
ihrer jeweils eigenen Armee und Bürokratie. Wir erreichten ungehindert die alte Güterzugbrücke. Tatsächlich lagen keine Schienen mehr auf ihr. Auf nack-
tem Beton, rechts und links flankiert von niedrigen
Mäuerchen, überquerten wir den Fluss.*

*„Angeblich haben sie die Brücke mit Sprengstoff prä-
pariert. Sollte jemand die Untertürkheimer ernsthaft
angreifen, sprengen sie das Ding in die Luft."*

*Ihn schienen solche martialischen Details zu faszinie-
ren. Ich wollte nichts davon hören. Erneut sank ich auf
der Rückbank neben ihrer Leiche zusammen.*

*„In den Häusern zwischen dem Fluss und dem Bahn-
damm", fuhr er fort, „wohnt niemand mehr. Die Gebäude wurden immer wieder über den Fluss hinweg
beschossen. Nur ein Teil der Wachen ruht sich dort
aus, bereit auf etwaige Angriffe sofort zu reagieren.*

Die Zivilisten haben sich hingegen in den alten Ortsteil im Schutz des hohen Bahndamms zurückgezogen."

Ich ließ ihn reden. Mich interessierte nichts mehr. Da hielt er an und stellte den Motor ab.

„Was ist?"

Panisch schreckte ich hoch. Rings um den Wagen herrschte Dunkelheit. Vage konnte ich die Umrisse eines großen, teilweise zerstörten Gebäudes erkennen.

„Warum hältst du hier an? Wo sind wir?"

„Auf der Neckarinsel, beim Freibad."

„Beim Freibad?"

Verwirrt versuchte ich den Sinn seiner Worte zu begreifen. Es gelang mir nicht.

„Was willst du im November bei Nacht im Freibad? Ich dachte, du bringst mich an die bayrische Grenze bei Lorch!"

Sascha drehte sich zu mir um. Er sah mich eine Weile an, dann sagte er:

„Wir können Carolins Leiche nicht mit nach Bayern nehmen."

Es dauerte eine Weile, bis ich begriff.

„W..was heißt das?"

„Wir müssen deine Frau beerdigen. Im ehemaligen Freibad legten die Unterürkheimer einen Friedhof für jene an, die ihre Flucht mit dem Leben bezahlen."

„Du willst sie jetzt schon loswerden? Ich will sie noch nicht beerdigen!"

Automatisch umarmte ich Carolins Leiche fester.

„Das verstehe ich. Aber unser Passierschein fürs Remstal gilt genau vierundzwanzig Stunden. Innerhalb dieser Zeit müssen wir den Grenzübertritt nach Bayern schaffen. Gelingt es uns nicht, schicken sie uns über die Brücke zurück ins Niemandsland."

„Können wir nicht einfach hierbleiben? Die Remstäler und wir sind uns ähnlich. Alle warten darauf, dass wir unser Gebiet mit deren vereinigen."

„Leider können wir hier nicht bleiben. Die können kaum ihre Leute ernähren, neue nehmen sie keine auf. Wahler wird über deine Flucht nicht erbaut sein und dich ebenfalls nicht wieder aufnehmen. Willst du wirklich eine Ausweisung ins Niemandsland riskieren?"

Betäubt hielt ich Carolin weiter fest. Seine Worte hallten in mir nach. Tief drinnen meldete sich panisch mein Überlebensinstinkt.

„Nein", flüsterte ich.

Ihre Leiche glitt aus meinen Armen, fiel zurück auf die Sitzbank.

„Ich organisiere eine Schaufel und ein Kreuz."

Sascha stieg aus dem Wagen. Das Sternenlicht reichte, um seinen Weg zum ehemaligen Kassenhaus des Freibads zu verfolgen. Er klopfte an die Tür. Nach weniger als einer Minute flammte das zitternde Licht einer tragbaren Öllampe auf. Sascha verhandelte mit einem Mann. Schnell waren sie sich einig. Zumindest reichte ihm Sascha etwas, vermutlich Geld, und erhielt im Gegenzug von dem Mann die Lampe, eine Schaufel und eine Hacke. Dann schloss sich die Tür wieder. Sascha verschwand in Richtung Bad.

Behutsam legte ich Carolin, die ich wieder in meine Arme geschlossen hatte, auf der Rückbank ab und stieg aus. Unmöglich konnte ich Sascha die Wahl Ihres Grabes überlassen. Es war kalt. Tränen rannen meine Wangen hinunter. Noch immer halb betäubt stolperte ich durch die Dunkelheit in Richtung des gelblichen Lichts. Es fühlte sich grauenhaft an, als würfen die Seelen der hier liegenden Toten mir im Namen meiner

Frau vor, überlebt zu haben. Einst, als der Friedhof noch eine Wiese war, hatte ich auf ihr mit Pauline und Yannick an heißen Sommertagen vergnügliche Stunden in quirligem Gedränge verbracht. Jetzt drängten sich hier die Toten und mich erfüllte Grauen.

Sascha hörte mich kommen und wartete. Zumindest bewegte sich das Licht nicht länger. Als ich in den von der Funzel schwach erhellten Bereich trat, erkannte ich, dass ringsum in der verwilderten Liegewiese des ehemaligen Freibades einfache Holzkreuze im Boden steckten. Sascha lief langsam vor mir her. Es waren hunderte Kreuze. Die meisten standen schief und krumm. Keines der Gräber war auch nur ansatzweise gepflegt. Ich schluckte schwer.

„Sind die alle auf der Flucht gestorben?"

„Ja. Die Einwohner haben ihren Friedhof neben der Kirche."

„Müssen wir Carolin wirklich hier…"

Meine Stimme versagte.

„Wir haben nicht einmal Werkzeug, um sie unterwegs im Wald oder neben der Straße zu begraben. Außerdem möchte ich es nicht riskieren, bei einem Stopp überfallen zu werden."

Ich schwieg bedrückt. Erst fast am Ende der Freifläche hörten die Kreuze endlich auf. Ich nahm Sascha die Lampe aus der Hand und hielt sie in die Höhe.

„Dort!"

Ich wies in Richtung einer Pappel. In ihrem Schutz könnte ich den Körper meiner Frau zurücklassen.

„Okay, aber nicht zu dicht dran am Baum, sonst machen es uns seine Wurzeln unmöglich, ein Grab auszuheben, das tief genug ist."

Wortlos entriss ich ihm die Spitzhacke. Meine ganze Wut und Verzweiflung, nicht nur dieser schrecklichsten Nacht meines Lebens, sondern der letzten drei Jahre, kanalisierte sich in den Hieben, mit denen ich wieder und wieder die Hacke in die Erde trieb. Schließlich musste ich keuchend innehalten. Sascha schaufelte wortlos das von mir gelockerte Erdreich rechts neben das so entstehende Loch. Mehrmals wiederholten wir die Prozedur. Bald war ich so erschöpft, dass ich daran zweifelte, meiner Frau ein Grab ausheben zu können.

Als ich ein weiteres Mal innehielt, stand plötzlich ein Bewaffneter in Flecktarn neben mir. Der Schreck fuhr in mich. Das Zittern kehrte zurück.

„Guten Abend Herr Doktor Baitinger, schreckliche Sache mit Ihrer Frau", meinte der Mann, während er sich zugleich bekreuzigte.

Irritiert sah ich ihn an. Woher wusste er, wer ich war?

„Sie sind ein guter Mensch", fuhr er fort. „Bis vor kurzem musste ich mich im Niemandsland durchschlagen. Sie waren der einzige Arzt, der uns dort behandelte. Ich werde Ihnen nie vergessen, dass Sie meiner Frau das Leben retteten. Darf ich Ihnen beim Ausheben des Grabes für Ihre Frau helfen?"

Seine Hand streckte sich in Richtung der Spitzhacke. Ich legte den Griff in seine Pranke, dann trat ich zwei Schritte zurück. Er legte sein automatisches Gewehr ab und bearbeitete den Boden mit deutlich mehr Geschick, als ich zuvor gezeigt hatte.

Seine Worte und seine Hilfsbereitschaft beschämten mich. Ich war kein guter Mensch. Keineswegs hatte ich freiwillig die Menschen im Niemandsland ärztlich behandelt. Vor knapp einem Jahr hatte General Wahler mir verkündet, dass die medizinische Behandlung durch einen seiner Ärzte die übriggebliebenen Bewohner des Niemandslandes gegenüber der Filderfestung milder stimmen würde. Ein Teil der Waren, die uns noch erreichten, musste den Weg durchs Niemandsland nehmen. Plötzlich waren wir auf die angewiesen, die wir nach wie vor mit notfalls tödlichen Schüssen von unseren Wällen fernhielten. Jeder, mit Ausnahme von Wahler und seinem engsten Kreis, litt fast permanent Hunger. Ohne Kunstdünger, Pflanzenschutzmittel und Treibstoff für die Maschinen wurde es wieder zu einem Knochenjob, dem Boden das Lebensnotwendige abzuringen. Pferde, einst Luxus-Spielzeug verwöhnter Mädchen, wurden wieder zu unersetzlichen Helfern des Menschen. So mussten wir wenigstens die Pflüge und Erntewägen nicht selbst ziehen. Wie jeder andere bauten auch wir rings um unser Haus Kohl, Rüben und Kartoffeln an. Trotzdem gab es im Frühjahr bestenfalls eine karge Mahlzeit pro Tag. Wahlers Befehl, niemanden mehr aufzunehmen, traf auf breite Zustimmung.

In der Filderfestung herrschte kein Ärztemangel, im Gegenteil. Ich wollte mich seinem Ansinnen verweigern, meine Kollegen vorschicken. Aber der General hatte entschieden. Mir war klar, warum seine Wahl auf mich gefallen war. Als Psycho-Doc war ich in seinen Augen wenig wert und am ehesten entbehrlich. So begann ich auf seinen Befehl hin mit vollen Hosen die ärztliche Versorgung der Menschen im Niemandsland. Hätte ich mich doch nur geweigert! Vielleicht hätte er mich daraufhin erschießen lassen. Aber wenigstens wäre uns dann kein kaum noch vorhandenes Benzin zugeteilt worden, das uns die Flucht mit dem Auto ermöglicht hatte. Dann lebte Carolin jetzt noch.

Aber dieser Gedanke war töricht. Zum einen, weil ich kein Held war, zum anderen, weil Carolin auch zu Fuß geflohen wäre.

Der Himmel färbte sich heller und kündete einen strahlenden Tag an. Wie konnte ausgerechnet der erste Tag, den meine geliebte Frau nicht mehr erlebte, derart hell und strahlend werden? Auf dem Württemberg, dem früher das Herzogtum und später das Bundesland seinen Namen verdankten, erstrahlte die Grabkapelle in hellem Glanz.

Wir stellten die Arbeit am Grab ein. Die Grube war lang und breit genug für den Körper meiner toten Frau sowie tief genug, um ihn vor hungrigen Tieren zu schützen. Hinter den beiden anderen wankte ich zurück in Richtung meines Volvos. Gerade als ich wegen des nun anstehenden Schrittes zu verzweifeln begann, kam aus dem Ort eine kleine Prozession auf uns zu. Vorneweg trug ein Halbwüchsiger ein Holzkreuz, dem direkt, in sehr aufrechter Haltung, ein ganz in schwarz gekleideter Priester folgte sowie mit etwas Abstand rund zwei Dutzend Menschen.

„Es hat sich herumgesprochen, dass die Frau des guten Arztes, der die Menschen im Niemandsland behandelte, begraben wird", flüsterte mir der Bewaffnete ins Ohr.

Ich schluchzte in meinem Schmerz laut auf, beschämt ob meiner Unvollkommenheit und gerührt ob der Mitmenschlichkeit und Würde, die mir und meiner Carolin hier entgegengebracht wurden. So geriet die Beerdigung gänzlich unerwartet zu einem Ritual, das mir erlaubte, Abschied zu nehmen. Ich war keineswegs Atheist, hatte in meinem bisherigen Leben schlicht und einfach an keinen Gott geglaubt. Als ich nun den Worten *des Priesters lauschte, wünschte ich inbrünstig, meine geliebte Frau wartete auf mich, gut aufgehoben bei einem gütigen Gott.*

Meine Tränen flossen hemmungslos. Ich verfluchte Carolins Mörder, sollte er auf ewig in der Hölle schmoren! Und da, inmitten meines Schmerzes und meiner Trauer, wurde mein bisher vager Verdacht vom Rande meines Bewusstseins in den Fokus meiner Aufmerksamkeit katapultiert: Sascha steckte mit ihrem Mörder unter einer Decke, hatte ihn gar auf uns angesetzt, um seine eigene Flucht über Bayern zu ermöglichen!

An dieser Stelle beendete ich meinen Bericht. Die Worte hatten meine Erinnerungen zu neuem Leben erweckt. So lastete erneut die Trauer um Carolin wie eine schwere, schwarze Decke auf mir. Keller sagte nichts. Nachdenklich sah er mich lange an. Endlich fragte er:

„Wohnte Ihr Sohn zum Zeitpunkt ihrer Flucht nicht mehr bei Ihnen?"

Auf seine Frage war ich gut vorbereitet, war sie doch heikel. Möglichst cool antwortete ich:

„Nein, Yannick kam mit Wahler und seinen Leuten nicht klar. Daher verschwand er kurz nach seiner Ankunft wieder. Eigentlich wollte er nach Bayern, aber zu diesem Zeitpunkt waren die bayrischen Grenzen für normale Flüchtlinge bereits hermetisch dicht. So blieb er im Remstal hängen. Um zu überleben, wurde er zum Schmuggler und Schleuser. Er transportierte zwischen Bayern und Stuttgart die wenigen Waren und Menschen, für die noch Geld vorhanden war. Dies ermöglichte ihm, uns noch gelegentlich zu besuchen. Extra für seine krummen Geschäfte legte er sich einen falschen Namen zu und nannte sich Sascha."

Mein Lachen klang selbst in meinen Ohren gekünstelt. Keller runzelte demonstrativ die Stirn. Ich baute gleichzeitig darauf, dass er ein guter Polizist war und dass er meine kleine Lüge nicht durchschaute. Die Widersprüchlichkeit darin war mir bewusst.

„Warum ausgerechnet Sascha?", fragte der Kommissar.

„Sascha war ein Schulfreund von Yannick. Sie flohen gemeinsam. Auf dem Rückweg von der bayrischen Grenze wurden die beiden überfallen und ausgeraubt. Einer der Räuber schoss Sascha in den Bauch. Er starb in Yannicks Armen. Mein Sohn nahm Saschas Papiere an sich, um sie seinen Eltern zu bringen. Als er sich dann aus der Not heraus auf den Schmuggel einließ, hielt er es für vorteilhaft, nicht unter seinem eigenen Namen aufzutreten."

„Warum erzählen Sie mir das?"

„Weil ich mich schon damals fragte, ob Sascha wirklich durch einen Räuber starb oder durch die Hand meines eigenen Sohnes."

Im Stillen bat ich Yannick um Verzeihung dafür, dass ich ihn Keller gegenüber als Mörder darstellte.

„Was weckte Ihr Misstrauen?"

„Ich spreche als Arzt mit vielen Menschen und werde dabei oft angelogen. Für meine Arbeit ist es wichtig einschätzen zu können, wo meine Patienten die Wahrheit sagen und wo sie mich anlügen. Bei der Sache mit Sascha hatte ich gleich das Gefühl, angelogen zu werden. Ich fragte mehrmals, was genau passiert war und erhielt jedes Mal eine in Kleinigkeiten andere Version. Mein Sohn und ich hatten uns schon vorher nicht mehr besonders gut verstanden und entfremdeten uns dadurch noch mehr."

Mein eigen Fleisch und Blut zu verleugnen und gleichzeitig auch noch zu verleumden raubte mir schier den Atem. Aber mir blieb keine andere Wahl.

„Und beim Tod Ihrer Frau? Was weckte da Ihr Misstrauen?"

„Sascha behauptete, Carolin habe ihm den Zeitpunkt unserer Abreise verraten. Sie hatte sich jedoch noch am Vortag darüber beklagt, ihn schon lange nicht mehr gesehen zu haben und sich nicht einmal richtig von ihm verabschieden zu können."

„Vielleicht hat ja nicht er, sondern ihre Frau gelogen. Wollte Carolin ihren Sohn nicht mitnehmen?"

„Doch."

„Aber?"

„Es war schon schwer genug, das Geld für uns beide zusammenzukratzen. Für ihn hätten wir es nie geschafft. Wir hatten daher entschieden, er müsse sich das Geld für seine Flucht selbst beschaffen."

„In der Zeit vor Ihrer Flucht verstanden Sie und Ihr Sohn einander schlecht. Wie war Carolins Verhältnis zu ihm?"

„Besser. Meistens kam er vorbei, wenn sie alleine zu Hause war."

„Wie reagierten Sie auf Carolins Schilderungen der Besuche Ihres Sohns?"

Ich schwieg.

„Eifersüchtig?"

Keine Antwort.

„Gereizt?"

Ich schloss meine Augen. Er wartete. Ich ließ ihn warten. Schließlich meinte er vorsichtig:

„Manchmal lügen Frauen ihre Männer an, um den Familien-Frieden zu wahren. Könnte es bei Ihnen auch so gewesen sein?"

„Vielleicht", flüsterte ich mit geschlossenen Augen.

„Wie kommen Sie dann darauf, dass er Ihre Frau erschossen hat?"

„Er hat sie nicht erschossen." Ich öffnete meine Augen und sah Keller an. „Aber nur er wusste von unserer Flucht. Deshalb muss er uns an einen Kumpel verraten haben. Sein Helfer hat Carolin erschossen. Dann hat Sascha ihn erschossen!", entgegnete ich erregt.

„Wieso nennen Sie Ihren Sohn Sascha?"

„Ich meine natürlich Yannick. Mit seinen zwei Namen komme ich selbst manchmal durcheinander. Zumal es mir vorkommt, als sei mein Sohn nicht mehr mein Sohn! Indem ich ihn Sascha nenne, verbanne ich ihn aus meiner Familie!"

„Warum erschoss er Sie nicht gleich mit? Ich meine, wenn er es fertigbringt, seine eigene Mutter töten zu lassen, warum dann nicht auch seinen Vater, mit dem er sich ohnehin nicht mehr versteht?"

„Was glauben Sie, wie oft ich mir genau diese Frage stellte? Was wäre passiert, wenn ich zuerst das Haus verlassen hätte? Wäre Carolin dann noch am Leben? Oder wären wir dann gemeinsam gestorben? Wie oft ich mir wünschte, dass es so gekommen wäre! Einer von uns musste sterben, weil unser Geld nur für die Flucht von Zweien reichte. Er verschaffte sich durch Carolins Tod die Möglichkeit, dem Krieg zu entfliehen! Auf Dauer hielt er es bei den Remstälern einfach nicht aus!"

Zur selben Stunde traf sich eine Abordnung eben jener Remstäler im Kloster Lorch mit einer bayrischen Delegation. Beide Parteien nahmen einander gegenüber an einer langen Tafel Platz. Wir Remstäler waren nicht nur sichtlich hagerer, sondern auch schlechter gekleidet, als unsere Gegenüber. Es hieß, in Bayern herrsche keine Not und vor allen Dingen kein Hunger. Einigen der Bayern war ihr schlechtes Gewissen anzusehen. Dies wertete ich als hoffnungsvolles Zeichen. In diesem Augenblick legte Balmer los:

„Vielen Dank, meine werten Herren, für Ihre Unterstützung. Mit Hilfe der von Ihnen gelieferten Waffen, Munition und Lebensmittel konnten wir unsere Positionen weiter festigen. Seit über einem Jahr setzte kein Islamist, kein Nationalist und auch sonst niemand einen Fuß auf unser Territorium. Dieser Erfolg wäre ohne Sie nicht möglich gewesen."

Seine Worte waren übertrieben, aber in Anbetracht unseres Anliegens klug. Struve, der rechts von mir saß, knirschte hingegen deutlich mit den Zähnen. Er beugte sich zu mir und flüsterte mir ins Ohr:

„Sascha, das machen die bayrischen Hundsfötte doch nur, damit wir ihnen die Islamisten und die Nationalisten vom Leib halten. Der Landrat braucht denen dafür jetzt nicht auch noch in den Arsch zu kriechen!"

„Es freut uns", fuhr Balmer fort, „Ihnen mitteilen zu können, dass die Lage sich stabilisiert hat. Wir beantragen hiermit offiziell eine Aufnahme in die bayrische Republik. Selbstverständlich werden wir hierzu eine Volksabstimmung durchführen, deren Ablauf Sie durch von Ihnen entsandte Wahlbeobachter gerne überwachen können!"

„Welches Gebiet vertreten Sie denn?", fragte der bayrische Staatssekretär Bierhalter.

„Den gesamten Rems-Murr-Kreis plus einige rechts des Flusses liegenden Vororte Stuttgarts."

„Auch ein Teil Stuttgarts?", fragte er sichtlich entsetzt nach. „Wird das nicht als Provokation verstanden werden?"

„Und wenn schon!", fiel ihm Roiber, ein bayrischer Landtagsabgeordneter, ins Wort. „Früher oder später werden die sich ohnehin mit uns anlegen. Mir ist es lieber, die Remstäler kämpfen dann auf unserer Seite, als auf deren!"

„Immer mit der Ruhe!", mahnte Balmer. „Alle drei in Stuttgart eingebunkerten Kriegsparteien unterhalten Handelsbeziehungen mit uns und somit auch indirekt mit Ihnen. Deren jeweilige Herrschenden beziehen auf diesem Weg den einen oder anderen Luxus, auf den sie nicht gerne verzichten werden."

„Glaubt der Balmer wirklich, Tabak und französischer Schampus hält die Islamisten vom Krieg gegen uns ab!", empörte sich Struve halblaut in mein Ohr.

„Mensch Stephan, jetzt halt endlich deine Klappe!", zischte ich zurück.

Balmer warf uns einen missbilligenden Seitenblick zu, ehe er fortfuhr:

„Wir repräsentieren eine halbe Million Menschen, darunter fünfzigtausend kampferprobte Soldaten. Wenn Sie uns die entsprechenden schweren Waffen liefern, können wir jeden Vorstoß abwehren."

„Das ist ja lächerlich!", meinte Roiber. „Eine halbe Million waren Sie vielleicht mal vor dem Krieg!"

„Wir haben viele Flüchtlinge aus anderen Landesteilen aufgenommen!", entgegnete Balmer.

„Lassen wir das!", Roiber winkte ab. „Auch die mit Ihnen vereinten Stuttgarter Vororte wollen mehrheitlich zu uns?"

Ein begehrliches Glitzern funkelte in seinen Augen. Es schien, ihm war der kleine Teil Stuttgarts wichtiger, als der Landkreis davor.

„Mit Sicherheit können wir Ihre Frage erst nach der Volksabstimmung beantworten, aber ich gehe davon aus", antwortete Balmer.

„Interessant", erwiderte Roiber. „Da wird sich schon was machen lassen."

Viel mehr gab es nicht zu besprechen. Die Bayern wollten unter sich sein und komplementierten uns mit unhöflicher Eile hinaus. Wir waren in Ihren Augen nicht mehr als lästige Bittsteller. Mich focht dies nicht weiter an, da ich an ihrer Stelle ähnlich empfinden würde und der Gesprächsverlauf mir Anlass zur Hoffnung gab. Auch würde ich vieles hinnehmen, wenn wir dafür in absehbarer Zeit wieder Teil eines wehrhaften, einigermaßen sicheren und stabilen Staates wurden.

Struve, der in unserer Delegation die Kämpfer vertrat, empfand dies anders. Kaum im Auto explodierte er:

„Wie ich diese arroganten Schnösel hasse! Was fällt denen ein, uns derart selbstherrlich, von oben herab zu behandeln! Am Liebsten käme ich mit ein paar von meinen Jungs noch mal her, um dem Roiber sein arrogantes Gehabe auszutreiben!"

Zu dritt quetschten wir uns auf die Rückbank des kleinen Elektroautos. Öl erreichte uns schon lange keines mehr und aus Pflanzen gewonnener Diesel war knapp. Balmer und ich tauschten einen kurzen Blick. Er nickte mir auffordernd zu. Wie immer saß Struve auf dem Beifahrersitz. Also beugte ich mich zu ihm vor und entgegnete:

„Willst du den Bayern wirklich einen Vorwand liefern, ihre schönen neuen Kampfhubschrauber erstmals einzusetzen?"

Er schwieg. Was sollte er auch sagen. Glücklicherweise hatte es für uns bisher nur kleine Scharmützel gegeben. Die Nationalisten ließen uns in Ruhe, zumindest solange sie die Islamisten noch nicht endgültig besiegt hatten. Balmer nährte einerseits die Hoffnung der Rechten, dass wir noch mit Ihnen paktieren würden und versorgte andererseits die Islamisten im Norden Stuttgarts und in Ludwigsburg mit dem Notwendigsten. Genauer gesagt ließ er zu, dass die Bayern dies taten. Eines Tages würden die Nationalisten unserem doppelten Spiel auf die Schliche kommen oder endgültig die Moslems besiegen. Dann würde sich ihr Zorn gegen uns richten. Im Gegensatz zu uns besaßen sie schwere Waffen. Schwerwiegender waren noch ihre Fabriken für schwere Waffen wie Panzer, die ihnen verlässlichen Nachschub garantierten. Unsere Kämpfer würden ihnen nicht lange standhalten. Deren Opferbereitschaft war schließlich in keiner Weise mit jener der Islamisten vergleichbar. Es sei denn, wir waren bis dahin Teil der bayrischen Armee.

„Vielleicht haben Sie doch Recht, Landrat!", ließ sich in diesem Augenblick Struve grimmig vernehmen.

„Womit?"

„Dass wir lieber mit den Nationalisten, als mit den Bayern paktieren sollten!"

Besorgt warf ich Balmer einen Blick zu, den dieser ignorierte. Hatte er Struve nicht ins Vertrauen gezogen, dass seine diesbezüglichen Äußerungen rein dem Taktieren dienten?

„Bei den Bayern", entgegnete der Landrat, „würden Sie und Ihre Leute in die reguläre Armee integriert werden. Für Sie spränge dann sicher der Rang eines Generals heraus!"

„Als ob ich bei den Bayern General sein wollte! Unser Land in der Hand dieser arroganten Schnösel! Eine Schande wäre das!"

Angst setzte sich in meinen Eingeweiden fest. Auf Struve konnten wir, die Aufrechten und Vernünftigen, nicht mehr zählen. Balmers Lippen wurden schmal. Konnte der Landrat den Warlord stoppen? Oder würde ich als Vertrauter des Landrats von den Hunden des Krieges erschossen werden? Zumindest hatte ich die notwendigen Vorkehrungen getroffen, damit ihr Zorn mich allein träfe.

Voller Sorge starrte ich durch die Windschutzscheibe nach vorne. Ein schwarzer SUV, mit einem wohlvertrauten Aufkleber auf der Heckklappe, erregte meine Aufmerksamkeit. Konnte das wahr sein? Bedeutete dies...

„Halt an!", brüllte ich. „Halt sofort an!"

„Aber Sascha..."

„Jetzt halt schon an!", fauchte ich den Fahrer unseres Elektro-Autos an.

Er bremste tatsächlich. Da ich in der Mitte saß, musste Balmer zuerst aussteigen, dann konnte ich das vertraute Gefährt endlich in Augenschein nehmen. Er war es tatsächlich, Zweifel ausgeschlossen, auch wenn er mittlerweile ein Gmünder Kennzeichen trug.

Wie immer wurden wir auch heute von einem bayrischen Polizeifahrzeug Richtung Grenze eskortiert. Soeben entstiegen ihm die beiden Beamten. Der Fahrer rückte seine Mütze zurecht.

„Gibt es ein Problem?", fragte der ältere streng.

„Nein, Herr Wachtmeister, kein Problem. Der Wagen hier gehörte einst meinem... Nachbarn. Wären Sie so freundlich abzufragen, seit wann er hier in Bayern zugelassen ist?"

„Tut mir leid, aber das sind streng vertrauliche Daten!"

„Bitte! Ich will doch weder den Namen noch die Adresse des Fahrzeughalters wissen. Nur, seit wann der Wagen hier in Bayern zugelassen ist!"

Der Beamte zögerte kurz, nickte dann aber und setzte sich zurück in den Streifenwagen. Kurz darauf stieg er wieder aus uns meinte:

„Seit November letzten Jahres."

Ich dankte ihm für seine Menschlichkeit und stieg wieder ein. Die anderen kommentierten mein Verhalten nicht. Die Gier auf kleinste Informationsfitzelchen über den Verbleib von Freunden und Angehörigen gehörte zu unserem Leben.

Die Batterie war fast leer, als wir endlich das Landratsamt in Schorndorf erreichten. Ein Lastwagen, der Männer für ihre Woche Dienst an der Waffe nach Untertürkheim bringen sollte, wartete auf Struve. Er stieg auf der Beifahrerseite ein. Augenblicklich fuhr der Zwölftonner los. Die Kämpfer auf der Ladefläche blickten der Woche voller Angst und Sorge entgegen. Die meisten Männer zwischen achtzehn und fünfundvierzig mussten jede dritte Woche an einer unserer gefährdeten Grenzen verbringen.

Als Teil der Administration wurde ich verschont. Wie immer folgte ich Balmer in dessen Büro. Dort angelangt seufzte er und meinte:

„Der Struve wird langsam zum Problem."

„Das sehe ich auch so. Können wir was gegen ihn tun?"

„Kaum, die anderen Milizenführer sind auch nicht besser. Langsam aber sicher entwickeln sie sich zu kleinen Warlords, die selbstherrlich, mit Brutalität und Waffengewalt über ihre jeweiligen Bezirke herrschen. Wenn die Bayern uns nicht schnell aufnehmen und uns den Weg zurück in die Zivilisation ermöglichen, herrschen hier bald Zustände wie im Mittelalter."

In Dammam sah Keller mich in seinem Büro eine ganze Weile nachdenklich an.

„Ich kann Ihr Misstrauen Ihrem Sohn gegenüber nachvollziehen und würde Ihnen gerne helfen, Gewissheit zu erhalten. Allein sehe ich in Anbetracht der Umstände keine Möglichkeit hierzu."

„Können Sie ihn nicht zumindest verhören?"

„Ich glaube kaum, dass dies was bringt. Eher sehe ich eine Möglichkeit darin..."

In diesem Augenblick erschallten von draußen laute Rufe. Einem wachsamen Raubtier gleich sprang Keller auf. Mit zwei Schritten war er am Fenster. Dort blieb er reglos stehen.

„Was ist das denn?"

Sofort erhob ich mich ebenfalls und gesellte mich zu ihm. Am Rande des staubigen Asphalt-Rondells, auf dem die Busse wendeten, traf soeben eine Kamelkarawane ein. Männer riefen aufgeregt in Arabisch durcheinander, sprangen von ihren Reittieren und trieben Holzpflöcke in den Sand. Die Karawane besaß eine beachtliche Länge, hatte ihre Nachhut doch noch nicht einmal die Landstraße überquert. Jeder der Männer trug deutlich sichtbar eine automatische Waffe.

„Scheiße!", fluchte Keller. „Die haben uns gerade noch gefehlt."

„Wer ist das?", fragte ich neugierig.

„Wonach sieht's denn aus?", raunzte er mich an.

„Nach Beduinen."

Keller setzte seine Kappe auf und befahl:

„Kommen Sie mit!"

Elllg verließ er das Büro. Nach kurzem Zögern folgte ich ihm. Zielstrebig steuerte er auf einen in traditionelle, schwarze Gewänder gekleideten Mann mit imposantem, grau-schwarzem Bart zu. Dieser führte offensichtlich das Kommando, zumindest bei der Vorhut.

Keller wartete respektvoll in einigen Metern Abstand, ich einen halben Schritt hinter ihm. Endlich wandte der Mann sich uns zu. Keller verbeugte sich und sprach den arabischen Gruß. Unbeholfen imitierte ich ihn. Der Gruß wurde erwidert. Die beiden wechselten einige Sätze. Ich verstand kein Wort. Aber es war ersichtlich, dass der Beduine im Befehlston sprach und Keller sich ihm gegenüber unterwürfig verhielt. Schließlich verbeugte der Kommissar sich erneut, wandte sich um und forderte mich auf, ihm zu folgen.

„Was will er?"

„Wasser. Im Keller gibt es Schläuche samt passenden Wasseranschlüssen. Sie müssen mir helfen."

Ich tat wie geheißen und so waren wir die nächste Stunde damit beschäftigt, vier Wasseranschlüsse für unsere Gäste zu legen. Parallel zu uns bauten die Beduinen in atemberaubendem Tempo mehrere Zelte auf. Noch ehe wir fertig waren, kam ein anderer, in aufwändig gemusterte Kleidung gehüllter, Mann auf uns zu. Wir begrüßten auch ihn formell. Keller und er wechselten lange Sätze. Der Mann schien mir höflicher, nicht so barsch wie unser erster Gesprächspartner. Als auch er sich wieder verabschiedet hatte, fragte Keller mich:

„Haben Sie in Deutschland Araber ärztlich behandelt?"

„Warum?", entgegnete ich überrascht.

„Weil der Scheich Sie über seinen ersten Diener soeben zum Abendessen eingeladen hat."

„Mich?"

„Ja."

„Mich persönlich, mit meinem Namen?"

„Das nicht. Er hat den *deutschen Arzt* eingeladen."

Ich fühlte mich gleichzeitig geschmeichelt und ängstlich. Vielleicht war zwischen meinen Patienten im Lauf der Jahre auch der eine oder andere aus Saudi-Arabien gewesen. Mit Sicherheit konnte ich das nicht sagen. Vorsichtshalber fragte ich Keller:

„Weiß der Scheich vom Schicksal meines Vorgängers?"

„Keine Ahnung."

Er zuckte demonstrativ mit den Achseln, ehe er fortfuhr:

„Uns bleibt jedenfalls nichts anderes übrig, als dieser Einladung zu folgen."

„Das heißt, Sie begleiten mich?", fragte ich erleichtert.

„Als Dolmetscher und Kindermädchen."

*

Lara warf mir lautstark vor, nie mein Handy zu hören. Ihre wüsten Vorwürfe entstellten ihr Gesicht zu einer Maske. Allzu sehr litt ich nicht, würde die Versöhnung nachher doch süß ausfallen. Da fiel mir ein, dass sie mich schon vor langem in die Wüste geschickt hatte! Ich öffnete die Augen. Spärliches Sternenlicht erzeugte vage Umrisse. Es brauchte einige Momente, mich zu orientieren. Dann begriff ich wo ich war, nämlich in meiner engen Schorndorfer Kammer, nicht mehr im Karlsruher Studentenwohnheim. Lara war Teil meiner badischen Vergangenheit. Von ihr hatte ich schon lange nichts mehr gehört. Wieso tauchte sie plötzlich in meinen Träumen auf? In diesem Augenblick drang das auf leise gestellte Klingeln meines Handys an mein Ohr. Unwillkürlich musste ich grinsen, war meine Ex für

mich offensichtlich fest mit überhörten Anrufen assozi-
iert. Drei Uhr dreizehn zeigte das Display des Handys
und Balmers Namen. Etwas Schlimmes musste passiert sein.

„Ja?"

„Komm sofort her!"

Mit wild klopfendem Herzen sprang ich aus dem Bett.
Eilig zog ich mich an. Schorndorf lag in eisiger Kälte
und kompletter Dunkelheit, als ich schnell, wie selten
zuvor, mit dem Fahrrad durch die Stadt raste.

Die Wachen am Schloss erwarteten mich. Das Tor
stand offen. Hektisch gestikulierend winkten sie mich
durch. Was zum Teufel war hier los? Im Innenhof
stand der Landrat vor dem Elektroauto, dem einzigen
Fahrzeug, das der Verwaltung des Kreises mit seiner
halben Million Menschen zur Verfügung stand. Balmer
telefonierte mit einem Handy, ein zweites, an dem ein
weiterer Gesprächspartner zu warten schien, hielt er in
leichtem Abstand vom Ohr in der linken Hand.

Er nickte mir zu, deutete mit dem Kinn auf den Wagen.
Ich öffnete ihm die hintere Tür. Er stieg ein, ohne sein
Gespräch zu unterbrechen. Als ich auf dem Fahrersitz
Platz genommen hatte, suchte ich im Rückspiegel sei-
ne Aufmerksamkeit. Fragend sah ich ihn an.

„Nach Hofen, an die Brücke!"

Mit einem leisen Surren fuhr der Wagen los. Auf der
Hofener Staustufe traversierte eine der wenigen erhal-
tenen Brücken den Neckar. Auf der anderen Flussseite
begann das Gebiet der Osmanen oder, wie Balmer stets
zu betonen pflegte, der Deutschen Muslime. Sie be-
wohnten den Norden Stuttgarts, Kornwestheim und
Ludwigsburg, mit dem Fluss als Grenze zu uns. Nach
einigen blutigen Scharmützeln zu Beginn des Bürgerkriegs hatten wir uns mit den Moslems arrangiert. Man
war übereingekommen, die Staustufen in Untertürk-

heim, Cannstatt und Hofen nicht zu sprengen. Die Moslems erhielten den Strom aus Cannstatt, wir den aus den beiden anderen Wasserkraftwerken. Dieser Strom stellte unsere verlässlichste Quelle dar. Wir benötigten ihn dringend für die Bahnlinie als Rückgrat unseres Verkehrswesens, die wenigen noch produzierenden Fabriken und unsere Kliniken. Gerüchteweise versorgten die Bayern durch unser Gebiet hindurch über die Brücke die Osmanen mit dem Notwendigsten. Nur so ließ sich erklären, dass diese der drückenden Übermacht der Nationalisten seit drei Jahren standhielten. Aber selbst ich wusste nicht, ob dies stimmte oder lediglich ein weiteres Gerücht darstellte.

Jeder wusste, zwischen Nationalisten und Osmanen tobten seit Tagen erbitterte Kämpfe. Es gab Gerüchte, die Nationalisten hätten mit russischer Hilfe in Rastatt eine eigene Panzerproduktion aufgebaut. Jetzt würden sie die Osmanen endgültig plattmachen. Ich spitzte die Ohren, um Balmers Telefonat zu lauschen.

„...genau, ein Barrel pro Person...vom Säugling bis zum Greis...Nein! Das Angebot betrifft jedes Transitland, also uns, die Bayern, Italien und eben...Nein! Wir müssen das Öl nicht aufteilen, jedes beteiligte Land erhält pro Kopf ein Barrel...die Schiffe sind bereits unterwegs, werden übermorgen Trient erreichen...sind Sie sicher? Okay!"

Er beendete das Gespräch, wandte sich seinem zweiten Handy zu.

„Die Österreicher machen auch mit..."

Der Gesprächspartner schien nur noch auf seine Bestätigung gewartet zu haben. Das Telefonat war schnell beendet. Anschließend seufzte Balmer laut.

„Was erwartet uns in Hofen?"

„Auf der Brücke stehen tausende Frauen und kleine Kinder. Sie erflehen unseren Schutz."

„Sind die Osmanen besiegt?"

„Scheint so."

„Warum fahren Sie mitten in der Nacht persönlich dorthin?"

„Weil Bonnhöfer sich weigert, die Flüchtlinge hereinzulassen."

Ich schwieg. Es hieß, die Moslems seien halb so viele wie wir, also etwa eine Viertelmillion. Aber, wie in allen Kriegen war auch in diesem die Wahrheit als eines der ersten Opfer auf der Strecke geblieben. Daher wusste niemand, ob die Zahl stimmte. Trotzdem erfüllte mich Angst. Seit Ausbruch der Kämpfe war Hunger unser ständiger Begleiter. So hatten auch wir uns schweren Herzens entschlossen, unsere Grenzen dicht zu machen, nachdem wir zu Beginn des Krieges eine große Zahl von Flüchtlingen aufgenommen hatten. Niemand wusste, wie viele Menschen seither von unseren Milizen getötet worden waren, weil sie unseren Schutz in Anspruch nehmen wollten.

„Bonnhöfer meint", fuhr Balmer fort, „er persönlich würde die Grenze ja öffnen. Aber wenn er dies befehle, werde er von seinen eigenen Leuten erschossen."

Meine Angst meldete sich erneut, stärker als je zuvor.

„Hast du bisher nicht immer behauptet, wir können keine weiteren Flüchtlinge aufnehmen, ohne unser eigenes Überleben zu gefährden?"

„Doch."

„Aber?"

„Verdammt nochmal! Einhunderttausend Frauen und Kinder stehen an unserer Grenze! Das ist kein hartes Einzelschicksal mehr, das es auch ohne uns irgendwie schaffen kann, sondern ein Genozid! Verstehst du? Wenn ich dies zulasse, bin ich kein Deut besser als die Nationalisten! In den Geschichtsbüchern wird mein Name in einer Reihe mit Hitler genannt werden!"

„Ich verstehe es trotzdem nicht. Die paar Menschen, die in den letzten drei Jahren an unserer Grenze erschossen…"

„Hätten wir diese nicht erschossen, wären schon damals zehn- oder gar hunderttausende gekommen! Die daraus resultierenden Verteilungskämpfe hätten uns zerrissen. Es blieb uns keine andere Wahl! Aus Verantwortung für die Menschen unseres Kreises mussten wir so handeln!"

„Und jetzt? Wird es jetzt keine Verteilungskämpfe geben?"

„Die Saudis nehmen die Flüchtlinge auf. Italiener, Österreicher und Bayern lassen sie durch. Also wird es keinen Anlass für Verteilungskämpfe geben."

„Die haben schon viel versprochen."

„Auch von denen wird keiner die Verantwortung für einen Genozid tragen wollen. Bisher konnten wir davon ausgehen, die Menschen versuchen anderswo ihr Glück, wenn wir sie abweisen. Die Moslems besitzen keine Möglichkeit, es woanders zu versuchen."

Vage konnte ich seine Argumentation nachvollziehen, auch wenn es mir noch immer nicht wirklich einleuchtete. Konnte es richtig sein, wenige mit Waffengewalt abzuweisen und viele reinzulassen?

Kurz vor Fellbach weitet sich das Remstal, gibt den Blick Richtung Ludwigsburg frei. Eine dichte Aufeinanderfolge von Explosionen erhellte den Himmel über der Barockstadt. Das Donnern war trotz der Entfernung im geschlossenen Auto zu hören.

„Bonnhöfer hat Angst, den Befehl zu geben?"

„Ja."

„Und wenn Sie es tun?", fragte ich. „Werden Sie nicht erschossen?"

„Ich weiß es nicht", flüsterte er.

„Warum fahren wir dorthin?"

„Weil ich nicht anders kann. Die Vorstellung, durch meine Feigheit ein Massaker zuzulassen, ist mir unerträglich! Du besitzt den meisten Anstand. Deshalb bat ich dich mitzukommen…"

„Wie eine Bitte", dachte ich, „hörte sich sein Gebell nicht an. Eher wie ein verdammter Befehl."

„…aber ich habe Verständnis, wenn du dein Leben nicht riskieren willst. Du kannst vorher aussteigen."

Manchmal war mein Chef ein echtes Arschloch. Glaubte er ernsthaft, ich würde aus der Ferne zusehen, wie er erschossen wird? Sollte ich mich mit diesen Bildern im Kopf mein restliches Leben für meinen Mangel an Zivilcourage schämen?

„Sie wissen genau, dass ich Sie nicht im Stich lasse!"

Er beugte sich vor. Mit einer unerwartet zärtlichen Geste tätschelte er meine Schulter.

„Vielleicht gelingt es uns ja, das Schlimmste zu verhindern."

Auf der Straße von Schmiden hinunter nach Hofen kamen uns die ersten Flüchtlinge entgegen.

„Die haben auch ohne uns bereits die Grenze geöffnet", stellte ich erleichtert fest.

„Das sind keine Muslime, sondern die Einwohner Hofens."

Er hatte Recht. Zumindest trug niemand ein Kopftuch oder war sonst als Moslem erkennbar.

„Der Ort liegt direkt am Neckar, auf der anderen Seite befindet sich ein steiler Höhenzug. Die Moslems hätten jederzeit von gegenüber mit Artillerie und Mörsern den Ort zerstören können. Die Menschen fürchten, dass die Nationalisten genau dies tun werden."

Durch die Verteilung der Einwohner Hofens über den Kreis würde es auch ohne muslimische Flüchtlinge für uns alle enger werden.

Auf der Landstraße durchfuhren wir den Ort in Richtung Max-Eyth-See. Vor dem See bogen wir rechts ab, in Richtung Staustufe und Brücke. Zwischen dem Ortsrand und dem See waren mit Gräben und Sandsäcken Befestigungen errichtet worden. Wir passierten diese ungehindert. Dann erreichten wir die Brücke. Mir fiel auf, dass hier die sonst üblichen Betonsperren fehlten.

„Stimmt es, dass wir in den letzten Jahren die Muslime heimlich versorgt haben?"

„Ich würde sagen, wir ließen zu, dass die Bayern sie versorgen."

Vor der Brücke war ein massives Stahltor errichtet worden. Rechts neben dem Tor befand sich eine Befestigung aus Stahlcontainern und Sandsäcken, in die das Gebäude des Wasserkraftwerks integriert war. Oben stand eine Gruppe Milizionäre, mit ihren Waffen über das Tor hinweg zielend.

Wir stiegen aus. Der Donner der Geschütze, das Bellen der automatischen Waffen und die Explosionen von den Kämpfen auf der anderen Flussseite klangen bedrohlich nahe. Eilig liefen wir auf die Befestigung zu. Zwei Wachen blickten misstrauisch drein, richteten ihre Gewehre auf uns.

„Ich bin Landrat Balmer, Bonnhöfer erwartet mich."

„Er hat Sie angekündigt, gehen Sie hoch."

Wir erklommen eine steile Holztreppe. Ich musste eine akustische Sinnestäuschung haben, da ich meinte, von oben lustige Musik zu hören. Je höher ich stieg, desto lauter wurde diese. Wir erreichten eine mit Wällen aus Sandsäcken gesicherte Plattform. Die meisten Kämpfer hatten ihre Waffen neben sich an den Wall gestellt, saßen selbst mit dem Rücken an die Sandsäcke gelehnt da und sangen zu der von Mundharmonika und Gitarre vorgetragenen Melodie ein Volkslied. Ich wollte nicht glauben, dass der Kommandierende dies zuließ.

„Balmer! Endlich!", nahm Bonnhöfer uns in Empfang.

„Bei euch geht´s ja lustig zu!", meinte Balmer, den ebenfalls die Musik zu irritieren schien.

„Das ist besser, als stumm den Geräuschen des Todes zu lauschen", rechtfertigte der Kommandierende sich.

„Wo sind die Flüchtlinge?"

„Sehen Sie selbst."

Er führte uns zu den Sandsäcken. Zwei Bewaffnete machten uns Platz. Auf der Brücke standen dicht an dicht komplett verschleierte Frauen mit ihren Kindern. Angst und Anspannung waren zu spüren, aber bis auf vereinzeltes Kinderweinen ging von den Menschen eine geradezu unheimliche Stille aus, als lauschten sie dem Volkslied der Soldaten. Die Brücke war gedrängt voll mit Menschen. Ein Ende der Menge war in der Dunkelheit nicht zu erkennen.

„Wie viele sind das?"

„Keine Ahnung, auf jeden Fall tausende. Wenn dort alle Frauen und Kinder von den Osmanen stehen, auch hunderttausend."

„Haben die Frauen berichtet, was gerade dort drüben passiert?"

„Die Rechten überrollten mit dutzenden nagelneuen Panzern an mehreren Stellen gleichzeitig die Befestigungen. Jetzt tobt ein Häuserkampf. Die Nationalisten verfügen plötzlich über genügend Munition und schießen mit ihren Panzern aus der Distanz alles kurz und klein. Die Mullahs verkünden, Gott verlange weder von Frauen, noch von männlichen Jugendlichen unter sechzehn Jahren, zu kämpfen. Sie sollen zur Brücke gehen und uns um die Nächstenliebe bitten, die ein wesentlicher Teil unseres Christentums darstellt."

„Warum gewährt Ihr ihnen diese nicht?"

„Beim Versuch, über den Neckar zu uns zu gelangen", mischte sich ein Milizionär grimmig ein, „sind in den letzten drei Jahren dutzende oder gar hunderte Christen durch unsere Kugeln gestorben..."

„In drei Jahren wurden genau einunddreißig Fälle gezählt!", unterbrach Balmer ihn.

„Selbst wenn die Zahl stimmt, waren es einunddreißig zu viel! Bei jedem Dienstantritt beten wir, auf keinen wehrlosen Flüchtling, der nichts weiter als leben will, schießen zu müssen. Diejenigen unter uns, die es tun mussten, leiden bis heute darunter.

Wir taten es, weil seit Jahren weder wir noch unsere Familien satt werden. Schon heute verhungern Alte und Kleinkinder. Wir können die nicht rein lassen!"

Balmer hatte aufmerksam zugehört. Jetzt musterte er die Gesichter der Bewaffneten. Einige nickten zustimmend. Anderen war ihr Unbehagen anzusehen.

„Hört zu Männer, die Bayern werden die Muslime ihre Grenze passieren lassen. Die bleiben nicht bei uns..."

„Wieso das?", rief einer dazwischen. „Bisher ließen die Bayern doch nur Leute mit genügend Dollars durch. Können wir dann jetzt auch nach Bayern?"

„Die Muslime ziehen durch Bayern und Österreich nach Italien. Im Hafen von Trient warten Schiffe, die sie nach Saudi Arabien bringen. Die Scheichs belohnen jedes Transit-Land mit einem Barrel Treibstoff pro Flüchtling, auch uns!"

Die Männer redeten aufgeregt durcheinander.

„Ihr seht, die Kinder und Frauen da draußen werden uns nicht zur Last fallen. Wir können ruhig das Tor öffnen."

„Werden die Nationalisten uns nicht bestrafen, wenn wir denen helfen?", rief der Grimmige.

„Wollt ihr euch zu deren Helfer machen?", hielt Balmer dagegen.

Die beiden starrten einander an. Ein Milizionär trat einen Schritt vor, legte seine Waffe ab und meinte: „Ich öffne jetzt das Tor. Wer von euch mich daran hindern will, muss mich schon erschießen!"

Er stieg zügig die Treppe hinunter, eilte auf das Tor zu. Hypnotisiert folgten ihm unser aller Blicke. Er schob zwei riesige Riegel zurück, dann zog er einen Flügel des Tores auf. Ein schriller Freudenschrei aus tausenden Kehlen verbreitete Gänsehaut. Sofort setzte sich der Strom aus Frauen und Kindern Richtung Hofen in Bewegung.

„Ihr drei", wies Balmer geistesgegenwärtig eine Gruppe Milizionäre an, „führt die ersten zum Bahnhof in Fellbach. Ich organisiere den Einsatz aller unserer Züge, um die Menschen möglichst rasch Richtung Lorch weiter zu transportieren."

„Wenn auch deren Männer kommen", meldete sich der grimmige Milizionär erneut zu Wort, „sprenge ich persönlich die Brücke!"

„Tun Sie das!", wandte der Landrat sich ihm zu. „Sprengen Sie spätestens die Brücke, wenn die Nationalisten auftauchen. Die sind uns nicht willkommen!"

Im australischen Sydney stand Pauline auf der aus grauen Bohlen zusammengefügten Terrasse ihres weiß lackierten Holzhauses. Die rot-blauen Papageien ihrer Nachbarn krächzten heiser vor sich hin, während sie auf ihren Mann Tom wartete. Die Ärztin war nervös, schließlich hatte sie für Tom eine heikle Neuigkeit. Wie würde er es aufnehmen? Als ihr Mann endlich kam, sah er seiner Frau sofort an, dass etwas nicht in Ordnung war.

„Was ist los, Darling?", fragte er besorgt.

„Heute kam endlich das Visum für Bayern."

„Oh!"

Verunsicherung und Trauer lagen in seinem Blick. Der Australier hatte sich vor drei Jahren auf den ersten Blick in diese wunderbare Frau verliebt. Er hatte alle Register gezogen, um ihr Herz zu erobern. Viel hatte er für ihre Flucht aus Izmir riskiert. Sie hatten schöne Zeiten miteinander erlebt. Trotzdem litt Pauline nach wie vor oft schrecklich unter Heimweh, weinte dann stundenlang um ihre Eltern, ihren Bruder und ihre Freunde. Ganze Nächte konnte sie vor Kummer nicht schlafen. Bei solchen Anlässen scheiterte er jedes Mal mit seinen Versuchen sie zu trösten. Bekümmert musste er sich eingestehen, dass in seiner Frau stärkere Kräfte, als seine Liebe zu ihr, am Werk waren. War es jetzt mit ihnen vorbei? Würde sie ihn einfach verlassen?

Pauline trat auf ihn zu und umarmte ihn ganz fest. Tom zögerte kurz, erwiderte dann aber ihre Umarmung ebenso fest. Einige von unterschwelliger Angst geprägte Minuten hielten sie einander umschlungen. Dann fragte er leise:

„Werde ich dich je wiedersehen?"

„Bayern ist mittlerweile wieder sicher", entgegnete sie tapfer. Sie schaffe es nicht, ihm dabei in die Augen zu sehen.

„Das mag sein", antwortete er. „Ich mache mir aber Sorgen, dass du versuchen wirst nach Stuttgart zu gelangen."

„Das dürfte kaum möglich sein", entgegnete sie mit brüchiger Stimme.

Inständig hoffte er, die Bayern würden seine Frau nicht durchlassen. Zugleich schämte er sich für seinen Wunsch. Würde er in ihrer Situation nicht ebenfalls alles versuchen, um seinen Schwestern und Eltern zu helfen?

„Ich schäme mich so, sie einfach im Stich gelassen zu haben!", machte Pauline ihrem Leid Luft und weinte los. Zärtlich nahm er sie in die Arme und entgegnete: „Aber Darling, du hast doch versucht…"

„Ich hätte nicht so schnell aufgeben dürfen!"

Tom seufzte innerlich. Es war sinnlos. Zu oft war er damit gescheitert, sie von ihrer Schuldlosigkeit zu überzeugen. Pauline war ein verdammter Dickkopf. Sie würde alles daran setzen, von Bayern nach Stuttgart zu gelangen.

„Wann fliegst du?"

„In zwei Wochen."

„Soll ich mitkommen?"

„Das ist lieb von dir!", entgegnete sie. Pauline rang darum, ihren Tränenfluss zu stoppen. „Aber du wärst keine Hilfe, sondern würdest dich nur unnötig in Gefahr begeben."

Sie hatten über in Deutschland entführte Australier gelesen, die erst gegen Zahlung eines irrsinnigen Lösegeldes freigelassen worden waren.

Die Einladung des Beduinen-Scheichs beschäftigte mich. Was wollte er von mir? Ich kannte keine Araber. Würde er von mir verlangen, bei seiner, von arabischen Ärzten aufgegebenen, an einer unheilbaren Krankheit leidenden, Lieblingsfrau ein Wunder zu bewirken? Das konnte ich nicht. Ich würde es auch nicht versuchen. Mich quälte die Furcht, dass er meine Weigerung nicht akzeptieren, sondern diese als unfreundliche Geste auffassen könnte.

Quälend langsam verging mein Tag mit quälenden Gedanken. Draußen fuhren die Busse vor. Neugierig, wie es Sascha ergangen war, verließ ich die Arzt-Station. In ihren grauen, als Uniform dienenden, Anzügen stiegen die Männer äußerst diszipliniert aus den Bussen. Meine Augen suchten ihn, konnten ihn jedoch nicht ausmachen. Unter den Männern entstand Unordnung. Halblaute Unmutsäußerungen erklangen. Ich suchte nach der Ursache der Störung. Soldaten mit automatischen Waffen hinderten die Männer daran, das Gebäude zu betreten oder auch nur das asphaltierte Rondell zu verlassen. Furcht erfüllte mich. Auch die Beduinen bildeten mit ihren Waffen eine Linie zwischen dem Platz und ihren Zelten. Todesangst krallte sich in meinen Gedärmen fest.

„Was ist da los?", fragte ich den Nächststehenden.

„Keine Ahnung! Das gab es noch nie!"

In diesem Augenblick stieg Keller in der Mitte des Platzes auf eine Art Podest und brüllte in sein Megafon:

„Bitte bewahren Sie alle Ruhe! Ihnen wird nichts passieren. Bevor Sie in Ihre Appartements gehen, möchte Mullah Omar Ihnen noch etwas bekannt geben!"

„Wer ist Mullah Omar?", fragte ich meinen Nebenmann.

„Der Chef der Religions-Polizei."

„Klingt nicht gut."

„Ist es auch nicht."

Keller dirigierte uns in eine Aufstellung in Form eines großen Kreises rund um das Asphalt-Rondell. Keiner wollte vor den Beduinen stehen, so dass diese rund ein Drittel unseres Kreises bildeten. Natürlich war dieser bei weit über tausend Männern noch immer zu klein, als dass wir alle nebeneinander hätten stehen können. Auf Kellers Aufforderung traten die Kleineren vor und die Größeren zurück, so dass jeder leidlich in die Mitte des Platzes sehen konnte.

Auf der Zufahrt tauchte eine Kolonne weißer Toyota-Pickups auf. Drei besaßen durch ihre aufmontierten Maschinengewehre ein martialisches Aussehen. Diese hielten knapp außerhalb unseres Kreises an. Ein vierter preschte flott in die Mitte auf Keller zu, schoss dicht an ihm vorbei, machte eine scharfe Kurve, kam zu ihm zurück und hielt mit quietschenden Bremsen bei ihm an. Keller verzog keine Miene.

Auf der Ladefläche wurden zwei in weiße Kaftans gehüllte Männer kräftig durchgeschüttelt. Um ihre Köpfe waren rot-weiß-gemusterte Kufiyas gewickelt.

„Das sind zwei Religionspolizisten oder Mutawwa", flüsterte mir mein Nebenmann zu.

Kaum kam der Pickup in der Mitte des Platzes zu stehen, erhoben sich die beiden Mutawwa. Sie machten einen Schritt in Richtung Mitte der Ladefläche und beugten sich tief hinab. Als sie wieder hochkamen, hielten sie einen Mann zwischen sich. Ein Sack verbarg seinen Kopf, seine Hände waren auf dem Rücken gefesselt. Ein Raunen ging durch die Menge.

Die Mutawwa zogen ihn zum Ende der Ladefläche, entriegelten die hintere Klappe und stießen ihn grob hinunter. Obwohl er mit den Füßen zuerst aufkam, fiel er anschließend unsanft auf die Seite. Vor Schmerz schrie er auf. Ein Religionspolizist sprang ihm nach und trat ihm umgehend grob mit dem Fuß in die Seite. Laut schimpfte er in Arabisch auf ihn ein.

Ein schwarz gekleideter Mann stieg auf der Beifahrerseite aus dem Toyota. Ein imposanter schwarzer Bart verbarg sein Gesicht. Sein Haupt zierte ein weißer Turban. Der Pickup brauste davon, wendete dann scharf und reihte sich in die auf der Zufahrtsstraße stehenden Fahrzeuge ein.

„Mullah Omar", informierte mein Nebenmann mich.

Keller, der bereits zuvor von seinem Podest gestiegen war, trat auf den Mullah zu und verbeugte sich unterwürfig. Mehr als alle Erklärungen verdeutlichte die Szene die Verteilung der Macht, beschränkte sich doch der religiöse Amtsträger im Gegenzug auf ein huldvolles Nicken. Seine volle Stimme tönte auch ohne elektrische Verstärkung in beachtlicher Lautstärke über den Platz. Da er auf Arabisch sprach, verstand ich kein Wort.

„Verstehen Sie, worum es geht?", fragte ich erneut meinen Nebenmann.

Dieser schüttelte nur den Kopf. Da zeigte der Mullah mehrmals auf den zwischen den Mutawwa am Boden knienden Mann. Einige der Deutschen verstanden Arabisch. Zumindest wurde kurz darauf durch den Kreis geraunt, bei dem Mann handele es sich um einen gewissen „Postel".

„Wer ist Postel?"

„Einer von uns. Er konvertierte zum Islam, nahm sich eine saudische Frau und durfte daraufhin dieses Gefängnis verlassen."

Anscheinend war dies nur ein kurzer Ausflug gewesen. Zumindest sah es so aus, als würde er heute zurückgebracht. Auf einen Schlag erstarb das Flüstern und Raunen unter den Deutschen. Irritiert blickte ich mich um. Auch Mullah Omar hatte seine Rede beendet und starrte auf die Reihe der Pickups.

Automatisch folgten unsere Blicke den seinen. Die Beifahrertür des vordersten Pickups öffnete sich. Ein komplett schwarz gekleideter Mann stieg aus. Statt eines weißen Turbans hatte er eine schwarze Kufiya so um seinen Kopf gewickelt, dass nur ein Schlitz für seine Augen frei blieb. Gemessenen Schrittes lief der Mann auf die Mitte des Platzes zu. Gebannt starrte ich auf das große, in seinem Gürtel steckende, Krummschwert. Der schwarzgekleidete lief auf die ganz in Weiß gekleideten Wächter zu, blieb schräg vor einem der beiden schließlich stehen.

Erneut verkündete der Geistliche einige vor Hass triefende Sätze, die von den Umstehenden in absoluter Stille aufgenommen wurden. Jeden von uns bannte die Angst, durch leises Flüstern oder eine kleine Bewegung die Aufmerksamkeit, und mit ihr den Unmut, des Mullahs auf sich zu ziehen. Er war der unumstrittene Chef im Ring, gegen den in diesem Augenblick keiner auch nur den kleinen Finger heben würde. Der geifernde Hass seines letzten Satzes hallte in mir nach, als er schon längst geendet hatte.

Die weißgekleideten packten den zwischen ihnen knienden Postel fest und beugten seinen Oberkörper nach vorne. Der schwarzgekleidete zog in Zeitlupe das Schwert aus seinem Gürtel. Mit beiden Händen hob er es über sein Haupt.

In Schorndorf erhielt Landrat Balmer einen Anruf aus München. Ich durfte lauschen. Staatssekretär Roiber kam gleich zur Sache:

„Jetzt haben eure Nationalisten also endgültig eure Islamisten besiegt. Als nächstes seid ihr dran. Um das zu verhindern, müssen wir uns beeilen. Organisieren Sie zügig eine Volksabstimmung. Entscheidet sich die Mehrheit der Bevölkerung für den Beitritt zum Freistaat Bayern, machen wir das. Wir entsenden Wahlbeobachter. Unsere Presse muss sich absolut frei im Landkreis bewegen dürfen. Schließlich wollen wir uns von niemandem vorwerfen lassen, an der Volksabstimmung zu mauscheln."

„Kein Problem", erwiderte Balmer. „Wir sind vorbereitet. Theoretisch könnten wir morgen loslegen."

„Das ist zu hektisch. Der Ministerpräsident verkündet morgen der Presse..."

Es folgte ein Geplänkel über das Prozedere, bei dem ich abschaltete. Erst als Balmer sich offensiv dafür einsetzte, unsere Kommandeure als Generäle in die Bayernwehr zu übernehmen und Roiber sich hiergegen sperrte, hörte ich wieder zu. Genervt äußerte Balmer schließlich:

„Einige unserer Kommandeure fragen, wieso wir nicht mit den Nationalisten gegen euch paktieren."

Roiber schwieg. Damit hatte der Bayer offensichtlich nicht gerechnet.

„Das könnt ihr doch nicht machen! Seid ihr etwa keine Demokraten?"

„Sich von einem übermächtigen Gegner abschlachten zu lassen, ist keine schöne Perspektive. Da fragen sich viele sehr ernsthaft, wie wichtig ihnen Demokratie und Menschenrechte sind."

„Jeder anständige..."

„Ich brauche die", unterbrach Balmer ihn resolut, „vom Ministerpräsidenten persönlich unterschriebene Zusicherung, im Falle einer Vereinigung unsere obersten Kommandeure zu Generälen der Bayernwehr zu ernennen."

„Die sollen froh sein...", polterte Roiber erneut los.

Das Geplänkel der Politik-Profis ging noch eine Weile hin und her. Dann beendeten sie ihr Gespräch. Balmer starrte gedankenversunken aus dem Fenster. Schließlich wandte er sich mir zu:

„Was hältst du davon?"

„Der Roiber hat keine Ahnung, was hier los ist! Bevor Struve zurück ins Glied tritt, wird er mit Waffengewalt die Abstimmung verhindern!"

„Struve hat an dir einen Narren gefressen. Versuche, ihn von der Abstimmung zu überzeugen."

Stephan Struve hatte keineswegs einen Narren an mir gefressen. Für den Kommandeur war ich schlicht und einfach eine Quelle für Dinge, die er sonst nirgends bekam. Pedanten nennen so etwas Schmuggel. Dabei wäre ohne diese kleinen Geschäfte jenseits der offiziellen Regeln das Leben hier noch viel unerträglicher, als es ohnehin schon war.

Vermutlich wusste Balmer über meine Nebentätigkeit Bescheid. Indem er sich mir gegenüber unwissend gab, konnte er seine Unschuld wahren. Es brauchte gerade in diesen Zeiten, in denen man moralisch nicht sauber bleiben konnte, Leute wie ihn, denen es auf Kosten von Wasserträgern wie mir doch gelang. Für meine Mitmenschen verkörperte Balmer die Hoffnung auf eine bessere Zukunft. Ich erledigte im Hintergrund einen Teil der hierfür notwendigen Drecksarbeit. Also nickte ich wie immer beim Verlassen seines Büros zustimmend.

Das Landratsamt im Schloss lag am Rande der Schorndorfer Altstadt. Ich machte Feierabend und lief zu meinem Zimmer in einem der traditionellen Fachwerkhäuser. Auf den Straßen eilten viele Menschen, bestrebt ihre täglichen Kämpfe ums Überleben zu gewinnen. In ihre ausgemergelten Gesichtszüge waren ihre Sorgen eingemeißelt. Bei der Volksabstimmung würden sie uns folgen. Gerüchten zufolge lebten die Bayern noch immer nahezu im Paradies, aus dem wir uns unschuldig vertrieben wähnten. Würden die Bewaffneten das Ergebnis akzeptieren? Etwa jeder vierte Mann auf den Straßen trug eine Waffe. Sie wollten auf der Seite des Siegers kämpfen. Ihre Frage lautete daher, konnte Saturiertheit gegen Hass, konnte Bayern gegen die Nationalisten bestehen? Bilder grausamer, blutiger Szenen der letzten drei Jahre liefen vor meinem inneren Auge ab. Dabei hatte ich noch Glück gehabt. Die Mehrzahl der Kämpfer trug mehr und schreckliche Bilder mit sich herum. Ich schüttelte mich.

In dem großen Fachwerkhaus wohnten wieder so viele Menschen, wie einst im Mittelalter. Mehrköpfige Familien teilten sich ein Zimmer. Als rechte Hand des Landrats besaß ich das Privileg einer eigenen, wenngleich auch winzigen, Kammer. Im Erdgeschoss gab es eine Küche für alle. Sechs Stunden täglich wurde dort mit Holz ein Herd befeuert. Auf ihm wärmte ich Kartoffeln auf, die ich in meiner Kammer mit Quark aß. Ich ließ mir Zeit, genoss jeden der raren Bissen.

Vor dem Haus fuhr ein Auto vor. Das war ein schlechtes Zeichen. Der Besuch galt mit Sicherheit mir. Schwere Stiefel polterten die Holztreppe hoch, ehe es laut an die Tür meiner Kammer klopfte. Ich öffnete. Zwei auffallend wohlgenährte Rüpel in Flecktarn standen davor. Lässig hingen ihre G36 von der Schulter. Doch erst die Pistolen im Holster zeugten von ihrer Stellung unter den Kämpfern.

„Der General will dich sehen", meinte der dickere barsch.

„Er kann gerne vorbeikommen!", entgegnete ich ebenso grob, bevor ich den verblüfften Rowdies die Tür vor ihrer Nase zuschlug.

Gespannt wartete ich auf ihre Reaktion. Struve wurde immer dreister. Seit Wochen schon ließ er sich „General" nennen. Was würde folgen? Würde er sich als

140

nächstes „Hoheit" oder gar „eure göttliche Exzellenz" ansprechen lassen? Allzu oft war in der Geschichte der Kriegerkaste das Fehlen eines Korrektivs zu Kopfe gestiegen. Die beiden diskutierten halblaut vor meiner Tür. Schließlich klopfte es erneut, diesmal längst nicht mehr so grob. Erleichtert öffnete ich ein zweites Mal die Tür. Diesmal sprach mich der andere an:

„General Struve hat Ihnen einen Wagen geschickt. Er lässt höflich fragen, ob Sie etwas Zeit für einen Besuch erübrigen könnten. Selbstverständlich fahren wir Sie im Anschluss auch wieder hierher."

„Warten Sie bitte unten, ich komme gleich."

Erneut schloss ich die Tür, damit die beiden mein Grinsen nicht sehen konnten. Nach einem kurzen Zögern polterten tatsächlich ihre schweren Stiefel die Holztreppe wieder hinab. Gemächlich zog ich meine Daunenjacke und Schuhe an, ehe ich mich zu ihnen begab.

Struve residierte als Feldherr auf einem Hügel, in seinem Fall sogar einem richtigen Berg, hatte er sich doch das ehemalige Ausflugslokal „Waldschlössle" oben auf dem Kappelberg unter den Nagel gerissen. Dass er mich mit seinen einzigen Wagen holen ließ, den er sich selbst tagsüber versagt hatte, erfüllte mich mit Sorge.

Auf der Straße hoch auf den Berg passierten wir mehrmals hinter Sandsäcken und Gräben verschanzte Sicherheitsposten. Rings um das Gebäude, mit beherrschendem Ausblick über das untere Remstal bis weit nach Stuttgart hinein, waren Artillerie-Geschütze eingegraben. Zu Beginn der Kämpfe hatten die Islamisten bei Cannstatt zweimal einen Vorstoß in unsere Richtung gewagt. Beide Male waren sie von hier aus unter schweren Beschuss genommen worden.

Der Wagen hielt. Ohne die Gorillas stieg ich die Treppen zum Waldschlössle hoch. Dort wurde ich auch gleich vorgelassen. Struve saß, eine Zigarre zwischen den Zähnen, an seinem Schreibtisch. Aus dem Panorama-Fenster bot sich ihm ein großartiger Ausblick über seinen Machtbereich und darüber hinaus. Auf dem Fensterbrett lag griffbereit eine Auswahl an Ferngläsern und Nachtsicht-Geräten.

„Hey Sascha", empfing er mich. „Was machen meine Waren?"

„Welche meinst du?", entgegnete ich kühl. „Die eher privaten oder die für unsere Truppe?"

„Die für die Truppe natürlich", entgegnete er säuerlich. „Überlingen ist heutzutage verdammt weit weg. Die erste Tranche haben sie geliefert und eine weitere Lieferung ist mir versprochen."

Struve musterte mich misstrauisch. Er setzte ein Bier an, nahm einen tiefen Schluck. Mit dem Handrücken wischte er sich über den Mund, ehe er die Katze aus dem Sack ließ:

„Wahler hat Neuigkeiten. Die Nationalisten bauen mit russischer Hilfe neue Panzer. Er hat Schiss, dass die seine Festung drüben auf den Fildern überrennen und dringt darauf, dass ich ein Bündnis mit ihm eingehe."

Mein Herzschlag beschleunigte sich. Bisher hatte ich meine Eltern drüben bei Wahler in relativer Sicherheit gewähnt. Würden die Nationalisten ihnen was antun? Andererseits war Papas Geländewagen irgendwie nach Bayern gelangt. Hatte jemand meinen Vater erschossen und seinen Wagen an sich genommen? Oder waren meine Eltern mit dem Wagen nach Bayern geflüchtet und mittlerweile in Sicherheit? Ich musste dringend etwas über ihren Verbleib in Erfahrung bringen. Nur wusste ich nicht, wie dies möglich war, ohne sie durch meine Anfrage in Gefahr zu bringen.

Das alles ging mir durch den Kopf, während ich Struve in scharfem Ton entgegnete:

„Warum hast du ihn nicht zu Balmer geschickt?"

„Der Bote wollte zu mir. Immerhin bin ich auch Teil unserer Regierung", maulte er.

„Vielleicht bist du das. Dann solltest du aber erst Recht wissen, dass die gesamte Regierung über Bündnisse entscheidet und keiner im Alleingang!"

Er machte eine geringschätzige Handbewegung.

„Ich weiß gar nicht, warum ich mir das von dir bieten lasse!"

„Vielleicht weil ich deine einzige Möglichkeit bin, an moderne Panzerabwehr-Raketen zu kommen? Wenn die Nationalisten bei Niedrigwasser mit ihren Panzern durch den Neckar vorstoßen, ist es mit deiner Macht hier ganz schnell vorbei. Deine alten Geschütze da draußen werden sie kaum aufhalten."

Struve grinste.

„Was?", blaffte ich gereizt.

„Wer sagt denn, dass ich sie aufhalten will?"

„Willst du dich ihnen etwa kampflos ergeben?"

„Die haben Verwendung für gute Offiziere und ihre Soldaten!"

„Das habe ich auch gehört. Die schicken dich und deine Kämpfer dann aber an vorderster Front in ihren nächsten Krieg. Irgendeinen Krieg führen die schließlich immer! So gemütlich wie hier wirst du es dann nicht mehr haben. Willst du das wirklich?"

„Nein, aber lass deinen Worten endlich Taten folgen und liefere die Scheiß-Raketen!", brüllte er.

„Genau das habe ich vor. Du bekommst mehr Waffen, als du zu hoffen wagst."

„Wann?", fragte er misstrauisch.

„In zwei Wochen."

„Von wem?"

„Von den Bayern."

„Aber die haben uns doch noch nie moderne Waffen geliefert."

„Es wird eine Volksabstimmung geben. Wenn wir uns für die Bayern entscheiden, werden wir Teil ihres Staatsgebiets und du ein Bayern-General. Dann stehen dir Möglichkeiten zur Verfügung, die selbst die Nationalisten abschrecken werden."

Struve schluckte. Wahrscheinlich dachte er gerade weniger an die sich daraus ergebenden Möglichkeiten sondern fragte sich, was dann aus seinen berüchtigten Sex-Orgien würde.

Mir kamen die neuen Panzer für die Nationalisten gerade Recht, halfen sie uns doch, Struve im Zaum zu halten. Balmer würde es ähnlich einschätzen. Blieb nur zu hoffen, dass die Nationalisten uns nicht vor Eintreffen der bayrischen Waffen angriffen. Und dass Struve sich nicht von den Rattenfängern ködern ließ.

In Dammam war es stockfinstere Nacht geworden. Ein grandioser Sternenhimmel spannte sich über die Wüste. Die Beduinen feierten zu lauten, ekstatischen Klängen ein farbenfrohes Fest, dem wir als Ehrengäste von Scheich Saleh beiwohnten.

„Kennen Sie Doktor Ohligschläger?", fragte mich der Scheich.

Ich legte meine Stirn in Furchen. Ganz entfernt kam mir der Name bekannt vor.

„Den aus dem Olgäle?"

„Er ist Arzt an der Kinderklinik in Stuttgart."

„Wir kennen uns."

„Gut?"

„Nein. Wir begegneten uns wenige Male auf Tagungen oder In Arbeitskreisen. Warum fragen Sie?"

„Doktor Ohligschläger rettete meiner Tochter Maysa das Leben. Seinetwegen bin ich hier."

Ich starrte Scheich Saleh an. War er wirklich in der vagen Hoffnung den Kinderarzt hier anzutreffen, mit seinem gesamten Stamm zu unserem Ghetto gezogen? Hätte er nicht vorher anrufen können?

„Ich wusste natürlich, dass er nicht persönlich hier ist", fuhr der Stammesführer in diesem Augenblick lächelnd fort.

Ich fühlte mich von ihm ertappt.

„Was wollen Sie dann?"

„Etwas zurückgeben. Wir vergessen nicht, wenn ein anderer uns Gutes getan hat. Wir möchten in diesen schweren Zeiten dem Stamm der Schwaben seinen Edelmut vergelten."

„Edler Scheich Saleh", mischte sich Keller ein. „Euer Ansinnen spricht für euren Großmut und euer reines Herz. Habt ihr euch schon einen Weg überlegt, auf dem ihr eure Dankbarkeit zeigen wollt?"

Der so angesprochene nickte huldvoll, ehe er antwortete:

„Ja, das habe ich. Töchter meines Stammes stehen zur Hochzeit mit euren besten Männern bereit."

Mir verschlug es die Sprache. Ich unterdrückte die auf meiner Zunge liegende Antwort. Keller bedankte sich hingegen überschwänglich für das großmütige Angebot.

Nach Ende des Festmahls kehrten der Kommissar und ich nicht direkt in unseren Betonklotz zurück. Um uns ohne Lauscher austauschen zu können, machten wir noch Spaziergang hinaus in die Wüste. Langsam wurden uns diese Spaziergänge zur Gewohnheit.

„Der Scheich hat sie wohl nicht mehr alle!", schimpfte ich dort vor mich hin. „Glaubt der wirklich, einer von uns will für den Rest seines Lebens als Kameltreiber durch die Wüste ziehen?"

„Ich finde sein Angebot großzügig", hielt Keller dagegen. „Die Mullahs werden alles andere als begeistert sein, wenn sie davon erfahren. Ich wollte mit Ihnen schon längst darüber reden. Die Heirat einer Muslimin stellt den besten Weg aus unserem Ghetto dar. Unter Umständen ist dann sogar eine Auslandsreise möglich."

Seine Worte versetzten mir einen Tiefschlag. Wollte er ernsthaft behaupten, ich hätte keine Chance zu Pauline nach Australien zu gelangen?

„Ich weiß, was Sie jetzt denken", fuhr er fort.

Hier schien jeder meine Gedanken lesen zu können. In Wahrheit war allerdings das Leben hier einfach so, dass bestimmte Gedanken nahe lagen.

„Vergessen Sie Ihre Hoffnungen! Selbst wenn die Saudis Sie gehen ließen, würden die Australier Sie nicht reinlassen!"

„Warum nicht? Ich bin Europäer!", empörte ich mich.

Er winkte müde ab, ehe er antwortete:

„Die guten Zeiten des Kontinents sind vorüber. Zwar sind nicht alle europäischen Länder in Chaos und Krieg versunken, aber hinter allen liegt ein steiler Abstieg und eine massive Verarmung. In den meisten Ländern Europas verhungerte in den letzten drei Wintern ein erheblicher Teil der Bevölkerung. Die heutigen Zeiten erinnern ans 19. Jahrhundert, als große Teile der Bevölkerung in Europa keine Zukunft sahen und nach Amerika oder sonst wohin emigrierten. Nur gibt es keine Einwanderungsländer mehr."

Ähnliches hatte ich schon in Ungarn vernommen. Damals hatte ich es als das Geblöke schwarzmalender Pessimisten abgetan. Sollte ich es jetzt glauben?

Nein, Keller gehörte auch zu denen! Trotzdem war ich auf sein Wohlwollen angewiesen.

„Sie würden mir also empfehlen Kameltreiber zu werden?"

„Jetzt lassen Sie doch mal den blöden Kameltreiber beiseite! Wenn Sie sich zum Islam bekennen und eine Muslimin heiraten, können Sie ganz normal dort drüben in der Stadt leben. Sie sind Arzt und verfügen über eine Qualifikation, die die Saudis nicht verschwenden werden."

„Sie meinen", erwiderte ich erstaunt, „ich könnte dann als normaler Bürger dort drüben in der Stadt leben? In einer komfortablen Wohnung, mit allen Freiheiten?"

Die Möglichkeit endgültig Krieg und Lagerleben zu entkommen besaß ihren Reiz.

„Als Arzt könnten Sie sogar ein eigenes Häuschen mit Garten beziehen!"

Der Sarkasmus in seiner Stimme war nicht zu überhören. Wir liefen eine Weile schweigend nebeneinander her.

„Bekäme ich die saudische Staatsbürgerschaft?"

„Möglicherweise."

„Dürfen Saudis ins Ausland reisen?"

„Selbstverständlich dürfen die das. Und wegen ihres Geldes sind die auch in Australien gerne gesehen, zumindest als Touristen."

Keller war nicht dumm. Er hatte erfasst, worauf meine Frage abzielte.

„Die vom Scheich angebotenen Frauen sind mit Sicherheit jung", fuhr er fort, „höchstens Mitte zwanzig, vielleicht aber auch erst sechzehn."

„Warum sagen Sie das jetzt?"

„Nur so. Vielleicht spielt es für Ihre Entscheidung ja eine Rolle."

Trotz der Dunkelheit konnte ich das Weiß seiner Zähne erkennen. Vermutlich grinste er gerade breit. Wir liefen weiter schweigend nebeneinander her. Bei der Vorstellung eine junge Frau zu ehelichen, die mir den hiesigen Sitten entsprechend bedingungslos zu gehorchen hatte, erfasste mich sexuelle Erregung. Zugleich schämte ich mich, entsprach dies doch so gar nicht meinem Selbstbild eines aufgeklärten Europäers.

„Warum sind nicht alle von uns schon längst mit einer Muslima verheiratet?"

„Zum einen, weil nur wenige hiesige Frauen bereit sind, einen Deutschen zu heiraten. Die Saudis führen im Irak, in Syrien und im Jemen einen Stellvertreter-Krieg gegen den Iran. Viele saudische Männer sterben dort. Daher finden nicht alle Frauen einen Mann, obwohl die Saudis auch mehrere Frauen heiraten dürfen, sofern sie für die zu sorgen können. Sonst würde vermutlich keine einen der unsrigen wollen."

„So schlimm sind wir nun auch wieder nicht!"

„Aber ziemlich anders! Stellen Sie sich das Ihnen völlig fremde Leben als Muslim und Gatte einer Muslima nicht zu schön und vor allen Dingen nicht zu einfach vor. Es ist verdammt schwer, seine Gewohnheiten zu ändern. Haben Sie etwa Postel schon vergessen?"

Bei der Erinnerung an die Hinrichtung am Nachmittag meldete sich mein Magen.

„Wissen Sie mittlerweile, was er getan hat?"

„Nein, und das werde ich auch nie erfahren. Vermutlich war es nichts Ernstes. Es liegt eben nicht jedem, fünfmal am Tag sich im Gebet einem wahrlich furchterregenden Gott zu unterwerfen. Vielleicht hat er das Misstrauen der Mullahs erweckt, weil er seine Gebete zu selten in der Moschee vor ihren Augen vollzog. Dann braucht es nicht mehr viel. Es reicht, wenn seine Frau oder ein Nachbar behaupteten, er habe sich heimlich bekreuzigt. Kein Mullah wird dann ernsthaft prüfen, ob dies der Wahrheit entspricht oder eine aus Neid und Missgunst geborene Lüge darstellt."

Ich schluckte. Die Vorstellung, um die Gunst der Mullahs zu buhlen, um mich vor Neid und Missgunst zu schützen, erschien wenig reizvoll. Trotzdem, ich musste weg von hier. Die Perspektive nach der Hochzeit einer Saudi Pauline wieder in meine Arme schließen zu können war erträglicher, als der Gedanke sie nie wiederzusehen. Ob ich meine zukünftige Frau vorab Mal zu Gesicht bekäme?

Ich kehrte zurück in unser Appartement. Die Ereignisse des Tages hielten mich vom Schlafen ab. Könnte ich mein ganzes bisheriges Leben einfach abstreifen und einer von Ihnen werden? Keller hatte den richtigen Köder ausgelegt. Gegen meinen Willen erregte mich die Vorstellung, eine junge, willige Frau zu heiraten. War es ein zu hoher Preis, im Gegenzug regelmäßig in die Moschee zu gehen und zu beten? Vielleicht nicht, wenn es genügte, den Schein zu wahren. Dessen war ich mir angesichts der heutigen Enthauptung eines vordergründig zum Islam Konvertierten nicht sicher. Erneut tauchte das grausige Bild vor meinem inneren Auge auf. Abscheu und Angst kochten erneut hoch. In den Augen des Mullahs und der Mutawwa hatte selbst in jenem schrecklichen Moment ein fanatisches Leuchten gelegen. Die taten nicht nur so, sondern glaubten wirklich fest daran, im Dienste eines allmächtigen Gottes zu handeln. Die würden genauso wenig jemals ernsthaft an westliche Demokratie, an Menschenrechte und an Wissenschaft glauben können, wie ich an ihren Gott. War dies überhaupt möglich? Man konnte nicht gleichzeitig an einen Allmächtigen glauben, der unser Schicksal bestimmt und dem der Mensch daher gefällig zu sein hatte und dass der Mensch die Krone der Evolutions-Biologie darstellte, dass somit keine über ihm stehende Macht existierte. Insofern besaß unsere vorgebliche Religionsfreiheit etwas scheinheiliges, durfte Religion doch nicht mehr als eine private, veralteten Traditionen gehorchende Marotte sein, die sich dem Dogma des individuellen Humanismus unterwarf.

*

Am Flughafen Sydney weinte Pauline in Toms Armen vor sich hin.

„Musst du wirklich gehen?"

Sie nickte mehrmals, dann schob sie ihn sanft weg. Mit einem Taschentuch trocknete Pauline sich die Augen, ehe sie zu ihm aufsah.

„Ich muss einfach versuchen Mama, Papa und Yannick zu finden. Wenn ich es nicht zumindest probiere Ihnen zu helfen, werde ich mir das nie verzeihen."

Tom sah sie sehr traurig an. Er verstand sie, trotzdem quälte ihn die Angst, seine geliebte Frau womöglich nie wiederzusehen. Sie beugte sich rasch vor, hauchte ihm einen Kuss auf die Wangen, ehe sie abrupt kehrt machte und davon eilte. Verblüfft und auch verärgert ob dieses eiligen Abschieds starrte er ihr nach. Ein Teil in ihm wollte ihr hinterher laufen und sie zur Rede stellen. Aber er ahnte, dass sie anders den Abschied nicht schaffen würde. Oder wollte sie insgeheim von ihm gestoppt werden? Er zögerte, ließ sie dann aber gehen. Hielt er sie jetzt zurück, würde das schleichende Gift seiner Bevormundung ihre Liebe nach und nach zersetzen. So sah er ihr voller Hoffnung nach, sie eines nicht zu fernen Tages wieder in seine Arme schließen zu dürfen.

Pauline durchlitt ein unglaubliches Gefühlschaos. In den letzten Jahren war ganz Europa, in besonderem Maße aber Deutschland, von innen heraus zerrissen worden. Dort regierte ein weiteres Mal primitivste Gewalt. Trotzdem freute sie sich auf ihre Heimkehr. Sie liebte Tom. Seine Landsleute waren ihr offen und freundlich begegnet. Trotzdem hatte es kaum einen Tag gegeben, an dem sie nicht unter Heimweh litt. Zugleich trauerte sie schon jetzt wegen der Trennung von ihrem geliebten Mann.

Tief in ihren Eingeweiden lauerte eine schreckliche Angst. Was erwartete sie in der Heimat? Ein freudiges Wiedersehen mit ihrer Familie? Oder ein trauriger Friedhofs-Besuch?

Nach dem Abendessen fiel sie in einen unruhigen Schlaf. Am Airport von Dubai musste sie mehrere Stunden auf ihren Anschlussflug nach München warten. Um sich Bewegung zu verschaffen wanderte sie durch die klimatisierten Abfertigungsgebäude. Nicht nur der internationale Tourismus, auch der globale Handel war weitgehend zum Erliegen gekommen. Nur noch ein Terminal des gigantischen Flughafens befand sich daher in Betrieb. Die größte Militärmacht in der

Geschichte der Menschheit hatte das innere Scheitern der USA nicht verhindern können. Die Vereinigten Staaten hatten sich fast vollständig gegen den Rest der Welt abgeschottet.

Pauline starrte durch eine Glasfront in die flirrende Hitze. Lebte Ihre Familie mittlerweile dort draußen? Der Islam, besonders die sunnitisch geprägten arabischen Staaten, profitierte stark vom Niedergang des Westens. Angeblich nahmen die Araber in größerem Ausmaß europäische Flüchtlinge auf. Von deren Wissen versprachen sie sich einen Schub für die eigene technologische Entwicklung. Es hieß, die Europäer lebten dort in eigenen Vierteln und waren so sicher vor rassistischen Übergriffen. Ob ihre Familie diesen Weg gegangen war? Lohnte es sich für sie überhaupt, ihren Weg nach Bayern fortzusetzen?

Ohne die relative Nähe meiner geliebten Tochter zu ahnen, befand ich mich achthundert Kilometer westlich von ihr gerade auf einer Falkenjagd. Scheich Saleh hatte mich eingeladen und ich hatte die Einladung mehr als gerne angenommen. In den letzten Tagen hatten wir viele anregende Gespräche geführt. Nach und nach hatte ich seinen Andeutungen entnommen, dass der Scheich mit der Politik der Mullahs in vielen Punkten nicht einverstanden war.

Soeben ritten wir langsam nebeneinander her. Seine obligatorische Leibwache folgte uns im gebührenden Abstand.

„Und Doktor, nehmen Sie mein Angebot an?", fragte er in diesem Augenblick. „Es würde mein Herz erfreuen, Ihnen Loujain zur Frau geben zu dürfen."

Ich hatte die junge Frau tatsächlich sehen dürfen, nur für wenige Augenblicke und verhüllt mit dem traditionellen Hidschab. Trotzdem waren mir ihre feurigen Augen und ihr liebreizender Körper nicht entgangen.

„Euer Angebot ist mehr als großzügig. Ich weiß dies sehr zu schätzen. Mein Herz trauert jedoch noch um meine verstorbene Frau."

„Mein Beileid gehört euch und mein Herz teilt eure Trauer. Wann verstarb eure Gattin?"

„Vor etwas mehr als einem Jahr."

„Nun, dann ist auch in eurer Kultur der Trauer genüge getan! Das Leben geht weiter. Ein Mann sollte nicht unnötig den Vorzügen des irdischen Lebens entsagen. Glaubt mir, eine Frau wie Loujain ist ein Vorzug."

Sein Lachen sprach Bände. Erregung erfasste mich. Eine leichte Röte überzog mein Gesicht. Zugleich fühlte ich mich mies, als würde ich Carolin verraten.

„Ich kann einfach nicht abschätzen, was eine Hochzeit mit sich bringt."

„Sie gibt euch eure Freiheit zurück und macht euch zu einem geachteten Mitglied der Gesellschaft. Ich kann die Vorbehalte europäischer Frauen gegen unsere Art zu leben nachvollziehen. Aber was spricht für Männer dagegen?"

„Vielleicht unterscheidet sich unser Verständnis von Freiheit."

„Stimmt, der arabische Mann ist freier. Ihr Europäer unterwerft euch kleinlichen Ängsten, lasst euch von euren Frauen Vorschriften machen und leidet unter vielen Komplexen. Ich sage bewusst Europäer und nicht Christen, da es echte Christen in Europa schon lange nicht mehr gibt. Ihr gehört ganz sicher nicht zu ihnen. Sagt mir, welche Freiheit würdet Ihr als Muslim vermissen?"

Ich schwieg. Im Vergleich zu meinem Leben in den letzten drei Jahren würde ich Freiheiten gewinnen und keine verlieren. Zumindest fiel mir keine ein. Auch in Ungarn hatte keiner den Behörden gegenüber offen Kritik geäußert. General Wahler verstand in diesem Punkt absolut keinen Spaß. Scheich Saleh hatte mir gegenüber hingegen offene Kritik an Entscheidungen der Behörden und selbst der Mullahs geäußert. Wobei sich die Religionspolizei dem von bewaffneten Kriegern umgegebenen Scheich gegenüber sicherlich zurückhielt. Schließlich entgegnete ich:

„Freiheit in Glaubensdingen."

Der Scheich zügelte sein Pferd. Ich hielt ebenfalls. War ich zu weit gegangen? Würden mich gleich seine Leute fertigmachen oder gar den Mutawwa übergeben? Unsicher blickte ich zu ihm rüber. In seinem Gesicht konnte ich jedoch keine Spur von Ärger erkennen. Im Gegenteil, es lag offene Neugierde darin.

„Erklärt mir doch bitte, was reizt euch an einem Leben ohne Hoffnung?"

„Wie meint Ihr das?", versuchte ich Zeit zu gewinnen.

Er ließ mein Manöver ins Leere laufen, sah mich einfach nur lächelnd an. Schließlich gab ich seufzend nach und räumte ein:

„Okay, ich weiß natürlich, was Ihr damit meint: Das wir Europäer der Vorstellung, mit unserem biologischen Tod sei alles vorüber, den Vorzug geben."

„Das auch, aber warum gebt Ihr euch damit zufrieden, Ameisen zu sein?"

„Ameisen? Wieso Ameisen?"

Jetzt seufzte er.

„Als junger Mann bereiste ich Europa und Amerika. Ihr kamt mir wie Ameisen vor. Stets wuselig und fleißig am Tun. Mit eurem Fleiß erschuft ihr Werke, von denen mein Volk nur träumen konnte. Wie faul und modrig mir seinerzeit im Vergleich zu euch doch meine Leute erschienen! Aus Scham wäre ich am liebsten einer von euch geworden. Erst Jahre später erkannte ich, wie treffend mein damaliger Vergleich doch war, entsteht Moder doch durch einen Pilz. Ich hörte von Ophiocordyceps, einem Pilz, der Ameisen befällt und in den kleinen, fleißigen Strebern die Kontrolle übernimmt. Er führt das Tier bis zu einem Platz, der ihm optimale Lebensbedingungen bietet. Dann stirbt das Insekt und sein Körper versorgt den Pilz mit allem, was dieser für sein Gedeihen benötigt. Da schien es mir nicht länger schlimm, ein Pilz und keine Ameise zu sein."

In seinem Hauptquartier auf dem Kappelberg wälzte Struve sich im Todeskampf auf dem Boden, dem letzten Kampf des vernarbten Kriegers, ohne Aussicht auf Erfolg. In diesem Augenblick erkannte er, wie schändlich ich ihn betrogen hatte. Zumindest starrte er mich hasserfüllt an. Zu meinem Glück war er nicht mehr in der Lage, seine Leibwächter um Hilfe zu rufen. Nur ein mühsames Röcheln entkam seiner Kehle. So rief ich laut:

„Schnell, zur Hilfe! Ein Arzt, wir brauchen dringend einen Arzt!"

Zwei vierschrötige Wachen in Flecktarn stürmten mit entsicherten Maschinenpistolen herein.

„Eure Waffen helfen dem General gar nichts!", fuhr ich die beiden an. „Wir brauchen sofort einen Arzt. Struve hat einen Herzinfarkt!"

Der jüngere stürmte wieder davon, während der ältere den Blick nicht von seinem Vorgesetzten wendete. Dieser starrte ihn verzweifelt an, versuchte mit letzter Kraft ihm noch etwas zu sagen. Zaudernd beugte der Wächter seinen grauhaarigen Bürstenschnitt zu ihm hinab. Mein Herz pochte wild. Würde ich heil aus der Sache herauskommen? Oder schlug soeben auch mein letztes Stündchen? Ich hoffte inbrünstig, dass mein Tod in diesem Fall zumindest sinnvoll war. Dieser Gedanke tröstete mich nicht wirklich. Doch Struve schwieg für immer. Erleichtert sah ich seinen Blick brechen. Mit einem letzten krampfhaften Zucken verließ ihn das Leben. Zu meiner Überraschung bekreuzigte der Soldat sich daraufhin und schloss ihm unerwartet sanft die Augen.

In diesem Augenblick stürmte Henning herein, einer von Struves Männern aus der zweiten Reihe. Ich wappnete mich innerlich für das Bevorstehende. Aus Angst, eines Tages von ihm aus dem Weg geräumt zu werden, hatte Struve keinen starken Mann hinter sich geduldet. Das war jetzt mein entscheidender Vorteil. Zumindest hoffte ich dies.

„Was ist hier los?", bellte Henning.

„Ich bin kein Arzt", entgegnete ich möglichst ruhig, „aber der General scheint soeben an den Folgen eines Herzinfarktes verstorben zu sein."

„Oder er wurde von ihm vergiftet!", mischte sich in diesem Augenblick der Soldat ein.

Henning fuhr zu ihm herum.

„Wie kommen Sie darauf?"

„Der hat ihm den Cognac hier mitgebracht." Er wies auf die Flasche *Camus XO Elegance*. „Direkt nachdem der General davon trank, krepierte er."

Der Soldat zielte mit seiner entsicherten Waffe auf mich.

„Was soll das?", empörte ich mich. „Die Flasche ist ein kleines Dankeschön von Landrat Balmer. Wollen Sie ihm unterstellen, den General vergiftet zu haben?"

Henning bückte sich, hob das auf dem Boden liegende Glas auf und roch daran. In diesem Augenblick stürmten endlich der Arzt und weitere Männer herein. Sie begannen mit Wiederbelebungsmaßnahmen. Ich hoffte es traf zu, dass diese keinerlei Aussicht auf Erfolg besaßen. Das Weiß seiner Knöchel verriet, wie krampfhaft Henning sich an dem leeren Glas festklammerte, während er flehentlich dem Bemühen des Arztes folgte. Vielleicht fragte er sich in diesem Augenblick auch, was von Struves geplantem Verrat zu Balmer durchgesickert war.

Endlich stellten der Arzt und seine Helfer ihre Bemühungen ein. Henning räusperte sich, ehe er den Arzt fragte:

„Was können Sie mir über die Todesursache sagen?"

„Die Gerichtsmedizin in Winnenden wird dies mit aller gebotenen Sorgfalt klären", mischte ich mich ein.

„Winnenden liegt außerhalb unseres Bereichs!", wehrte Henning ab.

„Nicht Ihr Bereich?" Dankbar nahm ich seine Vorlage auf und legte so viel Schärfe wie möglich in meine Stimme. „Was wollen Sie damit andeuten? Etwa, dass Sie kein loyaler Kämpfer von uns Remstälern sind? Wollen Sie sich des Verrats schuldig machen?"

Ich trat einen Schritt auf ihn zu. Voller Zorn, dessen Intensität mich selbst verwunderte, starrte ich auf ihn herab. Außer mir trug jeder der Männer im Raum mindestens eine Waffe. Ich registrierte die Unruhe unter ihnen, nahm darauf jedoch keine Rücksicht. Ich hoffte, dass zumindest ein Teil der Kämpfer in Struves geplanten Putsch nicht eingeweiht war und sich den Anschluss an Bayern wünschte.

„Natürlich nicht", gab in diesem Augenblick Henning klein bei. „Das mit der Gerichtsmedizin in Winnenden geht schon in Ordnung."

„Na also", entgegnete ich erleichtert. „Dann lassen Sie die Leiche des Generals dorthin schaffen."

„Das werde ich, aber vorher", er zog seine Pistole, „werden Sie noch ein Glas Cognac trinken."

Henning trat zwei Schritte zurück und zielte mit seiner Pistole auf mich. Mein Herz raste. Dennoch gelang es mir äußerlich ruhig zu bleiben.

„Wollen Sie vor Zeugen Selbstjustiz üben? Ich habe Struve nicht vergiftet. Falls doch, wird die Gerichtsmedizin dies herausfinden und es wird ein ordentliches Verfahren gegen mich geben!"

„Trinken Sie einfach einen Schluck und ersparen Sie uns Ihre Worte. Ihr Politiker könnt so wunderschöne Worte drechseln. Aber wissen wir einfachen Soldaten, ob wir euch trauen können?"

Er hatte die richtigen Sätze gesprochen, um die Kämpfer auf seine Seite zu ziehen. Ich würde nicht umhin kommen, einen Cognac zu trinken.

„Wenn Sie mich so nachdrücklich zu einem Gläschen einladen, sage ich natürlich nicht nein", entgegnete ich spöttisch.

Ich griff mir ein Glas vom Tisch und schenkte von der goldbraunen Flüssigkeit ein. Dann nahm ich es hoch und schnupperte daran. Man roch von dem Gift nichts.

„Ein herrliches Gesöff", meinte ich leichthin. „Stammt von der letzten größeren Brennerei in Familienbesitz.

Wenn Sie das Geschenk des Landrats verschmähen, nehme ich den Rest auch gerne wieder mit."

Es war leider nicht ganz so verlaufen, wie erhofft. Aber das ließ sich nicht ändern. Also setzte ich das Glas an und kippte den Inhalt in einem Zug hinunter.

In Dammam saß Sascha dem Kommissar in dessen Büro gegenüber. Keller hatte ihm mit Handschellen die Hände auf den Rücken gefesselt.

„Ich habe gleich geahnt, dass Sie uns hier nur Ärger machen werden!", schimpfte er soeben.

„Ich weiß nicht, warum Sie sich so anstellen. Wir wollen doch nur ein bisschen Spaß haben."

„Wir reden hier nicht über Spaß haben. Ihre Alkohol-Exzesse bringen uns alle hier in akute Gefahr!"

„Was soll daran gefährlich sein, sich..."

„Halten Sie den Mund! Das erste Mal ließ ich Ihnen durchgehen. Beim zweiten Mal verwarnte ich Sie nachdrücklich. Sie hatten Ihre Chance!"

Sascha erblasste.

„Was haben Sie vor?", fragte er ängstlich.

„Ich werde Sie in die Stadt bringen und der dortigen Polizei übergeben."

„Das können Sie nicht tun!", rief er verzweifelt.

„Warum nicht?"

„Sie dürfen mich nicht verraten und denen ausliefern. Ich bin einer von uns!"

„So? Wenn Sie einer von uns wären, würden Sie uns nicht durch Ihr asoziales Tun alle in Gefahr bringen! Ich sagte Ihnen bereits beim letzten Mal, dass ich Ihre Sauferei nicht dulden kann, weil sonst bald die Mutawwa hier auftauchen. Die nehmen dann nicht nur Sie mit!"

Sascha begriff, wie ernst es Keller war.

„Was werden die mit mir tun?"

Er zitterte am ganzen Körper.

„Die stecken Sie erst einmal ins Gefängnis. Irgendwann werden Sie verhört. Ich glaube nicht, dass die Mutawwa Sie wegen so einer Kleinigkeit foltern werden. Wie überall auf der Welt werden sie sich damit begnügen, Zeugen zu befragen."

„Aber die Gefängnisse hier sollen ganz schrecklich sein! Kein Europäer überlebt dort lange!"

„Das hätten Sie sich vorher überlegen sollen. Sie wurden gewarnt!"

Sascha sprang auf. Trotz seiner gefesselten Hände wollte er fliehen. Aber Keller war schneller und drückte ihn mühelos zurück in den Stuhl. Obwohl doppelt so alt, war er deutlich trainierter und kräftiger. Er brachte seinen Mund dicht an Saschas Ohr heran und flüsterte:

„Bringen Sie wenigstens so viel Anstand auf, nicht noch jemanden von uns mit ins Verderben zu reißen."

Sascha zitterte so heftig, dass er fast vom Stuhl glitt.

„Bitte nicht!", flehte er. „Ich tue ab sofort auch alles, was Sie von mir verlangen!"

Keller lächelte innerlich. Endlich hatte er das kleine Arschloch dort, wo er es haben wollte. Schließlich hatte er dem Doktor etwas versprochen. Er war ein Mann, der seine Versprechen hielt.

„Alles?", fragte er. „Wirklich alles?"

Sascha nickte eifrig.

„Würden Sie auch Ihre Mutter verraten?"

Er erblasste.

„Ich...ich verstehe... nicht...", stammelte er.

„Oh doch!", unterbrach Keller ihn. „Sie verstehen! Und zwar ganz genau!"

„Was hat mein Vater…"

„Doktor Baitinger ist nicht Ihr Vater!"

Sascha schluckte. Keller konnte ihm förmlich ansehen, wie verzweifelt er nach einem Ausweg suchte.

„Hat Jens behauptet, ich hätte seine Frau…"

Er brach ab, zögerte auszusprechen, was ihn um Kopf und Kragen bringen konnte.

„Erzählen Sie mir einfach, was sich in jener Nacht zugetragen hat", forderte Keller ihn überraschend sanft auf.

Saschas Gedanken rasten. Bisher hatte er noch immer einen Ausweg gefunden. Womit konnte er Keller dazu bringen, ihn nicht den Islamisten auszuliefern?

„Ich bin unschuldig! Hat Jens Ihnen nicht erzählt, dass ich Carolins Mörder erschossen und ihm zur Flucht nach Bayern verholfen habe? Wäre ich wirklich selbst der Mörder, hätte ich Jens doch gleich auch noch erschossen!"

„Was genau geschah in jener Nacht?"

Sascha begann zu Weinen.

„Glauben Sie mir doch bitte!", flehte er unter Tränen.

„Was taten Sie in jener Nacht vor dem Haus des Doktors?"

Sascha hatte es noch nie mit einem richtigen Polizisten zu tun gehabt, sondern immer nur mit primitiven, gewaltbereiten Milizionären. Mit denen war er immer fertig geworden. Kellers Ruf war unter den Unangepassten im deutschen Ghetto legendär. Einst war er ein richtig guter Kriminalbeamter gewesen. Alle waren sich einig, dass man besser nicht in eines seiner Verhöre geriet. Trotz seiner Härte galt er als menschlich.

„Ich schob Wache vor dem Haus der Baitingers. Die beiden wollten flüchten und ich hatte mir vorgenommen, ein bisschen auf sie Acht zu geben."

„Warum?"

„Sie waren die Eltern meines Freundes."

„Es fällt mir schwer zu glauben, dass dies allein Sie zu so einer anstrengenden Aufgabe motivierte."

„Das war nicht anstrengend für mich."

„Nein? Bei eisigen Temperaturen Nacht um Nacht in einem fremden Garten Wache zu schieben, statt im warmen Bett zu schlafen, war nicht anstrengend?"

Sascha schwieg. Sein Blick drückte seinen Missmut über Kellers Entgegnung deutlich aus. Jener fuhr fort:

„Oder wussten Sie, dass die beiden genau in jener Nacht abreisen wollten?"

„Nein", antwortete er noch missmutiger.

„Haben Sie mit den Baitingers darüber gesprochen, dass Sie auf die beiden aufpassen wollten?"

Er schüttelte stumm den Kopf.

„Warum nicht? Es wäre doch viel leichter gewesen, den beiden Ihr edles Vorhaben zu offenbaren, als Nacht für Nacht Wache vor deren Haus zu schieben."

„Ich habe nicht daran gedacht."

„Quatsch! Sie wussten genau, dass die beiden Ihnen nicht vertraut hätten!"

„Die Zeiten waren von gegenseitigem Misstrauen geprägt. Dafür kann ich doch nichts!"

„So? Wovon sind Ihrer Meinung nach die Zeiten hier und jetzt bei uns in Dammam geprägt?"

Schon wieder eine seiner Fangfragen! Was zum Teufel sollte er da nur antworten?

„Von gegenseitigem Zusammenhalt", schlug Sascha vor.

Zumindest hoffte er inständig, dass Keller so solidarisch war, ihn doch nicht auszuliefern. Erleichtert sah er Keller nicken.

„So ist es", bestätigte dieser. „Zumindest unter den meisten gilt bis zu einem gewissen Grade ein erstaunlicher Zusammenhalt. Aber es gibt eine kleine Gruppe unter uns, die auch nach all dem Schrecken der letzten Jahre nichts verstanden hat. Die haben nach wie vor nur ihren eigenen Spaß und ihren Vorteil im Blick. Von den meisten werden sie toleriert und gelitten, aber vertrauen tut ihnen keiner. Sie haben es schon in Ihrer ersten Nacht geschafft, genau diese Gruppe ausfindig zu machen."

„Nur, weil ich gerne mal einen trinke und ein bisschen Spaß habe, stempeln Sie mich zum Mörder ab?", kreischte Sascha.

Keller schüttelte den Kopf.

„Sie haben noch immer nicht verstanden. Wir sind hier nicht vor Gericht. Nicht ich muss Ihnen Ihre Schuld nachweisen. Es liegt an Ihnen, mich von Ihrer Unschuld überzeugen."

Pauline war in München gelandet und mit dem Zug bis Aalen gefahren. Die Römer hatten dort einst zum Schutz ihrer Grenzen gegen die wilden Germanen eine Reiterkaserne angelegt. Dieser Tradition folgend hatte die Bayernwehr dort nach dem Anschluss des östlichen Württembergs an Bayern eine große Garnison aufgebaut. Pauline war geschockt, wie stark das Stadtbild von Uniformierten geprägt wurde. Auf ihrem Weg die Bahnhofstraße entlang in Richtung Altstadt trug jeder dritte Mann Kampfmontur oder Ausgeh-Uniform.

Schnell erreichte Pauline die Altstadt. Dort stellte sie fest, nur noch der Grundriss der Straßen war alt. Der Großteil der Gebäude dort war Opfer einer der Kriege geworden, welche die Region zwischen 1618 und 1945 mehrmals verwüsteten. Pauline wünschte den Einwohnern, dass kein weiterer hinzukäme.

Mühelos fand sie die Adresse in der Spitalstraße. Das Gebäude entpuppte sich als eines der wenigen noch existierenden Fachwerkhäuser. Sie klingelte. Eine Frau in den besten Jahren öffnete ihr. Ihr Gesicht war von tiefen Lachfalten überzogen, ihre Backen besaßen eine gesunde Farbe und ihr sehniger Körper wirkte kräftig.

„Frau Baitinger?", fragte sie.

Pauline nickte.

„Dann müssen Sie Frau Weber sein?"

„Kommen Sie rein."

Pauline folgte ihr in eine gemütliche Küche. Ein alter, gusseiserner Herd verbreitete behagliche Wärme.

„Obwohl wir jetzt zu Bayern gehören, sind Gas und Strom nach wie vor knapp und teuer", erklärte die Hausherrin. „Aber wenigstens haben wir genügend Holz, um einen Raum des Hauses zu heizen."

Wortlos reichte Pauline ihr einen Umschlag mit chinesischen Yuan-Noten, der neuen internationalen Leitwährung. Im Unterschied zu den Amerikanern waren die Chinesen nach wie vor an internationalem Handel interessiert. Der Betrag war vorab per Internet miteinander vereinbart worden.

Frau Weber bedankte sich, legte den Umschlag ohne nachzuzählen in eine Schublade. Pauline öffnete ihren großen Koffer und entnahm ihm ein Pfund vakuumverpackten Kaffees.

„Hier, als Gastgeschenk."

Die Augen der älteren Frau strahlten vor Freude.

„Sie glauben gar nicht, wie selten wir hier so etwas bekommen!"

„Das ist mir bewusst. Deshalb wollte ich Ihnen auch diese Freude machen."

„Vielen Dank! Soll ich uns gleich einen zubereiten?"

Pauline zauderte. Ein Kaffee täte jetzt gut. Aber sie hatte diesen Luxus bis gestern täglich genossen und würde ihn, im Gegensatz zu ihrer Gastgeberin, hoffentlich auch bald wieder täglich genießen dürfen. Also lehnte sie dankend ab.

„Ich habe für uns beide Kräutertee vorbereitet", meinte Frau Weber.

Geschickt stellte sie eine Kanne dampfenden Tees und einen Teller Nusskuchen auf den Tisch.

„Wollen Sie wirklich gleich morgen weiter nach Stuttgart?"

„So ist es vereinbart."

„Kennen Sie die aktuelle Entwicklung?"

„Sie meinen die Volksabstimmung eines Gebietes rund um Waiblingen ebenfalls Bayern beizutreten?"

„Genau die meine ich! Die Abstimmung soll morgen stattfinden. Weder die Nationalisten noch die Guten sind..."

„Die Guten?", fragte Pauline irritiert.

„Kennen Sie die nicht?"

„Nein. Wer soll das sein? In diesem Krieg ist wohl keiner gut!"

„Der Name ist auch ironisch gemeint. Nichts für ungut, schließlich gehört Ihre Familie dazu. Wir hier nennen die so, weil die sich weigern die Realität zur Kenntnis zu nehmen und sich stattdessen lieber als die Guten fühlen. Dabei verfolgen auch die nur ihre eigenen Interessen, setzen sich für niemand außer sich und die ihren ein, während sie sich in ihren Festungen verschanzen."

„Ihre Worte passen genau auf meinen Vater! Ich habe ihm früher immer vorgeworfen, lieber in seiner Traumwelt zu leben, als sich der Realität zu stellen."

Frau Weber sah Pauline neugierig an.

„Das Ihnen zu erklären, führt jetzt wohl zu weit", winkte Pauline ab. „Sie wollten mir gerade etwas über die Nationalisten und die Guten erzählen. Übrigens nennen die internationalen Medien die Guten die Freie Demokratische Armee, oder abgekürzt FDA."

„Sowohl die Guten als auch die Nationalisten sind dagegen, dass die Remstäler sich Bayern anschließen. Um das zu verhindern griffen sie in den letzten Tagen gemeinsam die Remstäler an."

„Die FDA macht gemeinsame Sache mit den Nationalisten?", fragte Pauline sichtlich schockiert.

„In deren Augen sind wir Bayern der gemeinsame Feind."

„Aber das ist doch totaler Blödsinn!"

„Mir brauchen Sie das nicht sagen. Aber wenn Sie wirklich dorthin reisen, halten Sie dort lieber den Mund. Sonst kommen Sie vielleicht nie wieder."

Pauline starrte die ältere Frau an. Meinte Sie das ernst? Oder wollte Frau Weber sie nur länger als Gast bei sich haben, um mehr Geld herauszuschlagen?

„Hören Sie, wir stehen zu unserem Wort", griff diese ihre Gedanken auf. „Wenn Sie es wollen, bringt mein Sohn Sie morgen bis an die Grenze nach Lorch. Haben Sie Ihren alten deutschen Ausweis dabei?"

Pauline nickte.

„Gut, wenn die Grenzer sehen, dass Sie aus Stuttgart kommen, lassen die Sie ausreisen. Viele begeben sich auf die Suche nach Angehörigen. Wir und unsere Soldaten sind keine Unmenschen. Hendrik hat seinen Kontaktmann auf der anderen Seite über Sie informiert. Der wird Sie in Empfang nehmen."

„Hatten die Nationalisten mit ihren Angriffen Erfolg?"

„Das weiß keiner so genau. Angeblich nicht, aber die Remstäler würden dies aus Angst, dann doch nicht von uns aufgenommen zu werden, vielleicht auch nicht offen sagen."

„Wie komme ich vom Remstal hoch zur Freien Demokratischen Armee auf die Fildern?"

„Hendriks Kontaktmann wird Sie nach Untertürkheim bringen. Dort gibt es eine Brücke, sofern diese nicht bei den letzten Kämpfen zerstört wurde. Die Wachen werden Sie passieren lassen. Auf der Wangener Seite wird eine weitere Kontaktperson Sie in Empfang nehmen."

„Woher weiß ich, dass dies alles so läuft und mich nicht einfach jemand meines Besitzes beraubt und erschießt?"

„Das können Sie gar nicht wissen. Ich kann Ihnen nur sagen, dass unser Netzwerk von Helfern daran interessiert ist, auch übermorgen noch Menschen wie Ihnen helfen zu können. Würde Ihr Mann aller Welt verkünden, seine Frau sei von uns ermordet worden, schadet das dem Geschäft. Es liegt daher in unserem Interesse, dass Sie gesund zurückkommen und uns empfehlen."

„Netzwerk…, Geschäft…, sind Sie etwa Schleußer?"

Frau Weber seufzte vernehmlich.

„Manche Politiker versuchen mit diesem Begriff unser Tun zu verunglimpfen. Ich würde sagen, wir sind eine

Gruppe von Menschen, die anderen in einer schwierigen Lage helfen möchte. Natürlich müssen auch wir überleben."

In diesem Augenblick öffnete sich die Tür. Ein deutlich übergewichtiger Mann in Paulines Alter trat ein.

„Hallo", grüßte er knapp, ehe er am Tisch Platz nahm.

„Das ist mein Sohn Hendrik."

Pauline sah an ihm herunter. Der sollte sie, möglicherweise in einem anstrengenden Fußmarsch, bis zur Grenze oder auch darüber bringen? Pauline hatte sich ihren Führer anders vorgestellt.

„Ich weiß, was Sie denken!", meinte Hendrik. „Andere führen das Leben einer Couch-Potato und träumen davon, den Körper eines Raubtieres zu haben. Ich lebe hingegen als Raubtier und tarne mich absichtlich mit dem Körper einer Couch-Potato. Unter meinem Speck lauern stählerne Muskeln."

Sein Lächeln deutete an, dass er seine Worte nicht ernst meinte. Hendrik griff nach einem Stück Kuchen und schob es sich in den Mund.

„Was gibt es neues?", fragte ihn seine Mutter.

„Ein Warlord putschte gegen den Balmer und erschoss ihn samt seiner Administration. Vorher schloss er mit dem Wahler und seinen Guten auf der anderen Neckarseite ein Bündnis. Die Volksabstimmung ist abgesagt."

Im Anschluss an unseren Ausritt lud mich Scheich Saleh in sein Zelt ein. Seine Dienerinnen verwöhnten uns mit würzigen und schmackhaften Gerichten der arabischen Küche, die ich zu schätzen gelernt hatte. Jetzt lag ich träge neben dem Scheich in den Kissen. Eine Orientalin tanzte für uns. Ihre Beweglichkeit war erstaunlich, besonders faszinierte mich die Art und Weise, wie sie unterschiedlichste Partien ihres Körpers in Schwingung versetzte. Eine sinnliche, gar sexuelle Stimmung lag in der Luft.

„Gehört der Tanz hier zu Ihrer ursprünglichen Kultur?", wandte ich mich an den Scheich.

Dieser inhalierte tief den Rauch seiner Zigarette, ehe er träge zurückfragte:

„Was meinen Sie mit ursprünglich? Seit zwei, zwanzig, zweihundert oder zweitausend Jahren? Eine Gegenfrage: Gehört Fußball zu Ihrer ursprünglichen Kultur?"

„Äh...", stammelte ich.

Er verfolgte mit halb geschlossenen Augen weiter die Darbietung der Tänzerin.

„Ach vergessen Sie meine Frage. Sie war unhöflich. Ich entschuldige mich dafür."

„Aber mein Freund, Sie brauchen sich für Ihre Neugierde doch nicht zu entschuldigen. Wie Sie wissen, freue ich mich über Ihr Interesse an unserer Kultur!"

Seine Art und Weise dies zu sagen, verunsicherte mich. Meinte er es ernst? Oder war dies seine Form der Ironie? Je häufiger wir uns begegneten, desto öfter sprach er so mit mir.

Er äußerte einige arabische Sätze. Daraufhin beendete die Tänzerin ihre Darstellung, verneigte sich tief und trat ab. Er nahm ihre Ehrerbietung mit einem freundlichen Lächeln und huldvollem Kopfnicken entgegen. Die Musiker am anderen Ende des Zeltes verstummten, blieben aber auf ihren Plätzen sitzen.

Der Scheich sah mich nachdenklich an. Mir wurde unwohl. Was hatte er mit mir vor? Gab er sich wirklich nur aus Dankbarkeit so mit mir ab?

„Wir Araber sind keineswegs so homogen, wie es auf Sie wirken mag. Innerhalb eines gewissen Rahmens kann jeder von uns sich seine eigene Kultur gestalten. Zumindest, wenn er einen gewissen Stand innehat. Ein einfacher, sesshafter Mann dort drüben in der Stadt muss sich den engstirnigen Vorstellungen engstirniger Geistlicher beugen."

„Sie hingegen nicht, weil Sie ein Scheich sind?"

„Ich gehöre einem der traditionellen Stämme an, der zumindest noch einen Teil des Jahres seine ursprüngliche Lebensweise pflegt. Wir Nomaden sind eine der Quellen, aus der alle Araber ihre Identität speisen. Daher kann ich mir gewisse Freiheiten nehmen. Das beduine Nomadentum und Mohammed sind die beiden Hauptwurzeln unserer Kultur. Außerdem nahm unser alter König sich von jedem der Stämme eine Frau. Entfernt sind hierdurch wir von den Stämmen alle miteinander verwandt. Wer sich mit einem von uns anlegt, legt sich mit allen an. Das wagte bisher noch keiner von denen."

Mich überkam ein mulmiges Gefühl. Hatte mich Keller mit seiner Paranoia angesteckt? Was, wenn einer der Männer des Scheichs doch Deutsch sprach? Oder eine Wanze dieses Gespräch zur Religionspolizei übertrug? Schließlich war klar, wen er mit „denen" meinte.

„Haben Sie keine Angst vor den Mutawwa?"

„Pah!"

Er sprang behände auf, zog sein traditionelles Schwert und hob es mit beiden Händen in die Höhe.

„Die sollen es nur wagen, sich hier blicken zu lassen!"

Besorgt blickte ich zu den Musikern, die seinen Bewegungen mit aufflackerndem Interesse folgten. Er warf ihnen einen grimmigen Blick zu, woraufhin diese ihre

Augen zu Boden senkten. Ihr Gebieter ließ sich wieder neben mir nieder. Aufgesetzt heiter meinte er:

„Vielleicht könnten Sie darauf verzichten Worte zu verwenden, die allgemein hier verstanden werden?"

„Entschuldigen Sie bitte, war mein Fehler."

„Jetzt seien Sie nicht gleich so verdammt unterwürfig! Ich sitze schließlich hier mit Ihnen, um mal wieder einen Gesprächspartner zu haben, der mir wenigstens halbwegs ehrlich sagt, was er denkt!"

Saleh stürzte ein weiteres Glas seines Tees hinunter. Sofort schenkte er sich selbst nach. Ein Verhalten, dass ich heute erstmals bei ihm sah. Als er sich einschenkte, stieg mir erneut Whiskey-Geruch in die Nase. Trank er wirklich Tee? Und falls ja, womit war dieser versetzt? Unter der höflichen Oberfläche des Scheichs trat zunehmend ein gereizter, aggressiver Mann zu Tage. Betrank er sich soeben und hatte sein Verhalten mit dem alkoholbedingten Kontrollverlust zu tun? Mir wurde zunehmend mulmig. Vielleicht würden die Mutawwa ihn wirklich in Ruhe lassen. Wie ich in letzter Zeit erfahren hatte, würden sie bei mir hingegen keine Rücksicht nehmen.

„Wissen Sie", fuhr der Scheich fort, „ich vermisse die Reisen nach Europa. Natürlich liebe ich mein Land und ehre seine Traditionen. Aber bei uns ist alles so verdammt rituell festgelegt. Wie wunderbar hingegen die Abwechslung im alten Europa war! Drei- bis viermal im Jahr dort zu sein, genoss ich wirklich. Jetzt zerfleischt die eine Hälfte Europas sich gerade gegenseitig und die andere Hälfte will uns nicht reinlassen. Die haben Angst, wir richten euch vollends zugrunde."

Mittlerweile war ich mir sicher, dass der Tee kräftig Alkohol enthielt.

„Was wissen Sie über Europa?"

„Ich?" Er grinste breit. „Ich bin nur ein dummer Kameltreiber, rein gar nichts weiß. Außer, dass unsere Mullahs vielleicht doch gefährlicher sind, als man denkt. Zumindest verfolgen diese ihre Ziele mit großer Ausdauer und Beharrlichkeit. Hörten Sie schon von deren neuer Initiative, die barbarische Sitte der Abtreibung zu stoppen?"

„Nein. Ich dachte, hier gäbe es keine Abtreibungen."

„Gibt es auch nicht."

Ich sah ihn ratlos an. War er jetzt total betrunken? Sein Lächeln wirkte nicht so.

„War es in Europa jemals Sitte Frauen zu beschneiden? Also ihnen mit einem scharfen Messer ihre Klitoris zu entfernen?"

„Nein!", entgegnete ich entsetzt.

„Trotzdem habt ihr euch in Afrika eingemischt und denen zu verstehen gegeben, dass deren Traditionen in euren Augen barbarisch seien. Daher sollten sie diese gefälligst stoppen. Ihr kamt euch gut und moralisch überlegen dabei vor, euch bei Afrikanern einzumischen. Zu unserer Tradition gehört es, dass von Allah gespendetes Leben ein Recht darauf hat, geboren zu werden. Ungeborenes Leben mit einer Art von Staubsauger oder sonstigen Mitteln der Gewalt noch im Leib der Mutter zu töten, halten wir für barbarisch. Mit dem Segen und der Unterstützung unserer höchsten geistlichen Würdenträger gründeten Frauen daher eine Art Entwicklungshilfe-Initiative, die in Europa missionieren und eure Frauen von ihrem barbarischen Tun abhalten soll."

Fassungslos starrte ich ihn an. Meinte er das ernst? Oder verarschte er mich gerade gewaltig? Er lächelte süffisant und fuhr fort:

„Aber lassen Sie uns nicht länger von der langweiligen Politik reden. Wollen Sie nun Loujain zur Frau nehmen und einer der unsrigen werden?"

„Sie machten soeben nicht gerade Reklame für Ihre lokale Lebensweise."

„Womit?"

„Beispielsweise indem Sie äußerten, lieber im alten Europa leben zu wollen."

„Das habe ich nie gesagt und auch nie gemeint. Das Leben war hier in Arabien immer sehr viel besser, als in Europa. Mir fehlt ein ganz winziges bisschen die Abwechslung, die das alte Europa mir bot. Aber zum einen existiert jenes Europa nicht mehr. Es wird in dieser Form auch nie wieder existieren. Zum anderen waren Sie ohnehin nie jemand, der diese Abwechslung lebte oder auch nur hätte genießen können."

„Da haben Sie wohl Recht, ich war meiner Frau immer treu!"

„Wie primitiv und vorurteilsgeladen Ihre Einstellung doch mir und meinesgleichen gegenüber ist! Ich bin nicht nach Europa, um sexuelle Abwechslung zu finden. Die habe ich hier schon mehr als genug. Es war einfach geil, an einem Abend in einem elitären Hotel in Nizza Französinnen und Engländer, die so steif waren, dass ihnen der Stock aus dem Arsch kam, mit meiner unverfälschten Männlichkeit zu schockieren und am Tag darauf mit kaputten Berlinern, denen es scheißegal war, wer und was du bist, in einem abgefuckten Kellerclub zu tanzen. Ich bin mir sicher, das haben Sie so nie gemacht. Sie haben sich vermutlich immer schön brav in ihrem engen, politisch überkorrekten Kreis gedreht!"

„Wenn..."

„Behalten Sie es für sich, es interessiert mich nicht! Weiterhin haben Sie mir gerade vorgeworfen, keine Werbung für unsere lokale Lebensweise gemacht zu haben. Das lässt sich ändern."

Er wandte sich den Musikern zu. Auf Arabisch brüllte er ein paar Sätze, die diese zusammenzucken ließen. Kurz darauf stimmten sie eine wilde, an einen irrsinnigen Derwisch erinnernde Melodie an. Unbehaglich starrte ich auf das noch immer verärgerte Gesicht meines Gastgebers. Ich überlegte gerade fieberhaft, wie ich den Schaden wieder beheben könnte, als eine neue Tänzerin hereinstürmte.

Ihr Körper war jünger, geschmeidiger und anmutiger als der ihrer Vorgängerin. Hypnotisiert starrte ich auf ihre sich wiegenden Hüften. Die wilde Erregung der Musik griff auf mich über. Ich folgte ihren wohlproportionierten Rundungen hinauf zum Schleier, der ihre Gesichtszüge verbarg. Bei ihren Augen angelangt, traf mich der Schlag. In diesen vage vertrauten Augen lag keinerlei Sinnlichkeit oder gar der Wunsch zu verführen. Nackte Verzweiflung zeichnete sich darin ab. Was hatte den Scheich dazu getrieben, dies hier Loujain abzuverlangen? Ab diesem Augenblick würde ich sein Angebot nicht länger ausschlagen können, ohne ihn und seinen Stamm gegen mich aufzubringen.

Eine der Wachen trat ins Zelt und räusperte sich. Der Scheich runzelte missmutig die Stirn, machte aber ein Handzeichen. Loujain verbeugte sich hastig, ehe sie beschämt abtrat. Der Wächter kam auf uns zu. Er beugte sich zu seinem Herrn hinab und flüstere diesem etwas ins Ohr, woraufhin sich dessen Blick noch weiter verfinsterte.

„Kommen Sie mit!", befahl er und erhob sich.

Ich folgte ihm hinaus. Zwischen den Zelten durch lief er in Richtung der Betonklötze. Herrschte sonst um diese Stunde bei den Beduinen ein reges Treiben, wurde fröhlich in dem mir unverständlichen Singsang miteinander geschnattert, herrschte jetzt hingegen gespenstische Stille. Hinter den letzten Zelten, vor dem staubigen Platz zwischen ihnen und dem ersten Betonklotz, drängten sich schweigend Scheich Salehs Leute. Sie bildeten für ihren Anführer und somit auch für mich eine Gasse. Durch die Menge hindurch spähte ich nach vorne. Mitten auf dem Platz parkte ein Pickup der Mutawwa. Überrascht registrierte ich, mit welchem Hass die Männer in deren Richtung starrten. Mit wild pochendem Herzen erreichte ich die vorderste Reihe, als zwei Religionspolizisten mit einem Mann zwischen sich aus Kellers Büro traten. Auch auf die Entfernung erkannte ich ihn sofort.

Balmer regelte routiniert die dringlichsten Dinge, dann scheuchte er alle bis auf mich hinaus. Er wies auf seine Besprechungsecke.

„Nimm schon mal Platz!", forderte er mich auf. „Ich komme gleich."

Der Landrat holte eine Flasche seines legendären, von ihm selbst gebrannten Zwetschgen-Schnapses und zwei Gläser, keine für Schnaps, sondern gewöhnliche für Wasser. In meinem Beisein hatte er noch nie zu so früher Stunde Hochprozentiges getrunken. Aber heute war ein besonderer Tag. Er setzte sich zu mir, schenkte uns reichlich ein und hob sein Glas. Wir prosteten uns zu, stürzten dann das im Hals brennende Gesöff hinunter. Der Landrat schüttelte sich kurz, einen Laut des Wohlbehagens von sich gebend. Dann sah er mich aufmerksam an.

„Und Sascha? War es schwer, Struve den präparierten Cognac unterzujubeln?"

„Nein." Zur Bekräftigung drehte ich den Kopf hin und her. „Du hast es treffend vorhergesagt. Als er das Etikett erblickte, ging seine Gier mit ihm durch. Schnurstracks lief er mit der Flasche zu seiner Bar, schenkte sich ein großes Glas voll ein."

„War er überhaupt nicht misstrauisch? Er muss doch geahnt haben, dass wir von seinen Putschplänen wussten."

„Struve war viel zu sehr von sich überzeugt. Der hielt uns für harmlose Trottel und kassierte die Quittung dafür."

Balmer schwieg. Statt mir meine tapfer vorgetragenen Worte abzunehmen, sah er mich einfach nur an. Unter seinem wissenden Blick fiel es mir schwer, mir weiter was vorzumachen. Tränen bildeten sich in meinen Augen.

„Hast du jemals zuvor einen Menschen getötet?"

Stumm, kurz vorm Zusammenbrechen, schüttelte ich den Kopf.

„Deine heutige Tat war mutig und außergewöhnlich. Du weißt, dass du vielen unserer Landsleute großes Leid erspart und wahrscheinlich auch hunderte Leben gerettet hast."

Ich nickte dankbar für seine Worte, während die Tränen lautlos meine Wangen hinab strömten.

„Sascha, das werde ich dir nie vergessen! Trotzdem darf niemand von deiner heutigen Tat erfahren, schon allein zu deinem eigenen Schutz!"

Ich musste mich mehrmals räuspern, ehe ich in der Lage war zu antworten:

„Das ist mir klar."

Meine Stimme klang belegt. Wie hatte ich vorhin nur so cool sein können?

„Gut. Hat das Gift rasch gewirkt?"

Erneut nickte ich.

„Kaum hatte er ein paar Schlucke getrunken, da wälzte er sich auch schon auf dem Boden."

„Und schöpfte niemand Verdacht?"

„Doch, Henning zwang mich mit vorgehaltener Pistole, selbst ein Glas des Cognacs zu trinken."

„Wie schrecklich!"

„Zum Glück gab ich das Gegengift in die Flasche, ehe ich die Wachen zur Hilfe rief. Es wirkte tatsächlich."

Unsicher, ob die Wirkung des Gegengiftes von Dauer wäre, sah ich ihn an.

„Keine Sorge", beruhigte er mich. „Damit hast du das Gift dauerhaft neutralisiert. Dir wird nichts passieren. Wo ist die Flasche jetzt? Es ist unter den heutigen Umständen zwar unwahrscheinlich, dass ein Labor die notwendige Ausrüstung besitzt, aber…"

Ich zog die Flasche aus meiner Aktentasche. Balmer entschlüpfte ein erleichtertes Lächeln.

„Prima! Auf dich ist Verlass!"

„Glaubst du, Struves Männer ziehen ohne ihn den Putsch durch?"

„Nein. Die ahnen, dass wir von ihren Plänen wissen und deshalb Struve aus dem Weg räumten. Jeder von denen hat jetzt Schiss, als nächstes dran zu sein."

„Lädt das nicht zu einem Putschversuch ein?"

„Im Gegenteil. Keiner besitzt auch nur annähernd Struves Autorität. Außerdem hast du Henning mit einem Teil von Struves Männern mit hierher gebracht. Offiziell zur Verstärkung von Tergels Männern zur Absicherung der Volksabstimmung. Aber Henning ist kein Dummkopf. Der weiß genau, dass Tergels Leute ihn genau im Blick haben und nicht zögern werden, ihn auszuschalten. Henning wird sich eifrig und korrekt verhalten, hoffen, dass er ungeschoren davonkommt. Von den übrigen Verschwörern wird sich der ein oder andere über den Neckar absetzten, was uns nur Recht sein kann."

*

Zu ihrer eigenen Überraschung hatte Pauline trotz der widrigen Umstände in dem fremden Bett tief und fest geschlafen. Jetzt lag sie wach unter der Daunendecke und sah sich um. Mit allen Sinnen ließ die Atmosphäre der Kammer mit ihrem uralten Dielenboden, schiefen Putzwänden und dem winzigen Holz-Sprossen-Fenster auf sich wirken. Sie seufzte. Früher hatte sie gerne mit Freundinnen oder auch ihren jeweiligen Lovern Radtouren entlang kleinerer und größerer Flüsse ihres Heimatlandes unternommen. Dabei hatte sie bevorzugt in historischen Gemäuern übernachtet. Die Kammer erinnerte sie an bessere Zeiten, vielleicht sogar ihre besten. Ein Gefühl von Sehnsucht und Heimatverbundenheit erfasste sie so stark, dass es sie beinahe zerriss. Warum war ihr geliebtes Deutschland nur so einen fatalen Weg gegangen? Sie begann zu weinen.
Erst als sie sich wieder einigermaßen beruhigt hatte, wusch sie sich eilig im kalten Bad mit eisigem Wasser, kleidete sich an und begab sich in die Küche hinab.
„Guten Morgen, gut geschlafen?", begrüßte Frau Weber sie fröhlich.
„Guten Morgen, ja, überraschend gut."

„Das ist schön. Jetzt frühstücken Sie erst mal richtig. Dann bringt Hendrik Sie an die Grenze nach Lorch."

„Macht das denn überhaupt Sinn?"

„Heute Morgen kam im Radio, dass Landrat Balmer im letzten Augenblick einen Putsch niederschlagen konnte. Die Volksabstimmung ist bereits im Gange und die Menschen beteiligen sich rege."

„Aber Hendrik sagte doch gestern..."

„Gerüchte, nichts als Gerüchte! Die gibt es seit der ganzen Malaise zuhauf. Jetzt frühstücken Sie erst einmal richtig, damit Sie genug Kraft für den Tag haben."

Pauline folgte der Aufforderung gerne. Fast hatte sie vergessen, wie gut deutsches Brot schmeckte. Auch Frau Webers selbst gekochte Marmelade war ausgesprochen lecker.

Nach dem Essen packte sie das Notwendigste in einen Rucksack. Den großen Koffer würde sie mit einem Teil ihres Gepäcks hierlassen. Draußen herrschten eisige Temperaturen. So zog sie die Thermo-Unterwäsche an. Vor dem entscheidenden Schritt zum Verlassen der Zivilisation fühlte ihr Magen sich flau an. Sollte sie es wirklich wagen?

Eine Stunde später saß sie mit Hendrik im einzigen Zug des Tages nach Lorch. Er war so überfüllt, dass viele Leute stehen mussten. Jeder hatte riesige Koffer, Taschen oder Rucksäcke dabei.

„Was wollen die alle in Lorch?", fragte Pauline ihren Führer überrascht.

„Verwandte besuchen, Handel treiben, Geschäfte abschließen und so Sachen eben."

„In Lorch?"

„Nein, natürlich auf der anderen Seite der Grenze. Lorch ist einer von drei Grenzübergängen nach Württemberg."

„Kann man einfach so dorthin ausreisen?"

„Sicher, warum nicht?"

So wie er tat, schien ihre Frage blöd zu sein. Sie zauderte, schob dann aber eine weitere nach:

„Komme ich auch problemlos wieder zurück."

„Sie schon, Ihre Familie hingegen leider nicht. Es sei denn, Sie haben australische Visa für alle."

„Gibt es denn sonst gar keine Möglichkeit?"

„Eigentlich gibt es keine, aber Sie haben Glück. Wenn die Remstäler sich für Bayern entscheiden, nehmen wir die auf. Ihre Familie muss nur rechtzeitig ins Remstal übersiedeln, dann kommen sie mit zu uns."

„Warum nimmt Bayern nicht alle Menschen auf, die aus dem Chaos dort drüben flüchten wollen."

Er sah sie mitleidig an. Dann meinte er:

„Mitgefühl und Einfühlungsvermögen sind wertvolle menschliche Eigenschaften. Man sollte sich nur davor hüten, diese allzu sehr handlungsleitend werden zu lassen. Auch jetzt schon müssen bei uns Menschen hungern. Wir können keine noch größere Bevölkerung versorgen. Die Remstäler bringen Land mit, um sich selbst zu ernähren und Kämpfer, um sich selbst zu verteidigen."

Sie starrte auf Hendriks üppigen Körper. Wenn er sich mäßigte, könnte man einen Menschen mehr ernähren.

„Was ist da drin?"

Sie zeigte auf seinen riesigen Rucksack.

„Mehl, Salz und elektronische Ersatzteile."

„Sie dürfen denen Mehl verkaufen? Ich dachte Bayern hat nicht genug zum Essen!"

„Dafür bringe ich von drüben Wein mit. Den gibt es in Bayern seit der Abspaltung Frankens gar nicht mehr."

Der Zug lief im Bahnhof Lorch ein, derzeit die Endstation. Die Menschen drängten hinaus und begaben sich, mehr oder weniger schweigsam, in einer großen Kolonne auf den Marsch zur Grenze. Das Tal verengte sich an dieser Stelle. Pauline sah auf beiden Seiten militärische Befestigungen tief in die Höhenzüge eingegraben. Wer versuchte hier durchzustoßen, würde einen hohen Blutzoll bezahlen.

Die Kolonne geriet ins Stocken. Die Ersten hatten die direkte Grenzbefestigung erreicht. Es handelte sich um einen hohen Erdwall, den sie durch einen Tunnel passieren mussten. Die letzten hundert Meter vor dem Tunnelmund befanden sich rechts und links der Straße Bunker, aus denen Maschinengewehre auf sie zielten. Als sie den Tunnel endlich passierten sah Pauline, dass sich hundert Meter davor ein hoher Zaun befand, der oben zusätzlich mit Stacheldrahtrollen verstärkt war.

„Wer den Zaun zu übersteigen versucht, wird ohne Vorwarnung erschossen", erklärte Hendrik ihr. „Sagen Sie das Ihrer Familie, falls die es nicht ohnehin schon wissen."

„Kommt das häufig vor?"

„Anfangs ein paarmal. Dann hat es sich rumgesprochen. Außerdem hat der Balmer die Lage da drüben ganz gut im Griff. Weiter im Norden, wo die Islamisten manchmal Vorstöße bis an unsere Grenze machen, ist die Lage ernster. Da versuchen nach wie vor Menschen in ihrer Verzweiflung, den Zaun zu überwinden.

Deshalb bin ich nicht überzeugt davon, dass wir die Remstäler zu uns reinlassen sollen."

„Zumal deren Beitritt Ihren Geschäften die Grundlage entziehen würde."

„Ach was!", wehrte er ab. „Gleise und Bahntechnik sind weitgehend intakt. Der Strom reicht nicht für mehr Züge. Innerhalb kürzester Zeit fährt die Bayernbahn nach Cannstatt oder Untertürkheim und ich kann dort Handel treiben."

Sie erreichten eine heruntergekommene Fabrikhalle. Jeder musste seine Gepäckstücke öffnen und einen Teil seiner Waren an die Bewaffneten abtreten.

„Bleiben Sie jetzt immer dicht bei mir!", forderte Hendrik sie auf.

In der Halle herrschte ein ohrenbetäubender Lärm. Waren wurden lautstark angepriesen, es wurde heftig um Preise gefeilscht. Pauline sah sofort, dass die meisten Stände hauptsächlich Wein im Angebot hatten. Auch alle möglichen sonstigen Gebrauchsgegenstände und Kunstwerke wie Gemälde waren im Sortiment enthalten.

Hendrik steuerte zielstrebig einen Stand an. Dort packte er seine Waren aus, die kritisch in Augenschein genommen wurden. Es gab ein letztes, wie Pauline schien nicht ernst gemeintes, Gefeilsche, dann packte Hendrik seinen Rucksack voller Weinflaschen, während er zuhörte, was sich sein Handelspartner künftig für Waren von ihm wünschte. Als Ärztin tat es ihr weh zu hören, dass er vor allen Dingen an Medikamenten wie Insulin interessiert war. Wie viele waren allein aufgrund fehlender Medikamente gestorben?

„So, das wäre erledigt. Jetzt müssen wir nur noch Sie versorgen", meinte Hendrik gut gelaunt.

Er führte sie in das hinterste Eck der Halle. Dort gab es keine Verkaufsstände mehr. Schmutzige Wellpappe lag auf dem Boden, vermutlich um vor der ärgsten Kälte des Betonbodens zu isolieren. Darauf saßen und lagen müde Gestalten in zerschlissener Kleidung. Vereinzelt befanden sich zwischen ihnen Menschen in neuer, teurer Outdoor-Kleidung, wie Pauline. Hendrik lief auch hier zielstrebig auf eine grauhaarige Frau in fettiger Joppe und mit eingefallenen Wangen zu. Er wies auf Pauline, sagte ein paar Sätze und drückte der Frau dann mehrere Geldscheine in die Hand. Diese nickte und steckte das Geld ein. Pauline wollte sich ihr vorstellen, doch die Frau hatte sich schon wieder jemand anderem zugewandt.

„Sie müssen hier jetzt warten, bis der Lastwagen nach Untertürkheim fährt."

„Lastwagen?", fragte Pauline entsetzt.

„Aber klar, das ist hier jetzt wie in Afrika. Erst wird die für Untertürkheim bestimmte Ware aufgeladen, dann steigen die Menschen obendrauf. Weil es zu wenige Lastwägen gibt, kann auch niemand so genau sagen, wann er fahren wird. Sie müssen einfach hier bleiben und warten."

„Und wenn ich dort bin?"

„Roland wird sie am Wagen abholen. Die Brücke wurde bisher nicht zerstört. Die Untertürkheimer treiben auch mit General Wahlers Leuten Handel. Sie können einige Tage bei Roland wohnen, bis einer von der Filderfestung Sie mit dort hinauf nimmt. Damit ist unser Geschäft dann erledigt. Wenn Sie zurück wollen, wenden Sie sich wieder an Roland. Viel Glück."

Er drückte ihr noch kurz den Arm, dann verschwand er zwischen der Menschenmenge. Pauline fühlte sich schrecklich alleine.

Genau so erging es Sascha im Gefängnis. Er verfluchte sich, nicht in Deutschland geblieben zu sein. Wie hatte er nur so blöd sein können zu glauben, das Leben in Saudi Arabien wäre besser? Wegen einer kleinen Party mit lausig schmeckendem, selbst angesetztem Met und einigen lästerlichen Sprüchen im Suff hatte dieser Blockwart Keller ihn tatsächlich in den Knast geworfen! Er befand sich mit ca. zwanzig anderen Männern in einem nackten Betonraum. Alle hatten ihn sofort als Christen erkannt, aufs übelste beschimpft, geschlagen, getreten und noch Schlimmeres getan, an das er jetzt nicht denken mochte.

Die Wärter kamen und stellten einen dampfenden Topf, sowie einen Stapel Fladenbrote vor der Gittertür ab. Saschas Magen knurrte. Die Wärter, bewaffnet mit Knüppeln und Elektroschockern, hielten sich bereit. Einer von ihnen öffnete die Tür. Zwei Gefangene holten das Essen in die Zelle. Die Tür wurde sofort wieder versperrt. Sascha erwartete, dass eine wilde Keilerei ums Essen einsetzt. Dem war nicht so. Die beiden schöpften den dampfenden Brei in Blechnäpfe, die sie gemeinsam mit den Broten verteilte. Die meisten bekamen einen Napf und ein Brot, wenige einen Napf plus zwei Brote, was wiederum mit sich brachte, dass andere nur einen Napf ohne Brot erhielten. Sascha wurde komplett übergangen. Er hoffte, dass Keller ihn bald aus dieser Hölle erlöste.

Dieser dachte nicht daran. Der Kommissar hatte mich zu sich gebeten.

„War das wirklich nötig?", fragte ich schockiert.

„Ja", antwortete Keller ruhig. „Wir sind hier nicht in Europa. Ich verwarnte ihn zweimal, ohne Erfolg. Wenn die Mutawwa nachts hier aufkreuzen, weil ein paar Idioten besoffen randalieren, nehmen die nicht nur Sascha mit. Jeder, der mitsoff und jeder, der das Saufen nicht verhinderte, ist dann mit dran. Die denken nicht in Individuen, sondern in Sippen und Stämmen. Ich bin in so einem Fall dann ebenfalls mit dran. Und mein eigener Arsch ist mir wichtiger, als der eines verzogenen Sprösslings."

„Was wird ihm geschehen?"

„Das ist Sache der Saudis."

„Ich muss es aber wissen!"

„Kein Problem. Die werden ohnehin noch mit Ihnen über Sascha reden wollen. Um Ihnen Ärger zu ersparen, sagte ich denen, dass er unter falschen Papieren reise und nicht wirklich Ihr Sohn ist. Wahrscheinlich werden die Mutawwa Sie zu ihm befragen. Engagieren Sie sich dann ruhig für ihn. Aber wundern Sie sich nicht, wenn Sie dann selbst in einem Loch landen und dort jämmerlich zu Grunde gehen."

Ich schluckte. Eigentlich hatte ich in den letzten Jahren genug schlimme Dinge erlebt. Trotzdem konnte ich nicht umhin, nachzufragen:

„Was bedeutet *jämmerlich zu Grunde gehen*?"

Abschätzend musterte er mich.

„Die hiesige Gesellschaft besitzt eine andere Einstellung zu Gewalt, als die mit der wir aufwuchsen. Schläge, selbst die der schlimmsten Sorte, gehören hier schon in den normalen Familien zum Alltag. Noch viel schlimmer geht es unter Verbrechern zu. Auch die schlimmsten Verbrecher in den hiesigen Gefängnissen fühlen sich jedem Christ oder auch nur Europäer haushoch überlegen, schließlich haben sie selbst im Gegensatz zu uns den rechten Glauben. Ihren ganzen Frust und ihre Wut lassen die an Christen aus, sofern sich einer dorthin verirrt. Die Wärter teilen die Einstellung, das Leben eines Ungläubigen ist nichts wert oder schauen aus anderen Gründen darüber weg. Christen erhalten dort nichts vom Essen, wahrscheinlich nicht einmal was vom Wasser und werden stattdessen brutal misshandelt. Das überlebt keiner lange."

„Sascha wird also sterben?"

„Er hat Ihre Frau ermordet."

Ein schwarzes Loch entstand in meinem Bauch.

„Wie bitte?"

„Sie haben mich verstanden."

„Sind Sie sicher?"

Er nickte. Mein Herz wummerte wild. Tränen bildeten sich in meinen Augen. Aber ich durfte jetzt nicht weinen. Keller fixierte mich mit seinen blauen Augen. Dann meinte er:

„Sie wollten es wissen. Ich habe ihn bei passender Gelegenheit sehr eindringlich danach gefragt. Er hatte ursprünglich geplant, Sie und Ihre Frau zu erschießen und sich mit Ihrem Geld über die Grenze abzusetzen. Dann kam ihm die Idee, die Identität ihres Sohnes anzunehmen. Seinen Kumpel ließ er den ersten, der aus dem Haus trat, erschießen. Dann erschoss er selbst seinen Kumpan, um Sie dazu zu bringen, seine falsche Identität zu bestätigen. Wären Sie an jenem Abend als Erster aus dem Haus gegangen, säße ihre Frau jetzt hier."

Zwar vernahm ich seine Worte, aber sie erreichten mich nicht. Etwas dämpfte plötzlich meine Wahrneh-

mung, verschaffte mir ein pelziges, unwirkliches Gefühl. Leicht schwankend erhob ich mich.

„Ich glaube, ich muss mich jetzt erst einmal hinlegen."

In Aalen hatte ihre Unternehmung Pauline noch wie
ein gebuchter Abenteuerurlaub angemutet, der, da
gebucht, eben keine Abenteuer im Sinne des Bewälti-
gens von echten Gefahren und Unbekanntem beinhal-
tete, sondern einen atmosphärische Veränderung hin
zum Rustikalen, mit einer wohldosierten Dosis Adrenalin. Das Geschehen in der Fabrikhalle bei Lorch
war etwas anderes. In der Luft lagen Not, Verzweiflung und die Bereitschaft alles fürs eigene Überleben
notwendige zu. Pauline begann zu zittern. Das hier
war erst ein Vorgeschmack auf die Situation in Stuttgart. Dort warteten noch mehr Elend und Gewalt. Sollte Sie ihr Abenteuer nicht besser hier enden lassen
und umkehren? War eine vage Hoffnung eine Spur ihrer Eltern oder ihres Bruders zu finden das Risiko wert,
nie mehr von Tom in die Arme geschlossen zu
werden?

„Reiß dich zusammen!", ermahnte sie sich selbst. So
leicht gab sie nicht auf, hatte sie doch schon anderes
durchgestanden.

Vorsichtig setzte sie auf der Suche nach einem freien
Eckchen Karton Fuß vor Fuß. Langsam bahnte Pauline
sich einen Weg durch die auf dem Boden kauernden,
abgerissenen Gestalten. Endlich erspähte sie ein
Stückchen Karton. Eine schwarze Flüssigkeit, vermutlich Motoröl, schimmerte ihr unappetitlich von der
Pappe entgegen. Sie zögerte, packte dann aber eine
Packung Papiertaschentücher aus und saugte damit
die schwarze Brühe so gut es ging auf. Ihr Tun wurde

von den um sie herum sitzenden Frauen mit einer Mischung aus Neugierde, Neid und Missgunst beäugt. Schließlich war der Platz soweit entschmutzt, dass sie ihre Sitzunterlage darauf legte und sich auf dieser niederließ.

„Was wollen Sie hier bei uns?", fragte ihre Nachbarin unfreundlich.

Pauline sah die junge Frau an. Vermutlich war sie über zehn Jahre jünger als sie selbst. Verhärmte, tief eingegrabene Gesichtszüge und graue Strähnen in ihren dunklen Haaren ließen sie älter aussehen. Ihre schmutzige, zerrissene Kleidung war ihr mehrere Nummern zu groß.

„Eine wie Sie brauchen wir hier nicht!", fuhr die Frau in diesem Augenblick aggressiv fort. „Uns erst im Stich lassen und sobald das schlimmste vorbei ist, sich wieder um den eigenen Besitz kümmern! Wären alle wie Sie, hätten hier längst die Muselmanen das Sagen!"

„Ich suche einfach nur nach meiner Familie", verteidigte Pauline sich.

„Auch das noch! Selbst Ihre Eltern haben Sie im Stich gelassen! Was sind Sie doch für ein schlechter Mensch!", empörte ihre Peinigerin sich. Sie spuckte vor ihr auf den Boden.

Missbilligendes Gemurmel folgte ringsum. Pauline fühlte prickelnde Röte aufsteigen. Sie schluckte, hatte sie doch nicht erwartet, in ihrer Heimat so unwillkommen zu sein.

„Wo haben Ihre Eltern den gewohnt?", fragte eine der Frauen.

Pauline zauderte, entschloss sich dann aber doch zu elner ehrlichen Antwort:

„In Stuttgart."

„Ist eine große Stadt, wo genau?"

„Im Osten."

„Den hat es schwer erwischt. Die inneren Stadtbezirke gehören mittlerweile zum Niemandsland. Ich komme selbst aus dem Osten. Wie heißen Ihre Eltern und wo genau im Osten lebten sie zuletzt?"

„Carolin und Jens Baitinger, mein Vater ist Arzt und sie wohnten droben in der Gänsheide."

„Dr. Baitinger? Fährt der so ´nen großen, schwarzen Geländewagen von Volvo?"

„Ja!" Paulines Herz raste. „Kennen Sie ihn?"

„Klar, er war einer der wenigen Ärzte, der sich aus der Festung droben auf dem Berg heraus traute und auch die weniger glücklichen behandelte. Eigenhändig malte der Herr Doktor mit einem Pinsel weiße Kreise ringsum auf seinen schicken Wagen, mit einem roten Kreuz in der Mitte. Wenn Sie mich fragen, hat Ihr Herr Vater das Herz auf dem rechten Fleck."

Paulines Herz machte einen Satz. Tränen der Freude stiegen ihr in die Augen.

„Wann haben Sie ihn zuletzt gesehen?"

„Er hat noch einen Sohn, einen langen, blonden Kerl. Den habe ich auch erst neulich gesehen", brabbelte die Frau vor sich hin.

„Yannick! Sie haben auch Yannick gesehen?"

Die Frau musterte Pauline abschätzend, dann rieb sie Zeige- und Mittelfinger am Daumen und meinte:

„Ich kann Ihnen einiges über Ihre Familie sagen, aber das kostet."

„Geld? Sie wollen Geld von mir, für eine Auskunft über meine Familie?"

Die Frau nickte. Pauline überlegte. Wollte die sie übers Ohr hauen? Immerhin musste sie wirklich was wissen, fuhr ihr Vater doch tatsächlich einen schwarzen Volvo und war ihr Bruder lang und blond.

„Wieviel?"

„Fünfzig Yuan!"

Pauline öffnete den Reißverschluss ihrer Jacke und zog einen griffbereit wartenden Geldschein hervor.

„Zwanzig, mehr habe ich nicht", antwortete sie, der Frau den Schein vor die Nase haltend.

Deren Augen leuchteten vor Gier. Rasch griff sie sich den Schein.

„Die Fahrt nach Stuttgart können Sie sich sparen. Ihre Familie ist nicht mehr dort. Letztes Jahr im November flüchteten sie zu dritt über die alte Güterzugbrücke nach Untertürkheim. Ihre Mutter erwischte es leider am Morgen der Flucht vor der eigenen Haustür. Der Junge fuhr, während Ihr Vater auf der Rückbank die blutende Leiche seiner Frau in den Armen barg. Die Wachen ließen sie passieren. Ihr Vater begrub auf dem neuen Friedhof im Inselbad eigenhändig seine Frau, ehe sie weiterfuhren. Die hatten schon vorab alles bei den Schleppern bezahlt und sind noch am gleichen Tag weiter nach Bayern. Gehen Sie zurück über die Grenze. Wenn Sie Glück haben, verraten die Bayern Ihnen, wohin Ihr Vater und Ihr Bruder weiterreisten. Dort durfte zu der Zeit keiner bleiben."

Der Schmerz ließ Pauline zusammensacken. Ihr Körper fiel nach vorne, bis ihr Kopf zwischen ihren Knien hängenblieb. Ein gequälter, schrecklicher Laut entwich ihrer Brust. Tränen strömten aus ihren Augen. Warum ausgerechnet Carolin? Sie war eine liebevolle Frau und Mutter gewesen, in den letzten Jahren fast eine Freundin. Nie wieder würde sie ihren zarten Körper in ihre Arme schließen können!

Pauline weinte vor sich hin. Verwundert registrierte sie, dass eine der vorher so ablehnenden Frauen ihr tröstend den Rücken tätschelte.

„Das heißt…", Pauline richtete sich auf, „…in Untertürkheim gibt es ein Grab meiner Mutter?"

Die Frau zögerte, meinte dann aber:

„So wird es wohl sein."

„Bestimmt!", mischte sich eine andere Frau ein. „Die Flucht des Doktors mit der blutverschmierten Leiche seiner Frau in den Armen war seinerzeit Gesprächsthema. An den Namen kann ich mich nicht erinnern. Aber wenn Jana sich sicher ist, dass es Dr. Baitinger war."

„Gibt es dort eigentlich Grabsteine?", fragte Pauline heulend. Sie wunderte sich über den Pragmatismus ihres Verstandes.

„Das nicht, aber Holzkreuze mit in den Querbalken eingeschlagenen Namen. So wie Ihr Vater seine Frau liebte, investierte er das Geld dafür. Wenn Ihre Mutter dort liegt, werden Sie ihr Grab finden."

„Dann fahre ich nach Untertürkheim!"

„Tun Sie es nicht! Heute läuft die Volksabstimmung. So Gott will, gehören wir in zwei Wochen zu Bayern. Dann können Sie gefahrlos das Grab besuchen. Wer weiß, ob unsere Männer in Untertürkheim gerade nicht gegen die Nationalisten oder sonst wen um ihr Leben kämpfen."

Erneut weinte ich um meine geliebte Carolin. Ein ganzes Jahr lang hatte ich es geahnt und gleichzeitig nicht wahrhaben wollen, dass Sascha sie kaltblütig ermordet hatte. Nein, das stimmte nicht, zumindest wenn Keller Recht hatte. Aber Schuld an ihrem Tod trug er trotzdem. Hätte ein Richter der alten Bundesrepublik es auch so gesehen? Wie würde es ein Richter hier in Arabien beurteilen?

Scheiß auf die Mullahs! Wütend erhob ich mich vom Bett. Trotz der Schrecken des Bürgerkriegs und meiner Flucht war ich Mensch genug geblieben, Sascha um sein Schicksal zu bedauern. Sein qualvoller Tod machte Carolin auch nicht wieder lebendig. Entschlossen verließ ich mein Appartement und stieg die Treppe hinab. Keller saß noch immer hinter seinem Schreibtisch.

„Mit welchem Mullah muss ich reden, um Sascha aus seiner Hölle zu befreien?"

„Sind Sie jetzt endgültig übergeschnappt?"

Ich reagierte gekränkt. Am liebsten würde ich wortlos kehrt machen und mich ins Bett verkriechen. Sascha und ich waren ein Jahr zusammen durch die Hölle gegangen. Da war es doch nur natürlich, dass ich ihn nicht einfach im Stich ließ!

„Sie haben mir wohl vorhin nicht richtig zugehört", fuhr Keller ruhig fort. „Es hilft nichts, zu den Mutawwa zu gehen, um sich für Sascha einzusetzen. Die stecken Sie ohne viel Federlesen ebenfalls in den Kerker. Damit helfen Sie ihm nicht."

„Wenn Sie zu feige sind, menschlich zu handeln, ist das Ihr Ding. Ich bin noch nicht so abgestumpft wie Sie und will es auch nie werden!"

Es tat gut, meinem Ärger Luft zu machen. Wütend starrte ich Keller an. Dieser blieb ruhig.

„Sascha ritt sich selbst in die Scheiße. Hier wird ein viel höheres Maß an Anpassung verlangt, als er leisten kann. Staat, Geistliche und Bürger reagieren schon auf geringe Abweichungen drastisch. Er hat hier keine Chance. Das ist nicht Ihre Schuld!"

„Das weiß ich. Trotzdem will ich was für ihn tun."

„Obwohl er Ihre Frau auf dem Gewissen hat?"

„Ja."

„Sind Sie sicher, dass Sie was für ihn tun wollen? Reden Sie sich das nicht nur ein? Vielleicht verkraften Sie in Wahrheit den Schmerz um den Tod Ihrer Frau nicht und wollen ihr folgen?"

Bei seinen Worten meldete sich der tief unter meiner Wut verborgene Schmerz heftig zurück. Ein Teil in mir wollte die Wut verrauchen lassen, sich heulend in die Geborgenheit einer tröstlichen Umarmung begeben. Nur war niemand hierzu da. Keller spürte, dass seine Worte wirkten und fuhr eindringlich fort:

„Vergessen Sie Sascha und denken Sie nicht zu viel an den Tod Ihrer Frau. Beides ist Vergangenheit. Ihre Tochter lebt. Pauline eines Tages wiederzusehen ist Ihre Zukunft. Konzentrieren Sie sich lieber darauf!"

„Das kann ich nicht!" Tränen traten in meine Augen. „Ich muss was für Sascha tun."

Keller schienen meine Tränen unangenehm. Er senkte den Blick auf das Schriftstück vor sich und meinte:

„Bitte, dann versuchen Sie Ihr Glück!"

Enttäuscht, dass er nicht länger versuchte mich aufzuhalten, verließ ich sein Büro. Kurz zögerte ich, dann lief ich entlang der Zufahrt in Richtung Landstraße. Obwohl es Winter war, besaß die Sonne erstaunliche Kraft. Bald rann mir der Schweiß in Strömen herunter. Entlang des schwarzen Asphaltbandes lief ich durch sie sanft gewellte Sandwüste, in der vereinzelt karge Sträucher um ihr Leben kämpften. Ich kam mir selbst wie eine jener verkrüppelten Pflanzen vor, nur fehlten mir deren Robustheit und Lebenskraft. Keller hatte Recht. Verweichlicht von Jahrzehnten des Überflusses besaß ich nicht länger den Willen, in diesem unwirtlichen Land um mein Überleben zu kämpfen. Wozu auch?

An der Landstraße angelangt bog ich Richtung Stadt ab. Gelegentlich überholten mich große oder kleine Lastwägen, bullige Geländefahrzeuge oder einfache PKW. Alle hupten laut. Die meisten riefen mir etwas in ihrer unverständlichen Sprache zu. Es klang nicht so, als ob ihre Worte aufmunternd oder auch nur freundlich gemeint wären. Nach außen hin dies ignorierend, lief ich mit gesenktem Haupt vor mich hin.

Plötzlich bog von der Landstraße eine löchrige Abfahrt ab, die zu einer Tankstelle samt Werkstätte führte. Achtlos rosteten halb ausgeschlachtete Fahrzeuge vor sich hin. Unter dem Schatten spendenden Zementdach saßen einige Männer in traditionellen Gewändern auf grünen Plastikstühlen beieinander, zwischen ihnen eine Wasserpfeife und ein kupfernes Tablett mit Teegläsern. Auch die Gruppe rief mir spöttisch und unfreundlich klingende Worte hinterher. Den Kopf stur geradeaus lief ich weiter. Hässliche, würfelförmige Wohnhäuser, ohne jegliche Fenster zur Straße hin, tauchten auf. Ein struppiger, schwarzer Hund rannte auf mich zu und kläffte böse. Wie aus dem Nichts tauchte eine Horde Kinder neben mir auf, um mich zu verspotten. Dann flog der erste Stein. Mein Magen verkrampfte sich. War das mein Ende? Jämmerlich am Straßenrand krepieren, gesteinigt wie zu biblischen Zeiten? Ein schwerer Brocken traf meine rechte Schulter. Ich kam ins Stolpern. Panisch wollte ich um mein Leben rennen, als hupend ein weißer Geländewagen neben mir stoppte. Es war Keller in seinem rostigen Dacia. Hastig riss ich die Beifahrertür auf, zwängte mich hinein und schlug die Tür hinter mir wieder zu. Keller gab Gas, während mit lautem Scheppern Steine auf die Karosse und die vergitterten Fenster prasselten. Mein Herz schlug wild, während sich zugleich eine Glück ähnelnde Erleichterung ausbreitete. Ich wandte meinen Kopf Keller zu und rechnete ihm hoch an, dass er nicht lachte und sich jeden dummen Kommentar ersparte. Um nicht erneut an der Horde vorbei zu müssen, bog er nach links in eine Seitenstraße ab. An deren Ende fuhr er einfach querfeldein in Richtung der Weimann-Häuser. Es rumpelte und meine Wirbelsäule musste unsanfte Stöße einstecken. Trotzdem war ich mit seiner Entscheidung mehr als einverstanden. Erst in der Sicherheit der Garage wandte er sich mir zu.

„Geht´s wieder?"

Seine Worte benötigten viel Zeit, um in mein Bewusstsein zu sickern. Dann löste sich etwas in mir und machte einer schrecklichen Angst Platz.

„Die wollten mich steinigen", brach es schließlich aus mir hervor. „Wie im Mittelalter."

„Nun", meinte Keller trocken, „bei uns haben Blödmänner erst Flüchtlingsheime angezündet und später auf sie geschossen. Das war wohl auch kaum besser. Solange Sie hier in unserem Ghetto bleiben, lässt man Sie in Ruhe."

Zu diesem Zeitpunkt konnte Keller nicht wissen, wie schnell sich dies ändern würde.

Pauline hatte sich nicht davon abbringen lassen, das Grab ihrer geliebten Mutter zu besuchen. So saß sie auf der Ladefläche eines völlig überladenen LKWs, der mit sechzig gemächlich auf der B29 Richtung Westen fuhr. Trotz ihrer teuren Funktionskleidung fror sie erbärmlich. Das winterlich kahle Remstal bot aus dieser Warte keinen erfreulichen Anblick. Erst recht nicht, als rechts und links der Bundesstraße verfallende Fabrikationshallen der Gewerbegebiete in Sicht kamen. Sie fasste es kaum, in welchem Tempo der Wohlstand Schwabens sich verflüchtigt hatte. Auch ein Anschluss an Bayern würde hieran nichts ändern.

Kurz vor Waiblingen, wo B14 und B29 sich vereinigen, kamen von rechts Geländewagen voller Bewaffneter angerast. Der LKW blieb stehen. Gerade als er wieder losfahren wollte, erschien eine Kolonne schwerer Lastwagen, auf denen dichtgedrängt Soldaten saßen.

„Das bedeutet nichts Gutes", sprach eine der Frauen aus, was alle dachten.

Paulines Herz raste. Ihr Magen verkrampfte sich. Würde sie jetzt mitten in den Krieg geraten? Ihr Fahrzeug setzte sich langsam wieder in Bewegung. Vor dem Kappelbergtunnel verließ der Fahrer die Bundesstraße. Durch Fellbach fuhren sie in Richtung Untertürkheim. Alle lauschten mit jeder verstreichenden Minute ängstlicher und angespannter auf Kampfgeräusche. Stattdessen umgab sie eine geradezu unheimliche Stille. Der LKW hielt. Einige der Frauen stiegen ab und bekamen schwere Taschen und Körbe heruntergereicht. Knappe Abschiedsworte wurden getauscht, als der LKW auch schon wieder ruckelnd anfuhr. Pauline war eingeschärft worden, bis zum letzten Haltepunkt sitzen zu bleiben. Mehrmals wiederholte sich der Vorgang. Die Ladefläche leerte sich zusehends. Höchstens jedes dritte oder vierte Haus des Ortes war noch bewohnt. Mitten im alten Ortskern angelangt, waren plötzlich Schüsse zu hören.

„Die kommen vom Neckar, also ist zumindest noch niemand bei uns eingedrungen", beruhigte eine der wenigen noch verbliebenen Frauen.

Am alten Bahnhof erreichten sie die Endstation der Fahrt. Erneut waren Schüsse zu hören, diesmal lauter, näher und bedrohlicher. Die letzten Fahrgäste stiegen ab. Alle hatten es eilig, fortzukommen.

„Sind Sie die Frau aus Australien?", sprach ein hagerer Mann Pauline an.

„Ja."

„Gut, ich bin Roland, Ihr Führer und Gastgeber. Willkommen in Untertürkheim!"

Er hielt ihr zur Begrüßung seine schwielige Pranke hin.

„Was sind das für Schüsse?"

„Menschen von drüben haben gehört, dass die Bayern uns aufnehmen. Jetzt wollen die über den Fluss auf unsere Seite, um ebenfalls mit zu Bayern zu gehören. Unseren Kämpfern gefällt das nicht. Sie drohen und schießen in die Luft, um sie davon abzuhalten."

„Warum? Was ist schlimm daran, ein paar Leuten mehr Sicherheit und Schutz zu gewähren?"

„Ich weiß auch nicht."

Er zuckte demonstrativ mit seinen Schultern.

„Wir hungern schon jetzt!", mischte der Fahrer des LKW sich ein. „Da können wir nicht noch tausende Mitesser bei uns aufnehmen. Die Bayern machten es ausdrücklich zur Bedingung, dass wir unsere eigene Ernährung und Verteidigung unseres Gebietes gewährleisten."

„Aber früher ernährte Deutschland doch viel mehr Menschen und…"

„Früher!" Er schnaubte verächtlich durch die Nase. „Da gab es noch Kunstdünger, Pestizide und Landmaschinen in ausreichender Anzahl! Wir betreiben hier eine fast wieder mittelalterliche Landwirtschaft. Damals verhungerte regelmäßig ein Teil der Bevölkerung jämmerlich. Wir können die nicht aufnehmen und damit Basta!"

Pauline wollte empört weiter diskutieren, doch Roland sah sie warnend an. Also biss sie sich auf die Zunge.

„Kein guter Zeitpunkt, um den Neckar Richtung Filderfestung zu überqueren."

„Da muss ich nicht mehr hin." Tränen des Schmerzes und der Trauer füllten ihre Augen. „Auf dem Weg hierher erfuhr ich, dass meine Familie letzten Herbst von dort über Untertürkheim floh. Meine Mutter starb dabei und liegt im Inselbad begraben. Es reicht, wenn Sie mich zu ihrem Grab bringen und mir eine Nacht Obdach gewähren. Morgen fahre ich zurück nach Lorch."

„Gut. Sollen wir gleich das Grab Ihrer Mutter suchen?" Sie zögerte.

„Geht das?"

„Wir können es versuchen. Die Brücke von Wangen zur Insel und das parallel liegende Wehr sind zerstört. Der Neckar verengt sich durch die Trümmer zu einem reißenden Wasser. Ich glaube nicht, dass an dieser Stelle ihn jemand zu queren wagt. Außerdem ist allgemein bekannt, dass sich auf der Insel jetzt ein Friedhof für die auf der Flucht Gestorbenen befindet. Da will keiner freiwillig anlanden. Kommen Sie mit."

Er schulterte Ihren Rucksack und ging voraus. Sie liefen durch das Bahnhofsgebäude und unterquerten die Schienen. Der Karl-Benz-Platz lag verlassen da. Wenige Minuten später liefen sie auf der noch intakten Brücke von Untertürkheim hinüber auf die Neckarinsel. Auf der Insel war der Damm in Richtung Wangen mit Sandsäcken und Betonbrocken zu einer Befestigung ausgebaut worden. Pauline sah Soldaten mit automatischen Waffen auf die andere Seite des Flusses zielen. Grimmige Wachposten stellten sich ihnen in den Weg. Roland begrüßte diese und redete auf sie ein. Schließlich nickten die Wächter. Sie durften nach rechts zum Friedhof abbiegen.

Pauline hatte als Kind zahllose heiße Sommertage im Inselbad verbracht. Trotzdem oder auch gerade deswegen wirkte die Szenerie auf sie surreal. Linkerhand stand die Riesenrutsche schief. Die Sprungtürme im Hintergrund waren nur noch eine Ansammlung von durch rostige Stahlbänder zusammengehaltenen Betonbrocken. Das langgestreckte Gebäude mit den Umkleiden auf der rechten Seite war ausgebrannt und von Granateinschlägen durchlöchert. Auf den ehemaligen Liegewiesen dazwischen drängten sich dichte Reihen von Erdhügeln mit primitiven Holzkreuzen. Hunderte, wenn nicht gar Tausende mussten hier auf einfachste Weise begraben liegen, Carolin mitten unter ihnen. Ein Kloß bildete sich in Paulines Hals.

Hinter ihnen erklangen mehrere Garben aus automatischen Waffen, auf die schmerzerfüllte Schreie und lautes Wehklagen folgten. Erschrocken fuhr Pauline herum und lauschte. Ihr Führer seufzte hörbar, dann erklärte er:

„Menschen von der anderen Flussseite wollen über die alte Güterzugbrücke zu uns. Auch wenn sie unbewaffnet, mit erhobenen Händen und weißen Fahnen auf die Befestigungen zulaufen, wird auf sie geschossen. Manche versuchen es auch schwimmend oder mit einem selbstgebauten Floß. Denen ergeht es auch nicht besser."

„Das ist ja schrecklich!"

„Die breite Mehrheit empfindet es als notwendig. Ich kann nicht verstehen, wie die Menschen derart schnell so abstumpfen konnten. Aber lassen Sie uns nach dem Grab Ihrer Mutter suchen. Sie starb im November letzten Jahres?"

Pauline nickte.

„Wenn das auch nur ungefähr stimmt, wird es einfach. Die Toten werden hier streng chronologisch nebeneinander begraben."

„Aber was machen dann die dort?"

Pauline wies auf zwei Männer, die mitten in einer Gräber-Reihe soeben ein frisches Grab aushoben.

„Der Platz reicht nicht mehr für weitere Gräber aus. Deshalb hat man beschlossen, vom ältesten Grab ausgehend die Gräber ein zweites Mal zu nutzen. Es wird eine Grube ausgehoben, die Knochen werden eingesammelt und in der mit einer Stahltür versehenen ehemaligen Damendusche gestapelt, ehe eine weitere Person dort beerdigt wird. Aber keine Sorge, die sind noch lange nicht am Grab Ihrer Mutter angelangt."

Pauline konnte es nicht fassen, welche Bedeutung das Wort Recycling in Deutschland plötzlich bekommen hatte. Wortlos trottete sie hinter Roland her. Endlos liefen sie die Reihen der Kreuze ab. Das Grab ihrer Mutter war nicht zu finden. Pauline schöpfte Hoffnung, dass die Frau gelogen hatte und ihre Mutter noch lebte. Da blieb Roland stehen und deutete auf ein verwittertes, aus alten Zaunlatten primitiv zusammengenageltes Kreuz. Als sie darauf tatsächlich den Namen ihrer Mutter las, sank sie in die Knie, fiel vornüber und lag weinend mit dem Gesicht in der Erde des Grabhügels. Bilder glücklicher Kindheitstage und peinlicher, pubertärer Auseinandersetzungen überfluteten sie. Vor sich hin murmelnd dankte sie ihrer Mutter für all ihre Liebe und entschuldigte sich dafür, nicht hartnäckiger mit ihrem Vater um eine gemeinsame Flucht gerungen zu haben. Überhaupt, das letzte Gespräch, das sie mit ihrer Mutter geführt hatte. Sie hatten sich am Abend ihrer Flucht aus Stuttgart über einen Friseur unterhalten. Wie peinlich war das denn! Wenn sie sich in ihrem letzten Gespräch doch wenigstens über etwas Ernsthaftes, Wichtiges unterhalten hätten, über Kinder oder Liebe, oder meinetwegen auch Politik. Wobei, hatten sie nicht letzten Endes über die Liebe gesprochen? Ihre Gedanken schweiften zurück an den Abend ihrer Flucht, als sie im Streit mit ihrem Vater das elterliche Haus verlassen hatte, um auf dem Gehweg ein letztes Mal mit ihrer Mutter zu sprechen:

„Paulinchen!" Ihre Mutter legte den Arm um ihre Schultern und drückte sie kurz, ehe sie fortfuhr. „Sei doch bitte nicht so streng mit deinem Vater. Er meint es nicht so."

„Doch Mama, Papa meint es exakt so! Wie soll er es auch sonst meinen?"

„Es fällt ihm halt schwer zuzugeben, dass er im Unrecht ist."

„Stimmt, Papa ist ein elender Besserwisser und Rechthaber! Wie hast du es nur dreißig Jahre an seiner Seite ausgehalten?"

Sie griff sich in ihre Haare. Schon beim Kommen war Pauline ihr neuer Farbton aufgefallen.

„Gerade ist es besonders schwer mit Jens", meinte sie schließlich. „Deswegen bin ich auch wöchentlich beim Friseur."

„Was hat das mit Papa zu tun?"

Irritiert starrte Pauline ihre Mutter an. Machte sie sich hübsch, um einem anderen Mann zu gefallen? Wollte die sich mit fast sechzig noch von Papa scheiden lassen?

„Nicht so, wie du denkst!"

Carolin errötete. Pauline konnte sich nicht erinnern, ihre Mutter jemals Erröten gesehen zu haben.

„Wie dann?"

„Ich weiß, das klingt jetzt schrecklich. Aber in meinem Alter ist man, zumindest wenn einem die Liebe fehlt, schon froh, wenn ein junger Mann einem auf charmante Art seine Aufmerksamkeit schenkt und einen berührt. Auch wenn es nur der Friseur ist."

Pauline lag noch lange weinend auf dem Grab ihrer Mutter. Sie hoffte, dass ihre Mutter in ihren letzten friedlichen Jahren eine leidenschaftliche Affäre mit ihrem Friseur hatte. Die Erbärmlichkeit eines Lebens, in dem notwendige Berührungen beim Haareschneiden am Kopf oder ein freundschaftliches Tätscheln der Schulter, bereits als Liebes-Krumen galten, sollte ihrer Mutter erspart geblieben sein. Langsam verblassten Paulines innere Bilder. Ihr Schmerz klang ab. Dafür kroch die Kälte immer tiefer in sie. Mühsam erhob sie sich. Roland war verschwunden. Am Himmel zeichnete sich die baldige Dämmerung ab. Suchend blickte sie um sich. Endlich entdeckte sie Roland im Gespräch mit den beiden Männern, die das Grab fertig ausgehoben hatten. Er winkte ihr zu, verabschiedete sich von den

Männern und schulterte ihren Rucksack. Mit ernstem Gesichtsausdruck kam er auf sie zu.

„Danke, das war wichtig für mich", empfing Pauline ihn.

„Ich habe die Totengräber nach Ihrem Vater gefragt. Eigentlich hatte ich wenig Hoffnung. Aber Ihr Vater war bekannt. Er traute sich als einziger Arzt aus der Festung dort droben", er wies in Richtung Wangener Höhe, „heraus und behandelte auch Menschen im zerbombten Niemandsland. Gemeinsam mit Ihrem Bruder beerdigte er Ihre Mutter auf dem Flüchtlings--Friedhof, ehe sie ihre Flucht nach Bayern fortsetzten."

Pauline beruhigte es, die Angaben der Frau bestätigt zu bekommen. Wenn sie nur wüsste, wo ihr Vater und ihr Bruder sich gerade aufhielten!

Ungewohnter Lärm weckte mich. Schlaftrunken vernahm ich das Heulen von Sirenen und das laute Trappen zahlloser Füße, die durch den Flur rannten. Dann erst drangen das laute Klopfen und Kellers Rufen zu mir durch. Ein Stoß Adrenalin verschaffte mir Energie und einen klaren Kopf. Ich lief zur Tür und öffnete.

„Was ist los?"

„Luftalarm, kommen Sie mit!"

Keller drehte sich um und rannte in Richtung Treppe. Automatisch folgte ich ihm. Im Treppenhaus stellte ich verblüfft fest, dass alle nach oben liefen.

„Was soll das denn? Bedeutet Luftalarm nicht, dass wir aus der Luft angegriffen werden?"

„Doch."

„Wo laufen dann alle hin?"

„Aufs Dach."

„Warum? Ich meine, wären wir im Untergeschoss nicht sicherer?"

„Sicher wären wir das. Aber wir haben keinen Keller oder gar Bunker. Die Saudis in Dammam haben welche und stürmen sicher gerade alle dort hinein. Dafür werden wir auch nicht angegriffen. Wir gehen nach oben aufs Dach, um zu sehen, wie die von uns verbesserte Luftabwehr arbeitet."

Sowohl die Sensationslust als auch die Verwendung des Wörtchens „uns" stießen mich ab. Wir wurden hier mies behandelt. Trotzdem identifizierten sich die Deutschen hier mit ihrer Aufgabe und den Saudis.

Als ich auf dem Dach ankam, sah ich im Osten von verschiedenen, über das Stadtgebiet verteilten Stellungen aus die Feuerschweife von Luftabwehr-Raketen in den schwarzen Himmel steigen. Kurz darauf blitzte noch weiter im Osten, über dem Meer, ein Feuerball auf.

„Treffer!", rief einer. Alle jubelten.

Kurz darauf erfolgten mitten in Dammam mehrere heftige Explosionen.

„Scheiße, die Luftabwehr taugt immer noch nichts", fluchte einer, als mich ein Erdbeben von den Beinen riss. Noch im Fallen verursachte ein lauter Knall in meinen Ohren ein Klingeln. Da ich im Hintergrund gestanden hatte, stürzte ich nicht wie die Meisten zu Boden, sondern blieb auf dem Metallkasten einer technischen Installation liegen. Mein Blick war das lange Flachdach entlang Richtung Norden gerichtet. Was ich dort sah, verursachte mir Grauen. Der hintere Teil des Flachdaches kippte langsam, aber unaufhaltsam, samt der darauf liegenden Menschen nach unten weg. Trotz der Entfernung und der spärlichen Beleuchtung meinte ich das Entsetzen auf den Gesichtern der Todgeweihten zu sehen. Meine Arme stießen mich von dem Metallkasten ab. Ich drehte mich um und rannte Richtung Treppenhaus um mein Leben. Meine auf dem Boden liegenden Leidensgenossen, unter ihnen Keller, starrten noch immer Richtung Norden. Ich musste die Treppe erreichen, ehe die anderen mich zu Tode trampelten und vor allen Dingen, ehe der Betonklotz mich unter sich zermalmte. Ich war erst eines von zwölf Stockwerken hinabgerannt, als jüngere Männer mich einholten und rücksichtslos zur Seite stießen. Zum Glück verletzte ich mich nicht ernsthaft, sondern rollte über den Flur des elften Stockes. Sofort rappelte ich mich wieder hoch, hastete zurück zur Treppe. Was sich dort abspielte, verstärkte mein Grauen. Männer stießen einander rücksichtslos über das zu niedrige Geländer in die Tiefe, verhakten sich in ihrem Eifer ineinander und stürzten im Knäul die Stufen hinab. Das Klingeln in meinen Ohren verhinderte, dass ich ihr Fluchen und Schreien vernahm. Ich hielt inne. Der Boden vibrierte nur noch leicht. Der nördliche Teil des Gebäudes war in sich zusammengesackt, während der südliche hielt, zumindest vorläufig. Trotz meiner Angst zog ich mich durch eine offen stehende Tür in ein Appartement zurück und verschloss dessen Tür hinter mir. Mit dem Rücken an die Tür gelehnt sank ich auf den Boden hinab. Dort blieb ich sitzen. Erneut vibrierte der Boden. Obwohl ich nicht christlich war, bekreuzigte ich mich und begann zu beten. Mit Tränen in den Augen flehte ich Gott um mein Leben an. Er sollte mich zumindest einmal noch meine geliebte Tochter Pauline in die Arme schließen lassen! Mein ganzer Körper nahm die nächste Erschütterung wahr. Fiel der

Dreckskasten jetzt in sich zusammen? Voller Inbrunst, mit dem Himmel entgegen gestreckten Händen murmelte ich Worte für einen Gott, von dessen Existenz ich plötzlich überzeugt war.

Tatsächlich kam das Gebäude zur Ruhe. Das Klingeln in meinen Ohren ließ nach. Ich begann wieder zu hören. Als erstes drang Kellers Stimme zu mir, die wie üblich Befehle bellte. Erleichtert erhob ich mich und öffnete die Tür. Draußen hatte sich Keller über eine grotesk verrenkt daliegende Gestalt gebeugt, zwei Finger zur Pulsmessung an seinem Hals. Im Hintergrund warteten zwei Männer mit einer Trage. Einer von ihnen leuchtete mit einer starken Handlampe die Szene aus. Der irre Winkel des Kopfes der Gestalt zu ihrem Körper verriet mir die Sinnlosigkeit von Kellers Tun.

„Der ist tot!"

Keller sah auf. In seinem Blick lagen sowohl Erstaunen als auch Erleichterung.

„Wenigstens Sie leben also noch?"

„Sieht so aus."

„Das ist gut Doktor, für Sie gibt es jede Menge zu tun."

Den Rest der Nacht schiente ich Brüche, nähte Gewebe und setzte Spritzen. Erst mit Einsetzen der Morgendämmerung waren alle Verletzten notdürftig verarztet. Mich erstaunten die grimmige Entschlossenheit und der Hass, mit denen alle auf das Bombardement reagierten. Meine Landsleute fühlten sich persönlich attackiert. Grau vor Zementstaub erschien Keller in der Arztstation. Er wankte vor Erschöpfung. Da kein Stuhl frei war, sank er auf den Boden und lehnte sich an die Wand.

„Ohne Spürhunde und schweres Räumgerät kommen wir nicht weiter!"

„Und? Werden Sie dieses erhalten?"

„Vermutlich nicht."

„Wer hat uns da angegriffen?"

„Natürlich die Iraner. Die haben vor zwei Jahren Dammam schon einmal mit Raketen beschossen. Das ist mit ein Grund, warum ausgerechnet hier unsere Ingenieure und Elektrotechniker an einer Verbesserung der saudischen Luftabwehr mitarbeiten."

„Offensichtlich ohne Erfolg."

„Im Gegenteil, alle anfliegenden Raketen sind durch die von uns verbesserte Luftabwehr unschädlich gemacht worden. Nur haben die Iraner neuerdings mit russischer Hilfe massenhaft Marschflugkörper gebaut. Die griffen unterhalb des Radars übers Meer fliegend an. Dagegen hilft keine Luftabwehr.

Die Saudis sind mit unseren Technikern trotzdem zufrieden. Zu unserem eigenen Schutz müssen wir in verschiedene, über die ganze Gegend verteilte Gebäude umziehen."

Als er dies sagte und wie er so dasaß, machte er einen ziemlich deprimierten Eindruck.

„Was wird dann aus Ihnen?", fragte ich. „Werden Sie dann überhaupt noch gebraucht?"

Seine Lippen wurden schmal. Er zauderte mit seiner Antwort. Schließlich kam sie doch:

„Ich weiß es nicht. Hannah glaubt jedenfalls nicht mehr an mich."

„Hat sie das gesagt?"

„Nein, schlimmer, sie hat mich verlassen und ist jetzt mit einem der führenden Ingenieure zusammen. Ich kann es ihr nicht verdenken. Unsere Gastgeber, die Herrscher hier, sind gnadenlos. Wer nicht mehr von Nutzen ist, wird weggeschickt."

„Weggeschickt?" Eine irrationale Hoffnung erfüllte mich. „Wohin?"

Er sah mich lange an.

„Haben Sie die Schnauze voll von hier?"

„Allerdings!"

Erneut zauderte er. Schließlich räumte er ein:

„Ich darf, wenn ich will zurück nach Europa."

„Nach Europa?"

Er nickte.

„Dann komme ich mit!"

„Ich dachte Sie wollten nach Australien, Ihre Tochter dort besuchen."

„Das schaffe ich ohnehin nicht. Ich will zurück nach Hause!"

„Stellen Sie es sich nicht zu einfach vor. Ein Seelenverkäufer schippert uns nach Griechenland. Die Helenen erhalten von den Saudis ein bisschen Öl. Im Gegenzug lassen sie ausgewiesene Europäer an ihren Küsten landen. Dann kümmert sich keiner mehr um einen. Man muss sich selbst über die Balkanroute in seine jeweilige Heimat durchschlagen."

„Die lassen uns den gleichen Weg nehmen, den vor wenigen Jahren noch arabische Flüchtlinge nahmen?"

„Ja, das ist deren Art von Humor. Inklusive des Risikos unterwegs jämmerlich zu ersaufen. Kommen Sie mit?"

Ich schlug in seine ausgestreckte Hand ein.

„Dann lass uns aber einander endlich duzen. Ich bin der Jens."

„Und ich der Wolf."

Er zog sich an meiner Hand hoch.

„Lass uns keine Zeit verlieren."

*

Pauline reiste auf dem gleichen Weg, den sie gekommen war, von Untertürkheim zurück nach Aalen. Die Remstäler hatten mit überwältigender Mehrheit für einen Anschluss an Bayern gestimmt. Pauline war überrascht, welche Veränderung die Perspektive, bald wieder zu einem funktionierenden Staat zu gehören, bei den Menschen bewirkte. Noch gestern meist stumpf und verbittert dreinblickende Gesichter glänzten über Nacht voller Hoffnung. Zurück in Aalen begab Pauline sich direkt zum Roten Kreuz. Angeblich erhielt man dort Auskunft über den Verbleib seiner Angehörigen, sofern diese von den Behörden erfasst waren. Ganz vage hoffte sie, ihr Vater und ihr Bruder hätten doch einen Weg gefunden, in Bayern zu bleiben.

Der karge, mit einem schmutzig-grauen Noppenboden ausgelegte Warteraum, dessen nackte Betonwände unappetitliche Flecken aller Größe aufwiesen, war nur etwa zur Hälfte gefüllt. Pauline zog aus einem hellgrünen Apparat eine Nummer, dann nahm sie Platz auf einer mit aufgemalten und eingeritzten Botschaften übersäten Holzbank. Gemeinsam mit ihr wartete ein gutes Dutzend anderer. Bis auf wenige Ausnahmen handelte es sich um Frauen mittleren Alters. Zunächst dachte Pauline, dass die Sache nicht lange dauern könnte. Es dauerte über zwanzig Minuten, bis sich die Tür öffnete, eine Rotz und Wasser heulende Frau um die sechzig aus ihr herauskam. Bei dem Tempo würde sie noch lange warten müssen. Es war bereits nach drei Uhr. Würde sie heute überhaupt noch drankommen? Mit wenig Hoffnung blieb sie sitzen. Vor drei Jahren hätte sie nicht die Duldsamkeit besessen, Zeit in ein so aussichtsloses Unterfangen zu investieren. Auch wenn Sie bisher Glück gehabt hatte und glimpflich durch Kriege und Krisen gekommen war, hatten diese sie nachhaltig verändert.

Gelangweilt hob sie den Blick zu dem unter der Decke angebrachten Bildschirm. Dort lief ohne Ton eine Nachrichtensendung des Bayrischen Rundfunks. Ein Journalist interviewte einen Anzugträger, vermutlich einen Politiker. Eine solche Sendung ohne Ton erschien ihr absolut sinnlos. Oder lief der Kanal nur wegen des Newstickers am unteren Bildschirmrand? Dort lief eine endlose Abfolge grausiger Neuigkeiten. In Dortmund hatte ein islamistischer Selbstmordattentäter auf einem Markt dreißig Menschen mit in den Tod gerissen, vermutlich als Racheakt an den Nationalisten. In Frankreich verkündete Marine Le Pen, die Sicherheitskräfte hätten nach jahrelangen Kämpfen endlich Saint Denis vollständig unter Kontrolle gebracht. Pauline schauderte bei dem Gedanken, wie viele Zivilisten hierbei ums Leben gekommen sein mochten. In der Ägäis war bei einem Wintersturm ein völlig überladenes Flüchtlingsboot gesunken. Die griechische Marine sprach von hunderten Toten. Ob unter den Toten auch arabische Flüchtlinge waren? Pauline hatte gehört, dass die gefährliche Passage auf solchen Booten heutzutage nur noch von Europäern genutzt würde, die aus anderen Ländern ausgewiesen worden seien. Sie konnte sich nach wie vor nicht vorstellen, dass dies stimmte.

Vor ihren Augen zog ein endloses Band an Schreckensmeldungen vorbei. Bei allen ging es um Tote in großer Anzahl. Etwas anderes schien keine Berichterstattung wert. Noch vor wenigen Jahren hatte der durchschnittliche Mitteleuropäer mit dem Tod die meisten Jahre seines Lebens nichts zu tun gehabt. Jetzt war das Sterben in den Alltag zurückgekehrt. So wunderte es Pauline beinahe, dass dies dem Sender überhaupt noch eine Meldung wert war. Unvermittelt sprang sie auf, wies mit dem Finger aufgeregt auf den Bildschirm und fragte laut in die Runde:

„Der Mann da, kennt den jemand?"

In den stumpfen Blicken ringsum flackerte vereinzelt ein Funke Neugierde. Träge drehten sich Köpfe in Richtung des Bildschirmes. Eine Frau meinte:

„Das ist Herr Balmer, der Landrat vom Remstal."

„Nicht der grauhaarige im Anzug", entgegnete Pauline erregt, „sondern der junge Blonde hinter ihm."

Mäßig interessiert hob die Frau erneut den Blick.

„Keine Ahnung, den kenne ich nicht."

„Seinen Namen weiß ich auch nicht." Ein Mann räusperte sich. „Aber den habe ich schon oft in Balmers Schatten gesehen. Sicher gehört er zu seinem Stab."

„Wo finde ich den Balmer?"

„Na, im Schorndorfer Schloss."

Ohne ein Dankeschön sauste Pauline zur Tür hinaus.

Das mit der Ausreise aus Saudi Arabien war schneller gekommen, als Keller und ich dachten. Fast zwanzig Stunden Fahrt in einem unbequemen, überfüllten Bus lagen hinter uns, als ich mit schmerzenden, steifen Gliedern ausstieg. Über uns erhob sich eine mächtige, mittelalterliche Festung. Eine frische, nach Salz duftende Brise kündete von der Nähe des Mittelmeeres. Unsere Busse waren umringt von einer Menge mit schwarzen Hidschabs verhüllten Frauen, die uns mit einem gellenden Triumphgeschrei empfingen. Zwischen ihnen und uns befand sich eine Kette ganz in Weiß gekleideter Mutawwa mit langen Holzprügeln.

Diese mussten nicht zum Einsatz kommen, da sich die Frauen offensichtlich damit begnügten, uns aus der Distanz zu beschimpfen, zu verhöhnen und mit kleinen Steinchen zu bewerfen.

„Warum sind die hier?", fragte ich den an meiner Seite auftauchenden Keller.

„Alles Inszenierung für ihr Fernsehen. Siehst du dort die Kameras?"

Tatsächlich wurden wir von zwei extra zu diesem Zweck errichteten Plattformen von professionellen Kameras über die Köpfe der Frauen hinweg gefilmt.

„Wir sind in Akkon", fuhr Keller fort. „Die Stadt war einst der Hafen europäischer Kreuzfahrer und deren letzter Rückzugsort auf arabischem Gebiet. Sultan al-Malik warf sie in einer blutigen Schlacht Ende des dreizehnten Jahrhunderts aus Arabien. Nur wenigen Glücklichen gelang auf ihren Schiffen die Flucht nach Europa. Die letzte noch erhaltene Kreuzfahrerfestung hinter uns macht sich bestimmt gut im Bild. Die setzen das Ganze für ihre Nachrichten gekonnt in Szene. In Schimpf und Schande werden die letzten Kreuzfahrer davongejagt, verhöhnt von gläubigen Frauen. Nicht umsonst mussten wir hier aus den Bussen steigen, statt direkt am Schiff. Zu Fuß müssen wir durch den Pöbel hinunter zum alten Hafen."

Ich zweifelte an Kellers Worten, aber einmal mehr behielt er Recht. Wir mussten mehrere hundert Meter durch geifernde, uns bespuckende Frauen und Jugendliche bis zum alten Hafen laufen. Kamerateams liefen neben uns her und fingen massenhaft demütigende Szenen ein. Ich war froh, als ich das türkisblaue Wasser des Meeres erblickte. Eine frische Brise fegte über das Mittelmeer herein. Sie brachte die Verheißung der

Freiheit mit sich. Neben zahllosen kleinen Motor- und Segelbooten, sowie einer Handvoll Fischkutter lag dort nur ein größeres Schiff. Bei seinem Anblick rief ich:

„Das kann doch nicht deren Ernst sein!"

„Was hast du erwartet?", knurrte Keller. „Einen Luxusdampfer?"

„Natürlich nicht, aber..."

Ich brach ab. Keller hatte mich schließlich vorgewarnt, dass die Araber uns den gefährlichen und demütigenden Weg wiederholen lassen würden, den wir einst ihren Brüdern und Schwestern zugemutet hatten. Verglichen damit war das Gefährt womöglich sicher und komfortabel.

„Ausgerechnet ein Grieche", knurrte Keller weiter. „Den haben Sie bestimmt angeheuert, weil deren Flagge ein Kreuz enthält, was unsere Abfahrt noch symbolträchtiger macht."

Am Heck des völlig verrosteten Frachters wehte stramm die hellblau-weiße Flagge der Hellenen über dem dort angebrachten Schriftzug *Medusa*. Auf Deck drängten sich dicht an dicht zerlumpte Gestalten. Die ersten unserer Gruppe erreichten soeben die Gangway und stiegen diese eilig empor. Die ganze Szenerie erinnerte mich an alte Schwarz-Weiß-Filme aus dem zweiten Weltkrieg. Einem Teil von mir fiel es noch immer schwer zu akzeptieren, dass dies nicht Hollywood war, sondern meine bittere Realität. Um nicht in trübe Gedanken zu versinken, widersprach ich Keller:

„Ich glaube nicht, dass sie die Griechen wegen der Symbolik ihrer Flagge ausgewählt haben."

„Warum sonst?"

„Weil die Hellenen das humanste Volk am Mittelmeer sind. Die Spanier oder Italiener würden bettelarme, verlauste Gesellen wie uns nicht in ihr Land lassen. Von den Franzosen unter Marine Le Pen brauchen wir erst gar nicht reden."

Vor der Gangway der *Medusa* gab es Gedränge. Unter dem Gewicht meines Koffers ächzend, hielt ich an. Soeben wollte ich meinen Rucksack abstellen, als ein heftiger Schlag auf die rechte Seite meines Kopfes mich zu Boden warf. Kurz davor das Bewusstsein zu verlieren nahm ich wahr, dass die Menschen um mich herum in Panik zu gerieten. Mein Herz schlug wild und verzweifelt. Um nicht zu Tode getrampelt zu werden, versuchte ich mich wieder aufzuraffen. Keller stemmte sich mit aller Kraft gegen die andrängende Menge und versuchte mich hierdurch zu schützen. Ein genauso tapferes wie sinnloses Unterfangen. Jemand trat auf mein Bein. Ich sank erneut in Richtung Boden. Mit letzter Kraft klammerte ich mich an die Umstehenden, um nur nicht unter ihre Füße zu geraten. Schüsse fielen. Ich konnte nicht mehr und ließ schicksalsergeben los. Sofort stürzte ich auf das Kopfsteinpflaster. Tränen der Wut, nun doch Pauline nie wiederzusehen, traten in meine Augen.

Da ließ der Druck der Umstehenden plötzlich nach. Kellers eiserne Pranke griff mich am Kragen und zog mich hoch. Benommen kam ich wieder auf die Füße.

„Geht´s?", fragte er mit ehrlicher Besorgnis.

„J..ja", antwortete ich unsicher.

Mit der Hand langte ich an die Stelle des Kopfes, auf die ich den Schlag erhalten hatte. Sie fühlte sich feucht an. Die Berührung tat höllisch weh. Erschrocken zog ich die Hand zurück. Blut klebte an ihr.

„Du wurdest von einem Stein getroffen, einem größeren als die Weiber bisher warfen. Du warst nicht der einzige. Panik brach aus. Aber die Sicherheitskräfte schossen in die Luft und drängten mit ihren Prügeln die Menge zurück."

Keller packte meinen schweren Rucksack, nickte mit dem Kinn in Richtung Gangway. Noch immer benommen stolperte ich auf sie zu, griff mit beiden Händen rechts und links nach dem rostigen Geländer und stieg die steile Bretterpiste empor. An Bord der *Medusa* wurden wir durch eine Luke dirigiert und mussten im Schiffsinneren eine ebenso rostige Treppe hinab. So gelangten wir in einen geräumigen Stückgut-Laderaum von mindestens sechs Metern Höhe. Dicht an dicht drängten sich hier die Menschen. Bald steckten wir fest. Es ging weder vor noch zurück. Sollte ich hier die ganze Überfahrt ausharren?

„Ich will lieber an Deck!", rief ich panisch.

„Pech, da hätten Sie früher kommen müssen", meinte ein Mann neben mir. „Aber seien Sie froh. Bei Nacht weht da droben ein eisiger Wind. Und wenn wir erst einmal in einen Sturm geraten, wird es an Deck so richtig ungemütlich."

„Glauben Sie es ist besser, wenn hier unten alle vor Seekrankheit kotzen und sich in die Hose pissen?"

Was auch immer ich durchzustehen hatte: Ich betete, dass der rostige Kahn wenigstens nicht unterging!

In diesem Moment erscholl von Deck ein lautes Tuten. Die Maschinen nahmen stampfend ihre Arbeit auf. Der Boden unter uns erzitterte. Offensichtlich legte die *Medusa* soeben ab.

In Schorndorf musste sich Landrat Balmer neuerdings in relevanten Angelegenheiten mit einer von der bayrischen Regierung entsandten Beamten-Delegation abstimmen. Das passte dem geborenen Alpha-Tier gar nicht. Seine hierdurch verursachte schlechte Laune ließ er vornehmlich an mir aus.

Dies war nicht der einzige Grund, aus dem ich heute ungewohnt früh Feierabend machte. Ich stand kurz davor, beim Landrat ganz aufzuhören. Politik und Verwaltung hatten mich nie gereizt. Nur die von mir eingesehene Notwendigkeit, jemand müsse zum Wohle der Menschen gewisse Dinge anpacken, hatte mich in Balmers Vorzimmer geführt. Es galt, ihn gegen Struve und andere Kriegsherren zu stärken, damit sich diese nicht zu Warlords entwickelten. Das war uns gelungen. Struve war ausgeschaltet und unsere Kämpfer wurden in eine demokratisch kontrollierte Armee integriert. Überhaupt lief es für die einfachen Leute besser, seit wir wieder zu einem funktionierenden Staat gehörten.

Gegenüber meinem Haus lungerte ein vierschrötiger Typ in Flecktarn und rauchte eine Zigarette. Angst fuhr mir in den Magen. Genau solche Typen hatte Struve mit Vorliebe um sich geschart. War er hier, um Rache zu üben? Mit äußerster Anspannung, bereit einen etwaigen Angriff abzuwehren, zog ich meinen Schlüssel aus der Tasche. Warum war ich bisher nur so töricht gewesen, auf eine Pistole zu verzichten? Mit ihr würde ich mich jetzt deutlich sicherer fühlen.

Meine Hände zitterten. Ich brachte den Schlüssel kaum ins Schloss. Um dem Mann nicht den Rücken zuzukehren, stand ich quer zur Tür, was die Sache nicht vereinfachte. Endlich gelang es mir. Hektisch öffnete ich die Tür, ging hinein und schlug sie hinter mir wieder zu. Mit der massiven, alten Eichentür zwischen mir und ihm fühlte ich mich sicherer. So stand ich einige Augenblicke mit wild pochendem Herzen, den Rücken an die Tür gelehnt. Aus der Küche drangen das Gezeter zweier Frauen und der Gestank kochenden Kohls zu mir. Wie immer brannte am Fuße der alten Holztreppe eine erbärmlich schwache Energiesparlampe und verbreitete schummriges Licht. Ich stieß mich von der Tür ab, lief auf die Stiege zu. Diese mehr oder weniger im Dunkeln hochzusteigen war ich mittlerweile gewöhnt. Heute schienen mir die alten Bohlen und Stiegen der Treppe besonders laut zu knarzen. Überhaupt gab das alte Fachwerkhaus heute besonders viele, bedrohlich klingende Geräusche von sich. Lag es am Haus? Oder an meinen durch die Bedrohung geschärften Sinne? Jedenfalls verspürte ich den starken Wunsch, in meine Kammer zu schlüpfen, um mich zu verbarrikadieren. Selbst die Aussicht auf eine warme Mahlzeit würde mich heute nicht wieder aus ihr hervorlocken. Der Schlüssel steckte bereits in der Tür meiner Kammer, als im Dunkel hinter mir das überlaute Knarzen einer Bohle die Anwesenheit einer anderen Person verriet. Kampfbereit, vollgepumpt mit Adrenalin, fuhr ich herum.

„Yannick?", erklang es fragend aus dem Dunkel.

*

Der rostige, überladene Kahn schaffte trotz heftiger Winterstürme die Überquerung des Mittelmeeres. Im Hafen von Thessaloniki legten wir an. Die Menschen hatten es so eilig von Bord der *Medusa* zu kommen, dass es an der Gangway zu Rangeleien und lautstarken Streitereien kam. Keller und ich warteten geduldig ab, bis der Andrang nachließ. Dann griffen wir unsere Rucksäcke und gingen ebenfalls von Bord.

Wieder einen Fuß auf europäischen Boden zu setzen, war lange nicht so erhebend, wie ich es mir ausgemalt hatte. Selbst die Erleichterung, den stinkenden Rost-

Kahn zu verlassen, wurde durch meine Angst vor der vor mir liegenden Ungewissheit überlagert.

„Wir sind zurück in Europa und niemand interessiert sich dafür", stellte ich nüchtern fest. „Es gibt hier nicht einmal Grenzkontrollen."

„Warum auch? Krieg und wirtschaftlicher Zusammenbruch, verbunden mit Hungersnöten und Krankheitsepidemien, schrecken genug ab."

„Haben die Griechen keine Angst vor uns?"

„Doch."

Keller zeigte mit dem Finger auf den meiner Aufmerksamkeit entgangen Stahlturm. An der Spitze war ein Maschinengewehr montiert, mit dem ein Uniformierter in unsere Richtung zielte. Unterhalb des Turmes hielt sich eine Gruppe berittener Polizisten bereit.

„Ich schätze mal, sobald einer aufmuckt, machen die mit ihm kurzen Prozess."

„Trotzdem, die Griechen leiden doch selbst Hunger. Mich wundert schon, dass die uns reinlassen."

„Wir bringen schließlich Geld. Die Araber liefern Öl als Bezahlung dafür, dass die Griechen uns mit ihren Schrottkähnen übers Mittelmeer schippern. Jeder der hier von Bord geht, trägt begehrte Devisen bei sich, die wir hier ausgeben müssen."

„Glaubst du unser Geld reicht für die Fahrt bis Deutschland?"

„Nein. Wir nehmen diesen Weg."

Er zeigte auf ein Schild. Es handelte sich um einen weißen, zerbeulten und verrosteten Wegweiser, auf dem ein Wanderer mit Rucksack abgebildet war.

„Nur 1.427 Kilometer? Wenn wir uns ranhalten, sind wir zum Beginn des Frühlings wieder zu Hause."

„Du hast die Identität eines Nachbarn angenommen?"
Landrat Balmer starrte mich fassungslos an.

„Tut mir leid, aber ich wollte nicht Sie täuschen."

„Wen dann?"

„General Wahler! Meine Eltern trauten sich nicht weg.
Daher durfte der General nicht erfahren, dass ich für
Sie arbeite. Wahler hätte keine Sekunde gezögert, mich
mit dem Leben meiner Eltern zu erpressen."

Balmer starrte mich grimmig an. Schließlich nickte er.

„Dem Wahler wäre so etwas zuzutrauen. Trotzdem hättest du zumindest mir gegenüber mit offenen Karten
spielen müssen. Wäre es rausgekommen, hättest du
mich mit ins Verderben gerissen."

„Tut mir leid!", ich senkte beschämt den Blick. „Das
war mir nicht bewusst."

Er nickte grimmig.

„Wieso erzählst du mir ausgerechnet heute davon?"

„Aus zwei Gründen, zum einen tauchte überraschend
meine Schwester auf. Da will ich das Lügenspiel nicht
länger aufrechterhalten. Zum anderen…"

Ich brachte kein weiteres Wort hervor. Balmer sah
mich scharf an, dann entgegnete er:

„Das mit deiner Schwester freut mich für dich. So wie
du dreinschaust, scheint dein zweiter Beweggrund weniger erfreulich zu sein."

Ich nickte stumm.

„Deine Eltern?"

Erneutes Nicken.

„Tot?"

Ich musste mich mehrmals räuspern.

„Meine Mutter liegt in Untertürkheim begraben."

„Im Inselbad?"

„Ja."

„Wann ist Sie gestorben?"

„Vor gut einem Jahr."

„Du hast es aber eben erst erfahren? Mein Beileid zu deinem schweren Verlust. Was ist mit deinem Vater?"

„Ihm gelang damals mit unserem Nachbarn die Flucht. Sascha reiste mit meinen Papieren als sein Sohn."

„Wo sind sie jetzt und wie geht es ihnen?"

„Leider weiß ich es nicht. Sie flüchteten zunächst nach Ungarn. Keine Ahnung, ob sie noch dort sind. Aber da meine Eltern nicht mehr in der Filderfestung leben, brauche ich mich nicht mehr vor Wahler zu fürchten."

Wir sahen einander stumm an.

„Willst du weiter für mich arbeiten?"

„Es ist ein guter Zeitpunkt, um bei Ihnen aufzuhören."

„Das sehe ich auch so. Weißt du schon, was du statt-dessen tun willst?"

„Mein Interesse gilt der Technik. Eine Gruppe fähiger Ingenieuren plant auf dem Gelände des Daimler-Werks eine neue Fahrzeug-Produktion aufbauen. Einige der Maschinen dort lassen sich wieder instand setzen. Was sie sonst noch brauchen, beabsichtigen sie aus anderen ehemaligen Maschinenbau-Betrieben zu organisieren. Als erstes wollen sie Traktoren fabrizieren."

„Eine gute Idee, Traktoren brauchen wir dringend. Ich kenne Herrn May, den Kopf der Gruppe. Soll ich bei ihm ein Wort für dich einlegen?"

„Nicht nötig. Er freut sich schon auf meine Mitarbeit."

„Auch gut. Zuletzt möchte ich dich noch bitten auf ei-ner Pressekonferenz publik zu machen, wessen Identi-tät du aus welchen Gründen vor deiner Arbeit für mich annahmst."

Ich war froh, doch nicht direkt am Kai in Thessaloniki loslaufen zu müssen. In klapprigen Buden und rostigen Containern wurden Transfers zur Grenze nach Maze-donien angeboten. Die Geschäftemacherei erinnerte mich an die Karibik-Kreuzfahrt mit meiner geliebten Frau Carolin. In jedem Hafen waren wir mit Angeboten, unser Geld auszugeben, überschwemmt worden. Mit dem vielfach größeren Luxus-Dampfer war seinerzeit nur ein Bruchteil an Passagieren angekommen, wie jetzt mit der rostigen *Medusa*. In der Karibik hatten wir die Qual der Wahl zwischen romantischen Fahrten in der Pferde-Droschke, Besichtigungen von Zigarren-, Parfüm oder Seifenfabriken und ähnlichen Beschäftigungen der Übersatten. Was gäbe ich dafür, jemals wieder in eine derartige Verlegenheit zu geraten! Stattdessen konnten wir uns jetzt zwischen genau zwei Angeboten entscheiden, der Fahrt in einem klapprigen Bus oder auf einem rostigen Lastwagen. Griechen hatten noch nie viel von Kapitalismus und Marktwirtschaft gehalten. Auch jetzt kostete die Fahrt bei jedem Anbieter das Gleiche. Da der Bus das Doppelte kostete, entschied Keller sich für den Lastwagen.

„Lass uns doch lieber den Bus nehmen!", flehte ich, als wir vor ihm standen.

„Der ist zu teuer, stell dich nicht so an!"

Keller stemmte seinen Rucksack auf den Rand der Ladefläche. Mittels zweier in die abgekippte Heckklappe eingelassener Tritte kletterte er hoch. Ich versuchte es ihm gleichzutun. Mein Rucksack musste wegen der daran befestigten Arzttasche schwerer als seiner sein. Keller beugte sich hinab. Gemeinsam schafften wir auch meinen Rucksack nach oben. Er reichte mir die Hand, aber ich wies sie zurück. Schwer schnaufend erklomm ich den zweiten Tritt, fand aber keinen Halt für meine Hände. Gerade als ich nach hinten zu kippen drohte, zog Keller mich am Kragen hoch.

„Danke."

„Keine Ursache."

Ohne Zögern griff er beide Rucksäcke und trug diese zur Mitte. Auf seinen Rucksack waren ein Zelt und zwei Schlafsäcke gepackt, auf meinen die mit dem roten Kreuz gekennzeichnete Arzttasche.

Hinter uns erklommen mehr und mehr Menschen die Ladefläche. Die Seitenwände waren durch Holzaufbauten erhöht worden, damit die außen stehenden von der Masse nicht heruntergestoßen wurden. Endlich war die Ladefläche voll. Die Klappe am Heck wurde geschlossen. Ich war froh, vielleicht fände ich sogar genügend Platz, mich auf dem Boden niederzulassen. Daraus wurde nichts. Über zwei Leitern gelangten weitere Passagiere auf die Ladefläche. Erst als wir so dicht standen, dass absolut keiner mehr draufpasste, hatte der Eigentümer des Gefährts ein Einsehen. Stotternd und hustend startete der Diesel. Der überladene LKW rumpelte los.

Die Kais lagen verwaist da. Arbeiter demontierten an der Straße die Leitplanken, vermutlich weil deren Stahl anderswo dringender benötigt wurde. Menschen waren zu Fuß, auf dem Rad oder mit dem Eselskarren unterwegs. PKW schien es hier nicht mehr zu geben. Mittels Eselskarren wurden Lebensmittel, Kisten und Kartons transportiert. Die Griechen auf den Straßen waren hager bis ausgezehrt, kein Vergleich mit den häufig übergewichtigen Bürgern Saudi-Arabiens. Schon bei meiner lange zurückliegenden Griechenland-Reise waren mir die Häuser der Städte grau und hässlich erschienen. Mittlerweile war in fast jedem Gebäude das Glas eines Teils der Fenster durch Karton oder Holzplatten ersetzt, was diesen Eindruck nicht verbesserte. Griechenland war im Gegensatz zu

Deutschland oder Frankreich einem Bürgerkrieg entgangen. Trotzdem sah man überall die Spuren des
langjährigen Niedergangs.

Wir ließen die Stadt hinter uns. Felder tauchten links
und rechts der Autobahn auf. Sie waren abgeerntet
und winterkahl. Mittlerweile war ich froh, so eng zwischen andere Menschen eingekeilt zu sein, machte
dies doch den eisigen Fahrtwind erträglicher. Linkerhand zog in der Ferne ein Gebirge vorbei, während der
Laster in langsamem Tempo vorwärts tuckerte. Bei
Einbruch der Dunkelheit erreichten wir die mazedoni-
sche Grenze. Auf einem staubigen, mit Steinen und
Müll übersäten Platz baute Keller unser Zelt auf, während ich geduldig an der einzigen Leitung um Wasser
anstand. Es hieß, am nächsten Morgen um neun würde die Grenze geöffnet. Ich hoffte, die Mazedonier ließen uns dann passieren.

Um wenigstens etwas Isolierung gegen die Kälte und
die Härte des Bodens zu bekommen, stopften wir Plas-
tikmüll und vertrocknete Pflanzenreste unter den Zelt-
boden. Dennoch lag ich in meinem Schlafsack mehr
als ungemütlich. Schließlich schlief ich in der Hoffnung
ein, morgen auf der anderen Seite der Grenze einen
weiteren Lift zu finden.

Im Jahr 1903 startete die in Cannstatt gegründete Gott-
lieb Daimler AG im benachbarten Untertürkheim die
Produktion von Motoren. Durch die schweren Bom-
bardements im zweiten Weltkrieg wurde diese erstmals
für drei Jahre unterbrochen. Nach dem Krieg barg ein
Häufchen unentwegter Optimisten aus den Trümmern
Maschinen, die noch funktionierten oder sich zumin-

dest reparieren ließen. Schritt für Schritt bauten diese die Fabrik wieder auf.

Vor drei Jahren brachte der Bürgerkrieg die Produktion erneut zum Stillstand. Entscheider, darauf gedrillt in Standorten zu denken und Heimat als sentimentalen Quatsch abzutun, schrieben skrupellos den Standort Deutschland als nicht zukunftsfähig ab. Urheberrechte, über Jahrzehnte erworbenes Wissen und Maschinen wurden an den Höchstbietenden verhökert, um das eitle Leben jener global denkenden Wirtschaftselite zu finanzieren. Man munkelte, seither würden Mercedes-Limousinen in Arabien produziert. Dessen war ich mir nicht sicher. Letztendlich war es egal. Wir brauchten hier, bei uns in Schwaben, fürs Überleben dringend Traktoren und Lastwagen.

Um diese zu produzieren, stand ich mich mit einer kleinen Gruppe unentwegter Optimisten auf historischem Boden. Nach dem zweiten Weltkrieg hatte es auf dem Werksgelände mit Sicherheit deutlich schlimmer ausgesehen.

„Wem gehört das Ganze hier eigentlich?"

„Wenn wir wollen uns", antwortete ich.

„Echt?"

Ich nickte.

„Wie das?"

„Daimler bezahlt seit Jahren keine Steuern mehr. Das Finanzamt erwirkte einen Pfändungstitel, um das Land samt Gebäuden und Maschinen an den Höchstbietenden zu verkaufen. Viel Konkurrenz werden wir nicht haben. Geben wir ein Gebot ab, gehört es uns."

Die anderen, bis auf mich allesamt frühere Daimler-Mitarbeiter oder Ingenieure bei Zulieferern, starrten mich fassungslos an. Mein Ausflug in die Politik war nicht umsonst gewesen.

„Wir können hier also unser eigenes Ding aufziehen, würden für uns selbst schuften?"

Ich nickte. Freudiges Strahlen erhellte die mich umgebenden Gesichter, bis auf eine Ausnahme.

„Und was passiert, wenn der ganze Mist vorüber ist?", nörgelte Helmer.

„Welchen Mist meinst du?"

„Die Kämpfe, das Töten, den ganzen Scheiß halt!"

„Das kann noch lange dauern. Die alte Bundesrepublik wird es nie wieder geben. Vielleicht gehören wir auf Dauer zu einem neuen Staat Bayern."

„Ich weiß nicht…"

„Dann mach halt nicht mit! Verkrieche dich in deinem Loch und warte ab, bis wir alle verhungert sind!"

„Blinder Aktionismus rettete noch niemand vor dem Verhungern!", giftete Helmer zurück.

„Nichtstun ebenfalls nicht!"

„Wie stellt ihr euch das eigentlich vor? Auf der anderen Seite des Neckars sitzen die Nationalisten. Glaubt ihr, die lassen uns hier in Ruhe die Fabrik reparieren?"

„Falls nicht, suchen wir die benötigen Maschinen aus und schaffen sie fort von hier."

„Womit?"

Fragend sah ich mich im Kreis der Techniker um. Betreten sahen sie zu Boden.

„Reichen unsere Lastwagen nicht?"

„Nein, die reichen nicht!", höhnte Helmer. „Wir bräuchten für den Transport der Maschinen Tieflader und mobile Schwerlastkräne!"

„Die Bayern..."

„...besitzen vielleicht entsprechendes Equipment, wir aber kein Geld, sie zu bezahlen!"

Verärgert sah ich erst ihn und dann die anderen an. Wir waren alles andere als ein Haufen unentwegter Optimisten. Helmer war in Fahrt.

„Außerdem brauchen wir die Gießerei in Mettingen, ohne die geht gar nichts! Deren Abtransport kannst du gleich vergessen! Die Nationalisten schössen uns zusammen, ehe wir auch nur einen Bruchteil der Gießerei demontiert hätten. Untertürkheim produzierte nur Motoren und Getriebe, keine kompletten Fahrzeuge. Die schraubte vor der ganzen Malaise Sindelfingen zusammen. Jetzt rate Mal, wer dort das Sagen hat!"

Hämisch sah er mich an.

„Du bist eine schwarzmalerische Unke! Hau doch ab, wenn du nicht an unseren Erfolg glaubst!"

Beleidigt drehte Helmer sich um, stiefelte durch die Fabrikhalle Richtung Ausgang. Riesige Maschinen in blau und grau, deren Funktion ich nicht kannte, standen bei seinen Abgang Spalier. Über allem lag eine dicke Schicht Staub, teilweise auch Gesteinsbrocken und Glassplitter vereinzelter Granateinschläge. Unterm Strich befand sich die Halle in erstaunlich gutem Zustand, grenzte sie doch direkt ans Niemandsland auf der anderen Flussseite. General Wahlers Geschütze könnten von der Filderfestung aus das Gelände mühelos beschießen. Gab es Niemandsland und Filderfestung überhaupt noch? Oder war alles auf der anderen Seite mittlerweile fest in der Hand der Nationalisten?

„Vielleicht können wir ein paar kleinere Maschinen abtransportieren und mit der Produktion von Traktoren beginnen", startete ich einen neuen Anlauf.

„Vergiss es!"

„Warum?"

Wortlos wies May in Richtung Hallenausgang.

„Warum nicht?", fragte Pauline am Abend verzweifelt.

„Wir können mit Ihnen keinen Frieden schließen! Es sind verdammte Nationalisten!"

„Trotzdem müssen wir dieses sinnlose Töten beenden! Wir oder die, für beide ist kein Platz! Läuft es darauf hinaus?"

„Sie töteten heute vor unseren Augen Helmer!"

Beim Verlassen der Fabrikhalle hatte ihn ein Heckenschütze erwischt.

„Das ist furchtbar! Genauso furchtbar und sinnlos mordeten Menschen in allen früheren Kriegen und werden sie es in allen künftigen Kriegen tun. Für mich ein Grund mehr, das sinnlose Töten zu beenden."

„Es sind Nationalisten!"

„In erster Linie sind es Menschen!", hielt sie dagegen. „Menschen, die vermutlich ähnliche Probleme haben wie wir hier. Probleme, die wir nur gemeinsam lösen können!"

Schweigend sah ich sie möglichst missmutig an. Das beeindruckte meine große Schwester allerdings nicht.

„Unsere Kindersterblichkeit entspricht mittlerweile jener der ärmsten Länder Afrikas. Gleiches gilt übrigens für unsere Geburtsraten, seit es weder Kondome noch Pillen in ausreichendem Maße gibt. Die Leute hier hungern, dabei ist erst Januar. Selbst wenn die Nationalisten uns nicht angreifen, werden Menschen vor unserer nächsten Ernte verhungern, vielleicht Hunderte, vielleicht aber auch Tausende oder gar Zehntausende."

„Das kann ich nicht ändern."

„Aber du kannst dazu beitragen, die nächste Ernte höher ausfallen zu lassen. Wenn ihr es tatsächlich schafft Traktoren zu produzieren, werden wir künftig mehr Lebensmittel haben. Wir müssen jetzt anfangen, damit uns kein weiterer Hungerwinter bevorsteht!"

Das Remstal hatte nicht nur die komplette ökologische Energiewende vollzogen, auch unsere Landwirtschaft war einhundert Prozent biologisch geworden. Leider war dadurch ihre Produktivität auf die des achtzehnten

Jahrhunderts gesunken. Wir besaßen weder Kunstdünger noch Pestizide und kaum schweres Ackergerät. Die Bayern rückten nichts davon raus, besaßen anscheinend selbst nicht einmal genug für ihr Stammland. Sie hatten Truppen geschickt, die sich auf den Hügeln über dem Tal eingruben. Hoffentlich schreckte dies die Nationalisten von einem Angriff ab. Ansonsten blieben wir auf uns allein gestellt.

„Vielleicht geht es der Landwirtschaft der Nationalisten gar nicht so schlecht wie der unsrigen."

„Dann sollten wir uns von denen besetzen lassen."

Entsetzt sah ich meine Schwester an.

„Das ist jetzt nicht dein Ernst!"

„Erst kommt das Fressen, dann die Moral."

Keller rüttelte mich grob wach. Es war stockfinster.

„Was ist los?", fragte ich erschrocken. „Werden wir überfallen?"

„Nein, steh einfach auf und pack zusammen."

„Wie spät ist es?"

„Sieben Uhr."

„Aber der Grenzübergang öffnet doch erst um neun!"

„Egal, wir stellen uns schon einmal davor. Dann kommen wir gleich als Erste durch."

Vor mich hin nörgelnd zog ich mich an, ehe ich mit steifen Gliedern aus dem Zelt kroch. Draußen empfing mich ein grandioser Sternenhimmel. Mein Atem kondensierte zu weißen Wolken. Keller baute unser Zelt ab. Ich tat so, als würde ich ihm dabei helfen. Ohne Frühstück machten wir uns auf in Richtung Grenze.

Trotz der Kälte überfiel mich die Erinnerung an einen besonders heißen Sommer. Pauline zuliebe campten wir in den Dünen der französischen Atlantikküste. Der

Zeltplatz war gigantisch. Gleich am ersten Abend verirrte ich mich auf der Suche nach der Dusche heillos. Erneut wanderte ich durch ein endloses Camp.

„Wir sind nicht die ersten."

„Leider wohl nicht."

Einige andere Flüchtlinge packten ebenfalls ihre Zelte. Vor uns marschierten Menschen mit großen Rucksäcken oder Rollkoffern in Richtung Grenzübergang. Dort angelangt stellten wir uns ans Ende der Warteschlange.

„Guten Morgen", grüßte Keller die Männer vor uns.

„Morgen", grüßten diese zurück. „Wollt ihr es heute auch auf jeden Fall nach drüben schaffen?"

„Klar, dürfte ja auch kein Problem sein."

„Hoffen wir, dass du Recht behältst. Ein blöder Querulant vor uns könnte alles vermasseln. Gestern standen wir stundenlang vergeblich an."

„Wieso das?"

„Ein anderer Flüchtling beschwerte sich bei den Grenzern. Er bestand darauf, nicht mehr als die offiziellen Visa-Gebühren von dreißig Dollar zu bezahlen. Die Beamten reagierten verärgert, wollten ihn aus dem Gebäude schmeißen. Da schlossen sich andere seinem Protest an. Es kam zu einem Tumult. Die Grenzer feuerten Tränengas in die Wartenden, prügelten die Flüchtlinge im Gebäude zusammen und schlossen den Übergang. Angeblich machen sie heute wieder auf."

„Wieviel Geld verlangen die Beamten?"

„Dreißig Dollar für den Staat und zwanzig für sich."

Erst am Mittag passierten wir die Grenze. Die erste Hürde war genommen. Erleichtert setzten wir die Rucksäcke auf und liefen los. Hoffnungsvoll sah ich mich um.

„Was suchst du?"

„Einen Lastwagen oder sonst ein Transportmittel."

„Vergiss es! Den Mazedoniern fehlt das Geld für Ersatzteile aus dem Ausland und die industrielle Basis, um selbst welche herzustellen. Bei denen wird kaum noch ein motorisiertes Fahrzeug fahren."

„Wie kommst du darauf?"

Wortlos zeigte er auf eine offene Halle hinter dem Grenzübergang. Dort standen mehrere Kutschen. Die zugehörigen Pferde futterten in einem abgetrennten Teil der Halle Heu.

„Wenn selbst Beamte, die unsere Dollars in ihre Taschen stecken, mit Kutschen unterwegs sind, wird es für uns keine Busse oder Lastkraftwagen geben."

Keller behielt Recht. Die Ärmlichkeit der Häuser und Hütten, an denen wir vorbeikamen, schockierte mich. Ich musste an Saudi-Arabien denken. Die Menschen dort fuhren nagelneue Geländewagen und Pickups, wohnten in luxuriösen Häusern mit allem Komfort. Ähnlich wie ich jetzt auf Arabien starrte, hatten vermutlich jahrzehntelang die Bewohner armer Staaten auf uns gestarrt. Wie hatte Europa einen derart drastischen und raschen Niedergang hinbekommen?

Nachmittags warb am Straßenrand ein handgemaltes Schild auf Deutsch. Angeboten wurden Kartoffeln, zwei Kilo für nur einen Dollar. Wir verständigten uns wortlos. Auf unser Klopfen öffnete ein untersetzter Grauhaariger in zerrissener Arbeitshose und blau-rotkariertem Hemd. Er lächelte uns freundlich an.

„Grüß Gott, was kann ich für Sie tun?"

„Sie sprechen Deutsch?"

„Ich lebte und arbeitete über zwanzig Jahre in Ihrem Land. Als man dort anfing aufeinander zu schießen, kehrte ich hierher ins Haus meiner Eltern zurück."

„Da hatten Sie mehr Glück als wir. Für uns gab es kein Elternhaus in einem anderen Land."

„Wohin flüchteten Sie?"

„Nach Saudi-Arabien."

„Jetzt kehren Sie freiwillig zurück? Ist der deutsche Bürgerkrieg vorüber? Unser staatlicher Rundfunk behauptet, die Kämpfe bei Ihnen halten mit unverminderter Härte an."

Irritierende Hoffnung lag in seinem Blick.

„Würden Sie sich über das Ende des Kriegs freuen?"

„Aber natürlich! Sehen Sie doch nur, was die Bürgerkriege in Deutschland und Frankreich aus Europa machten! Ohne die beiden Kammern seines Herzens ist der Kontinent schwach."

Wir sprachen noch eine Weile mit ihm. Es berührte mich, wie sehr dieser fremde Mann uns Deutschen wünschte, möglichst rasch zu einem friedlichen Miteinander zurückzufinden. Schließlich kauften wir ihm zehn Kilo Kartoffeln ab.

Mit einem mulmigen Gefühl, eine weiße Fahne in der Hand, stand ich auf der Brücke. Zuletzt war ich mit Balmer in Hofen gewesen, um unsere Grenze für die muslimischen Flüchtlinge zu öffnen. Jetzt gab es auf der anderen Seite keine Moslems mehr.

„Was willst du?", wurde ich laut angerufen.

„Reden!"

„Worüber?"

„Gemeinsam mit euch Traktoren zu bauen."

„Was sagst du?"

Ich wiederholte meine Worte. Damit hatten sie nicht gerechnet, zumindest blieb eine Antwort aus. Abwartend verharrte ich. Nichts geschah. Zögernd ging ich einige Schritte weiter in Richtung Feindesland.

„Habt ihr mich jetzt verstanden?"

„Unser Hauptmann will dich anhören."

Erleichtert lief ich weiter. Ich umkurvte mehrere Betonsperren bis zu einer Befestigung aus Sandsäcken.

„Hier lang!"

Ein Mann zeigte sich. Hinter der Befestigung stieß ich auf weitere ausgemergelte und erschöpfte Gestalten. Sie unterschieden sich durch nichts von den Kämpfern auf unserer Seite. Pauline hatte Recht, der ganze Scheiß hier war absolut sinnlos. Sie brachten mich zu einem hageren Weißhaarigen in Uniform, ein rotes Barett auf seinem Kopf. Eine Gruppe müder und ungepflegter Kämpfer umringte uns. In der Hand hielten sie mehr oder weniger lässig ihre Schnellfeuerwaffen. Der Hauptmann musterte mich skeptisch.

„Ihr wollt Traktoren bauen?"

Ich nickte.

„Gemeinsam mit uns?"

„Ja."

„Warum?"

„Um den Ertrag unserer Landwirtschaft zu steigern."

„Das würden wir auch gerne, aber Traktoren helfen uns da nichts. Von denen haben wir genug."

„Was fehlt euch?"

„Diesel."

„Wir wollen welche mit Elektromotoren bauen."

Erstaunte Ausrufe und Gelächter der Bewaffneten erklangen. Der Hauptmann sah mich skeptisch an.

„Klingt interessant, was habt ihr zu bieten?"

„Jede Menge Knowhow und einige Dutzend leistungs-
starke, für Busse entwickelte Radnaben-Motoren. Von
denen können wir jederzeit mehr produzieren."
„Was wollt ihr von uns?"
„Ihr sollt in Sindelfingen oder Raststatt Chassis für die
Traktoren produzieren. Außerdem war die Universität
Karlsruhe an der Entwicklung des Elektro-Traktors
von *John Deere* beteiligt. Ihr habt Zugang zu deren
Knowhow. Außerdem sollt ihr uns im Motorenwerk in
Untertürkheim und in der Gießerei in Mettingen in
Ruhe lassen, also keine Heckenschützen, kein Granat-
beschuss und auch sonst nichts."
„Wir könnten uns die Werke einfach holen."
„Weder die Motoren noch unser Knowhow sind aktuell
dort. Außerdem können wir das Werk und die Maschi-
nen leicht zerstören."
„Woher nehmt ihr das Lithium für die Batterien?"
„Wasserstoff und Brennstoffzellen tun es auch."

Wir benötigten zehn Tage, um Mazedonien zu durch-
wandern. Regelmäßig überholten uns kleine Gruppen
von Landsleuten. Der Weg war einfach zu finden. Bei
jeder Gabelung war ein großes D samt Pfeil mit Farbe
auf den Boden oder ein Stück Holz gemalt. An kleinen
Ständen oder mittels Schilder an ihren Häusern ver-
kauften die Mazedonier Lebensmittel. Die meisten
verhielten sich uns gegenüber freundlich, aber distan-
ziert. Am letzten Tag tauchten unvermittelt Gräber mit
einfachen Holzkreuzen am Straßenrand auf. Deutsche
Namen waren aufgemalt oder eingeritzt.
„Woran die wohl gestorben sind?"
Keller zuckte mit den Achseln.
„An Krankheiten, Unfällen oder auch Überfällen."

Erstmals seit dem Betreten europäischen Bodens wurde mir bewusst, dass ich möglicherweise meine Heimat nicht lebend erreichen würde. Was wollte ich überhaupt dort, ohne Carolin, Pauline und Yannick? Im Camp vor der serbischen Grenze weinte ich mich in den Schlaf.

Am nächsten Morgen weckte Keller mich erneut in aller Frühe. Hier war weniger los, als an der Grenze zwischen Griechenland und Mazedonien. Es wunderte mich nicht, nächtigten damals doch alle Passagiere der *Medusa* gleichzeitig mit uns am Übergang. Gut zweihundert Kilometer zu Fuß hatten das Feld in die Länge gezogen. Die Serben ließen uns gegen eine Gebühr von hundert Dollar pro Nase passieren.

Auf der anderen Seite der Grenze sah es auf den ersten Blick nicht anders aus. Graue Häuser und Hütten säumten den Weg. Mit der Zeit erkannte ich dann doch Veränderungen.

„Den Serben geht es besser als den Mazedoniern."

„Wie kommst du darauf?"

„Auf der Autobahn dort drüben fährt hin und wieder ein Lastwagen, manchmal sogar ein normales Auto."

„Die Serben verstanden sich schon immer gut mit den Russen. Offensichtlich ist das in diesen finsteren Zeiten von Vorteil. Russland besitzt Öl und eine Industrie, die Fahrzeuge und Ersatzteile herzustellen vermag."

„Bestimmt sind deshalb alle Ortsschilder nur noch in kyrillischen Buchstaben geschrieben. In Mazedonien standen die Ortsnamen zumindest auch in lateinischen Buchstaben darunter und waren somit für uns lesbar. Fällt dir sonst noch etwas auf?"

„Nein. Was sollte mir sonst noch auffallen?"

„Gestern sind wir an mindestens zwanzig Gräbern vorbeigekommen, heute an noch keinem einzigen."

„Was willst du damit andeuten?"

„Mein wissenschaftlich geschulter Verstand sagt mir, dass dies kein Zufall sein kann. Wären Krankheiten oder Unfälle die Todesursache, müsste es hier annähernd gleichviele Gräber geben."

Erneut sagte Keller nichts. Ich wusste, dass er unangenehme Sachverhalte am liebsten verdrängte. Die auffällige Häufung der Gräber beschäftigte mich jedoch. So fuhr ich fort:

„Der Wolf des Deutschen ist der Deutsche."

„Du glaubst, unsere Landsleute meuchelten sich dort vor der Grenze gegenseitig?"

Ich nickte.

„Warum gerade dort und nicht schon früher?"

„Die Antwort ist doch nun wirklich nicht schwer."

„Wegen den hundert Dollar für die Grenze?"

„Ja. Wem auf dem Weg nach Hause das Geld ausgeht, der dürfte ziemlich verzweifelt sein. Die Einheimischen verbarrikadieren sich in ihren Häusern. Bestimmt steht bei jedem mindestens eine Flinte vor dem Bett. Ob die Dollars im Haus haben, ist mehr als ungewiss. Da erscheint mir ein Überfall auf in ihrem Zelt kampierende Rückkehrer wie uns weniger riskant."

Eine Zeit lang trotteten wir schweigend nebeneinander her. Bis ich es erneut nicht aushielt, meine Sorgen zumindest aussprechen musste.

„Die Vorstellung, dem Bürgerkrieg entflohen zu sein, um dann tausend Kilometer von der Heimat entfernt durch die Hand eines verzweifelten Landsmanns zu sterben, hat etwas unerträglich Zynisches."

*

Woher waren im satten Europa der Hass, das gegensei-
tige Unverständnis, der Wunsch nach Abgrenzungen
und Grenzen aufgetaucht? Ich wusste es nicht. Aber
deren Zeit war genauso unvermittelt wieder vorbei,
wie sie einst begonnen hatte. Noch auf der Brücke in
Hofen hatte Muttach unter dem Jubel seiner Männer
entschieden, mit uns Traktoren zu bauen. Meine zag-
hafte Nachfrage, ob er dies überhaupt entscheiden kön-
ne, hatte er brüsk zurückgewiesen. Es solle nur jemand
wagen, sich einem Projekt gegen den Hunger im Land
in den Weg zu stellen. Seine Männer hatten seine Worte mit einem grimmig entschlossenen Nicken unterstri-
chen. Muttach war im Zivilleben selbst Ingenieur. Er
hatte versprochen, bereits am nächsten Tag mit einer
Delegation von Ingenieuren und Technikern an der
Brücke nach Untertürkheim zu erscheinen.
Dort wartete ich jetzt angespannt. Die Nachricht, wir
planten gemeinsam mit den Anderen Traktoren zu bau-
en, verbreitete sich wie ein Lauffeuer. Alle hofften auf
ein Ende des Hungers und des sinnlosen Tötens. Die
Kämpfer blickten immer wieder mit einer Mischung
aus Bangen und Hoffen in meine Richtung. Würde
Hauptmann Muttach Wort halten? Oder war das Ganze
nur eine Finte, um uns in Sicherheit zu wiegen und gewaltsam den Neckar zu überqueren? Hinter mir hielt
sich eine Delegation unserer Ingenieure bereit.
„Sie kommen!", rief ein Wachposten.
Ich lief vor zur Brücke. Es dauerte zwei endlose Minuten, bis auch ich sie sehen konnte. Muttach trug zivil.
In der Hand hielt er eine weiße Fahne. Ihm folgten ein
gutes Dutzend Männer, alle in zivil und zumindest auf
den ersten Blick unbewaffnet. Die Anspannung der
Umstehenden stieg. Waffen wurden entsichert und auf
die Gruppe Männer gerichtet. Im Wissen, dass der

Übergang vermint war und im Falle eines Angriffs samt mir darauf gesprengt werden würde, ging ich der Delegation entgegen. In der Mitte der Brücke trafen wir aufeinander. Muttach blieb stehen, nickte mir zu.

„Wollen wir?"

„Und ob wir wollen!"

Wir reichten einander die Hand. Dann machte ich kehrt. Nebeneinander her liefen wir auf unsere Seite. Die Läufe der Waffen meiner eigenen Leute folgten uns. Noch immer fürchteten diese, die anderen seien keine Menschen, sondern heimtückische Ungeheuer, die jeden Augenblick eine Waffe zücken oder sich selbst in die Luft sprengen würden. Herr May, unser leitender Ingenieur, löste sich als erster aus der Gruppe. Er stellte sich vor, schüttelte Hände und meinte:

„Ich dachte wir greifen auf die Grundkonstruktion des MB-Trac 700 zurück. Fahrgestell, Lenkung, Bremsen, Hydraulik und selbst die Aufbauten können wir ohne Probleme übernehmen. Nur für…"

Fachsimpelnd machten die Männer sich auf den Weg in Richtung des altehrwürdigen Werksgeländes. Einige der dortigen Konstruktionsbüros waren vorbereitet worden. Selbst Computer mit halbwegs aktuellen CAD-Programmen und Strom aus dem Wasserkraftwerk standen dort zur Verfügung, in unserer Zeit alles andere als eine Selbstverständlichkeit. Bescheiden folgte ich den Technikern, die jetzt die Hauptarbeit zu leisten hatten. Mein Part würde sich zunächst auf das Organisatorische beschränken. In den Augen manch hartgesottenen Kämpfers, den wir passierten, standen Tränen der Hoffnung oder gar der Rührung.

*

237

An der Donau, irgendwo zwischen Belgrad und Novi Sad passierte es. Trotz finsterer Nacht war ich auf einem Schlag hellwach. Durch die Dunkelheit drang ein Rascheln und leises Flüstern zu mir. Zu unserem Schutz hatten wir uns mittlerweile mit einer Gruppe Männer zusammengetan, die wir vage von der *Medusa* kannten. So standen insgesamt vier Zelte unter den Bäumen. Ich rüttelte den neben mir liegenden Keller an der Schulter. Sofort war auch er wach. Wir schälten uns so leise wie möglich aus den Schlafsäcken, was in dem engen Zelt alles andere als einfach war. Ich hatte mich gerade befreit, als lautes Gebrüll erklang. Hastig zog ich den Reißverschluss des Zeltes auf und robbte nach draußen. Keller stieg mit seinem Knüppel in der Hand über mich hinweg. Zwischen den schweren Wolken kam kurz eine schmale Mondsichel zum Vorschein. Ich sah, wie jeweils zwei Männer mit Stöcken auf zwei bereits zusammengebrochene Zelte einschlugen. Keller erreichte den ersten, zog ihm mit seinem Knüppel eine über den Kopf. Aus unserem vierten Zelt traten soeben zwei weitere Männer mit Knüppeln. Mein eigener Prügel lag neben meinem Schlafsack. Ich langte ins Zelt, griff meinen gepackten Rucksack samt Schlafsack und machte mich davon.

*

Hinter uns lag der schrecklichste Hungerwinter des Bürgerkriegs in Schwaben. Ich hätte dies nicht für möglich gehalten, da bereits im ersten Kriegswinter in und um Stuttgart Zehntausende verhungert waren. Meine Schwester Pauline arbeitete mittlerweile als Ärztin im Städtischen Klinikum in Bad Cannstatt, nicht weit von unserer neuen Traktoren-Fabrik entfernt. Rund um die Uhr war von allen Beteiligten am gemeinsamen Projekt gearbeitet worden. Rechtzeitig zur Aussaat konnten wir die ersten Traktoren ausliefern. Parallel waren alle regenerativen Stromerzeuger soweit es ging instandgesetzt und eine Infrastruktur aufgebaut worden, um Mittels Wasserspaltung reinen Wasserstoff zu erzeugen.

Heute war einer der ersten richtig warmen Frühlingstage. Vor meinem geöffneten Fenster sangen voller Optimismus und Inbrunst die Vögel. Eine Sekretärin betrat ohne anzuklopfen mein Büro. Mit gerunzelter Stirn sah ich zu ihr auf. Ihre fiebrige Erregung verriet, dass etwas Ungewöhnliches passiert sein musste.

„Gabriela, was ist passiert?", fragte ich alarmiert.

„Da draußen fragt ein älterer Mann nach Ihnen. Ich glaube, es handelt sich um ihren Vater."

„Mein Vater!"

Ich sprang auf. Mein Herz pochte wild. Mit schnellen Schritten verließ ich mein Büro und eilte den Flur in Richtung des Sekretariats hinunter. Hektisch klappernde Absätze verrieten, dass Gabriela mir folgte. Offensichtlich wollte sie unser Wiedersehen nicht verpassen. Ich bog um die Ecke. Dort, in dem kleinen Wartebereich, saß er, ein alter, ungepflegter und erschöpft wirkender Mann. Der Vollbart verbarg einen Großteil des Gesichts. Dennoch erkannte ich ihn sofort. Weinend lagen wir einander in den Armen.

Ich weinte vor lauter Erleichterung und Glück. Es tat so gut, Yannick in meinen Armen zu halten. Erst als ich mich einigermaßen beruhigt hatte, ließ ich von ihm ab.

„Mama ist leider…"

Ein Kloß in meinem Hals verhinderte, dass ich die schreckliche Nachricht aussprechen konnte.

„Ich weiß", antwortete mein Sohn sanft, „Pauline hat mir Mamas Grab gezeigt."

„Pauline? Sie lebt?"

„Ja, wir wohnen zusammen."

Vor lauter Glück bekam ich einen Schwächeanfall. Ich taumelte rückwärts. Yannick fasste mich rasch und geleitete mich zu einem Stuhl. Eine schier unerträgliche Mischung aus Erleichterung, Dankbarkeit und schwerster Schuld zerriss mich innerlich schier. Feige und untätig hatte ich Keller sterben sehen. Keinen Finger hatte ich gerührt, um Sascha vor dem qualvollen Tod im saudischen Knast zu bewahren. Trotzdem oder vielleicht auch gerade deswegen hatte ich überlebt.